伝説とカフェラテ

トラヴィス・バルドリー

珈琲店を開き[illegible]それがヴィヴの夢だった。苦楽を共にしてきた傭兵仲間に別れを告げ、最後の冒険の戦利品である幸運の輪を引き寄せるというスカルヴァートの石を持って、いちから店作りに着手する。廃屋同然の厩を買い取り、気むずかし屋だが腕は確かな船大工を雇って改装。見慣れない飲み物に最初は閑古鳥が鳴いていた店も、募集広告を見てやってきた店員が描いたセンス抜群の看板や、隠れた天才パン職人のつくるうっとりするようなパンや菓子のおかげで、次第に繁盛しはじめるが……。ネビュラ賞最終候補の心温まるコージーファンタジイ。

登場人物

ヴィヴ…………元傭兵、足を洗って珈琲店《コーヒー》を始める。オーク
カル（災厄《カラミティ》）……船大工。ホブ
タンドリ…………珈琲店の店員。サキュバス
指ぬき《シンブル》…………パン職人。小鼠人《ラットキン》
ヘミントン………アッカーズ奇力大学の学生
ドゥリアス………常連客の老人。ノーム
アミティ…………恐猫《きょうびょう》
ペンドリー………吟唱詩人
レイニー…………ヴィヴの向かいに住む老婆
ケリン……………タンドリの元彼
マドリガル………地元の大物
ラック……………マドリガルの手下。ストーンフェイ
ガリーナ…………ヴィヴの傭兵時代の仲間。ノーム
ルーン……………ヴィヴの傭兵時代の仲間。ドワーフ

タイヴァス……ヴィヴの傭兵時代の仲間。ストーンフェイ
フェンナス……ヴィヴの傭兵時代の仲間。エルフ

伝説とカフェラテ

傭兵、珈琲《コーヒー》店を開く

トラヴィス・バルドリー

原島文世 訳

創元推理文庫

LEGENDS & LATTES

by

Travis Baldree

First published 2022 by Tor, an imprint of Pan Macmillan,
a division of Macmillan Publishers International Limited.
This book is published in Japan
by TOKYO SOGENSHA Co., Ltd.
Japanese translation and electronic rights arranged
with Macmillan Publishers International Limited, London,
through Tuttle-Mori Agency, Inc., Tokyo

目次

伝説とカフェラテ

傭兵、珈琲店《コーヒー》を開く

もうひとつの道はどこへ続いているのだろう、と考えたことのある人に……

伝説とカフェラテ

プロローグ

肉を叩き切る音とともに、ヴィヴはスカルヴァートの頭にグレートソードを突き刺した。両手に握った〈黒き血〉が脈打ち、たくましい腕の筋肉がはりつめて、血しぶきを散らしながら頭部を後ろへ切り離していく。スカルヴァートの女王は長く尾を引くうめき声をあげ……地響きをたてて石の上に崩れ落ちた。

ヴィヴは吐息をもらしてがっくりと膝をついた。腰の執拗《しつよう》な痛みが急に強くなったので、大きな手の節でさすってなだめようとする。顔の汗と血をぬぐい、死んだ女王をじっと見おろす。背後から歓声と叫び声がこだましてきた。

死骸の上に身を乗り出してみる。そう、たしかにあった。鼻の穴の真上だ。獣の頭部はヴィヴの二倍も幅が広い——本物とは思えない歯と無数の目、たれさがった顎——その中央に、以前読んだことのある肉の裂け目が存在していた。

その亀裂《きれつ》に指を突っ込んでこじあけると、おぞましい黄金色の光があふれた。ヴィヴは肉のひだに片手をすっぽりとさしこみ、多面体になっている有機質のかたまりを握りしめて、ぐっとひっぱった。繊維が裂ける音がして、かたまりは外れた。

フェンナスが動いて背後に立った――おぼえのある香水のにおいが鼻に届く。「では、これでおしまいか？」と、たいして興味なさそうに問いかけてくる。

「ああ」〈黒き血〉を杖がわりにして、ヴィヴはうめきながら立ちあがった。わざわざ石を拭いたりせず、負い革についている小袋につめこむと、グレートソードを肩に担ぐ。

「ほんとうにそれしかいらないのか？」フェンナスが横目でこちらを見た。端麗《たんれい》な細面に愉快そうな色が浮かんでいる。

その手が示したのは、巨大な洞窟の壁面だった。スカルヴァートの女王が唾液の膜によって固めた、はかりしれない富が埋め込まれている。黄金と銀、宝玉の中に、荷馬車や長櫃《ながびつ》、馬や人の骨がぶらさがっていた――数世紀分もの漂流物だ。

「ああ」ヴィヴはふたたび言った。「貸し借りなしだ」

仲間の残りが近づいてきた。疲労の色はあっても勝利に浮かれたルーン、タイヴァス、ちびのガリーナがしゃべりながらやってくる。ルーンは顎ひげを梳いて汚れを取っているし、ガリーナは短剣を鞘《さや》におさめたところで、長身のタイヴァスは油断なくひっそりとそのふたりの後ろに続いていた。みんないい仲間だ。

ヴィヴは向きを変え、まだ薄暗い光がもれてくる洞窟の入口へすたすたと歩いていった。

「どこへ行く？」ルーンが気のいいどら声をはりあげた。

「外だ」

「けど……あんた、いらないわけ――？」ガリーナが言いかけた。

誰かがしっと黙らせた。おそらくフェンナスだろう。

ヴィヴは恥ずかしくなった。いちばん気に入っているのはガリーナだ。説明する時間を取るべきだったのだろう。

だが、もう終わりにするつもりなのだ。なぜひきのばす必要がある？　この件に関してはあまり話したくないし、これ以上なにか言えば、気が変わって口外してしまうかもしれない。

二十二年冒険してきて、もう血も泥も、こんなくだらないことにはうんざりした。オークの人生とは腕力と暴力と横死のかたまりだ――しかし、自分の人生をそんなふうに終わらせるのはまっぴらだった。

そろそろなにか新しいことを始める時期だ。

1

肌寒い朝、ヴィヴはすっくと立って眼下に広がる谷を見おろした。テューネの街を二分する川の両岸は白くかすみ、その霧の床から街の建物が鋭く突き立っている。あちこちで尖塔《せんとう》が陽射しを受けてきらめいた。

未明に野営をたたみ、長い脚で最後の数マイルを歩ききった。ずっしりと重い〈黒き血〉を背負い、スカルヴァートの石は上着の内ポケットのひとつにしまいこんである。しなびた硬い林檎《りんご》のような感触がわかり、まだそこにあるか確かめようとして、ときおり無意識に布の上からさわっていた。

一方の肩には革袋をひっかけている。つめこんであるのは計画のメモ、堅パン数かけら、プラチナの硬貨や各種の宝石を入れた財布などで、それに加えてめずらしい小物がひとつ入っていた。

道を下って谷間へ足を踏み入れるころになると、霧は晴れてきた。アルファルファを山積みにした農夫の荷車が一台だけ、ガタゴトと通りすぎていく。

ヴィヴはぴりぴりと心が昂《たかぶ》るのを感じた。抑えきれない鬨の声のような、もう何年も味わうことのなかった気持ち。ある瞬間のためにこれほど入念に準備したのははじめてだった。本を読み、質問し、調査し、あれこれ苦労を重ねて選んだ町がテューネなのだ。ほかの候補地すべてを除外したときには、絶対に間違いないと自信満々だった。ふいに、その確信が衝動的でばかげているような気がしてきたが、昂奮《こうふん》は薄れることなく残っていた。テューネを取り巻く外壁はない。街は城壁で囲まれた最初の境界をはるかに越えて広がっている。しかし、なにかのへりに近づいているという感覚があった。もうずっと長いこと、仕事で必要な数日以上一か所にとどまることはなかった。それがいまや、一生でせいぜい三回しか訪れたことのない街に根をおろそうとしているのだ。

農夫の荷車はだいぶ前に霧の奥に姿を消していたが、ヴィヴは足を止め、道に誰かいるかもしれないと用心深くあたりを見まわした。革袋から羊皮紙の切れ端を取り出すと、自分で写した語句を読みあげる。

奇力線のほど近く、
スカルヴァートの石は燃え
幸運の輪《リング》を引き寄せる
心からの望みの一面を。

ヴィヴは紙切れをもう一度慎重にしまいこむと、一週間前、アルヴェンヌの奇力師の学者から購入した道具――魔術棒と取り替えた。

小さな木の錘《つむ》の表面には端から端までルーン文字が刻まれており、銅の糸を巻きつけてその上を覆っている。先端と溝には二叉のトネリコがはめこまれ、自由に回転するようになっていた。棒を握りしめると、銅の糸が手のひらの熱を吸収するのがわかった。ほとんど感じ取れないほどかすかに錘がひっぱられる。

ともかく、引かれたのはたしかだ。ただ、奇力師の実演ではもっと強い引きがあった。たんなる手品だったのでは、という疑いがふと浮かんだが、押し殺した。定住している人々は、普通自分の二倍も背丈のあるオークをだましたりはしない。力をこめて握手するだけで手首を折られかねないのだから。

ヴィヴは深々と息を吸い込むと、前方に魔術棒を突き出し、大股でテューネに入っていった。

❦ ❦ ❦

街の奥へと移動するにつれ、目覚めたテューネは騒がしくなっていった。街外れの建物はおもに木造で、その中に川の石でできた土台がちらほら見てとれる。思い切って中心部へ進むほど、石造りが優勢になっていった。あたかも街が老いて石灰化したかのようだ。街に入るとぬかるんだ地面がまばらな石の通りになり、街の中心に近づくと石畳に替わった。あちこちの広場には昔の偉人と思われる人々の像があり、そのまわりに寺院や酒場がかたまっている。

魔術棒への疑いがあったとしても消え失せた。いまではははっきりと、まるで生きているかのようにひっぱっている——ぴくっという短い動きが執拗《しつよう》な引きになっていた。調べたのは無駄ではなかったのだ。この街の下にはあきらかにレイライン——強い奇力エネルギーの路が走っている。レイラインは人が定住する場所に育つのか、あるいは冬の暖かさのように人々を近くに集めるのかというのは、学者の論議の的になっていた。ヴィヴにとって大事なのは、それがここにあるという事実だ。

もちろん、強力なレイラインを見つけるのは、ただの出発点にすぎない。

二叉になった小さなトネリコの枝が左右にぴくぴくゆれ、いっときある方向にひっぱったあと、反転して、釣り針にかかった魚のように別の方向にぐいぐい引きはじめた。そのうち、先端を見る必要もなくなった。手の感触だけで充分だったので、ヴィヴは脇の建物にもっと注意を向けた。

魔術棒に導かれて主要な通りをいくつか進み、そのあいだをつなぐまがりくねった路地を抜け、鍛冶屋や安宿、市場、旅館などを通りすぎていく。自分ほど大柄な相手はまずいなかったので、人に押されることはなかった。〈黒き血〉はしばしば人よけの効果をもたらす。

街を構成するありとあらゆるにおいの層をくぐっていく——焼けたパン、目を覚ました馬、濡れた石、熱い金属、花の香水、古い糞。どこの街とも同じにおいだが、その下に朝の川の香りが漂っている。ときどき、建物の隙間に製粉用の水車の羽根が見えた。

ヴィヴは魔術棒にうながされるままについていった。幾度か引きがあまりに強くなったので、立ち止まってそばの建物を調べてみたものの——落胆して先へ進んだ。棒はしばらく抵抗したが、やがてあきらめたらしく、引きが急に強くなる新たな方角へと向かった。

ついに、激しくぐいっとひっぱられ、ぼうっとした状態で足を止めたヴィヴは、求めていたものを見出した。

目抜き通りではない――それは高望みだろう――しかし、一本外れているだけだ。通りの端から端まで灯油の街灯が点々と立っている。いまは火が消えているが、ここなら暗くなっても刺される危険はないだろう。レッドストーン通りの上に並ぶ建物は古びていたが、屋根はきちんと修理されているようだ。ただし、特定の一軒をのぞいて。ここで魔術棒がさらにヴィヴを引き寄せた。

もともとの用途にしては小さな建物だ。唯一残っている鉄の輪鈎《わかぎ》に、ぼろぼろの看板がぶらさがっている――**パーキン貸し馬屋**――浮き彫りにされた文字からペンキがはがれてひさしい。鉄の箍《たが》のはまった木製の大扉が二枚ついていたが、あけっぱなしになっており、横桁が近くの壁にもたれかかっている。その左側にあるオークサイズのもっと小さな戸口には南京錠がついているのがおかしかった。

ヴィヴは首をひょいと突き出してのぞいた。頭上の屋根にあいた穴から光がもれ、六つの馬房にはさまれた広い通路には、割れた粘土の屋根板がいくつか散らばっている。あまり頑丈とは思えない梯子《はしご》が屋根裏にかかっていて、左手には続きの間つきの小さな事務室があった。腐った干草のすっぱいにおいが飼い葉桶から漂ってくる。幾条もの光線の中で、埃がせわしなくくるくると舞っていた。

これ以上望むべくもないほど理想的だ。

ヴィヴは魔術棒をしまいこんだ。

人通りが多くなってきた通りに戻ったとき、道の向かい側で玄関前の階段を掃いている節くれだった老婆が見えた。どうも到着したときから箒《ほうき》を使っていた気がする。もはや敷居はぴかぴかに違いないが、老婆はちらちらとこちらを盗み見ながら、固い決意をもって掃除に取り組んでいた。

ヴィヴはすたすたと通りを渡った。老婆は驚いたふりをするだけの礼儀を示してみせ、なんとか笑顔に近い表情を作った。

「あそこが誰のものか知っているか？」ヴィヴは問いかけ、ふりかえって厩《うまや》を指さした。

ヴィヴの半分も背丈のない老婆は、視線を合わせるのに首をのばさなければならなかった。目が皺《しわ》に埋もれるほど顔をくしゃくしゃにして熟考する。

「あの貸し馬屋かい？」

「ああ」

「ふうーむ」考え込むように語尾をのばしたものの、記憶力になんら問題がないことは見ればわかった。「老いぼれアンソムさ、あたしがちゃんと憶えてればね。たいして商才がないのさ、あの男。商売もだめなら亭主としてもだめなんだよ、あいつの古女房に言わせればね」

ヴィヴは老婆が思わせぶりに眉をあげたのを見逃さなかった。「パーキンじゃないのか？」

「違うよ。あいつが買ったときは、看板を替える価値もないほど安かったのさ」

ヴィヴがおもしろがって笑うと、下の牙がにょっきりとのぞいた。「どこへ行けば見つかるかわかるか？」

「はっきりとは言えないね。でもまあ、一度も失敗したことのない仕事をしてると思うがね」

老婆は空いているほうの手をかたむけ、想像上の大型ジョッキを唇にあてがうしぐさをした。

「もしほんとうに見つけたきゃ、あたしならローボーン横丁にある飲み屋で捜すよ。六区画ぐらい向こうかね」と南のほうを示す。

「朝のこの時間に？」

「ああ、あっちの商売に関しては大まじめだからね」

「助かった、ご婦人」とヴィヴ。

「へえ、ご婦人とはね！」老婆はけたけた笑った。「レイニーって呼んどくれ。あんた、新しいお隣さんになるつもりだろ……？」手ぶりで問いかける。

「ヴィヴだ」

「ヴィヴ」レイニーはうなずいて言った。

「まあ、そのうちわかる。交渉相手がいまの話ほど商売に向いてないかどうかによるな」

ヴィヴがローボーン横丁へ向かったときにも、老婆はまだ大笑いしていた。


レイニーがどう言おうが、ヴィヴはさんざん中傷されたアンソムがこの時間に見つかるとは思っていなかった。戸口のあいている安酒場で訊いてまわり、行きつけの場所がわかったら、もっと遅くなってから探し出そうと考えていたのだ。

蓋をあけてみれば、三軒まわっただけで居座っている店が見つかった。質問を受けると、酒場の亭主はじろじろこちらをながめ、ヴィヴの肩越しに突き出た〈黒き血〉の柄に向かって、わざとらしく眉をあげてみせた。

「面倒を起こすつもりはない、ただの仕事だ」ヴィヴは冷静に言った。威圧感を減らそうと努力する。

喧嘩《けんか》がしたくてうずうずしているわけではなさそうだ、と満足したらしく、亭主は親指で片隅を指すと、布巾《ふきん》でカウンターの汚れをもっと興味深い位置に移す作業に戻った。

テーブルに近づくと、いまから森の老いた獣の巣に入ろうとしている、という強烈な印象を受けた。穴熊かもしれない。危険なわけではなく、そこであまりにも長い時間を過ごしているので、体臭がしみついて本質的にねぐらとなった場所という感じだった。

見かけさえ穴熊に似ており、脂ぎったごましおの顎ひげがもじゃもじゃと胸にたれている。身長と同じぐらい幅があって、壁とテーブルの隙間を埋めつくしていたので、深く息を吸うとテーブルの脚がガタガタゆれた。

「あんたがアンソムか?」ヴィヴは声をかけた。

アンソムはそうだと認めた。

「座ってもいいか?」と訊くと、答えを待たずに腰をおろし、〈黒き血〉を椅子の背に立てかける。正直、許可を得ることにあまり慣れていなかった。

アンソムは腫れぼったい下瞼《したまぶた》越しにこちらを見つめた。敵意はないものの、警戒している様子だ。ほとんど空になった大ジョッキが前に置いてある。ヴィヴは酒場の亭主の注意を引き、大ジョッキを示してみせた。するとアンソムの表情はあからさまに明るくなった。

「すまねえな」もごもごとつぶやく。

「レッドストーン通りの古い貸し馬屋はあんたのだと聞いた。ほんとうか？」ヴィヴがたずねると、アンソムはそのとおりだと認めた。

「買おうと思っているんだが」とヴィヴ。「売ってもらえそうな気がしてな」

アンソムは驚いた顔をしたが、ほんの一瞬だった。目つきが鋭くなったので、たとえ商才がないとしても、吹っ掛ける才能はあるに違いないとヴィヴは考えた。

「そうかもな」アンソムはがらがら声を出した。「だが、あそこはまあ一流の不動産だぞ。一流のな！　前にも申し込みはあったが、大半はあの厩だけ見て、位置の価値をきちんとわかってねえ。要するに、安値をつけやがった」

この時点で亭主が大ジョッキを新しいものに替えたので、目に見えて話に熱が入った。

「おお、そうさ。つまらねえ申し込みがわんさときやがった。おれにゃあの土地の価値はわかってるからな、真剣な仕事人の男以外に売るつもりはさらさらねえ。あー……仕事人の女だな」と訂正する。

愉快になったヴィヴは、歯を見せてにやっと笑いながらレイニーのことを思った。「まあ、アンソム、仕事というのはいろいろある」背後に立てかけてある〈黒き血〉をおおいに意識しつつ、自分の仕事――というか前の仕事――がこの交渉をどれだけ楽にしてくれるだろうと考える。「だが、確実に言えるのは、どんな仕事をするときでも、こちらは常に真剣だということだな」

革袋に手を突っ込み、プラチナの硬貨の入った財布を引き出すと、持ちあげてみせた。一枚だけひっぱりだし、親指と人差し指でつまむと、ためつすがめつして光を弾く。プラチナはこんな場所ではまず見ない貨幣で、近いうちにもっと低い額面の硬貨に両替する必要があるだろうが、ちょうどこういう瞬間のために、手もとにいくらか置いておいたのだ。

アンソムの目がまるくなった。「おお、なるほど。真剣だな。うむ！　実に真剣だ！」驚きを隠すため、長々とビールをあおる。

（古狸め）ヴィヴはにやにや笑いをこらえようとつとめながら考えた。

「真剣な仕事をする者から、同じ立場の相手に言っておくが、そちらの時間を無駄にしたくない」ヴィヴは片肘をつくと、テーブルの向こうへプラチナ硬貨を八枚押しやった。「これでおそらくソブリン金貨八十枚分になるだろう。土地代には足りると思う。建物は価値がないどころか邪魔なだけだという点は同意できるはずだし、ほかの……仕事人の女がわざわざあんたを探して、即金で支払う見込みはまずないな」

視線を受け止める。

相手はまだ大ジョッキを口につけていたが、飲んではいなかった。

硬貨をひっこめようとすると、アンソムは急いで手をのばし、自分よりずっと大きな手に触れる前にぴたっと動きを止めた。ヴィヴは両眉をあげてみせた。

「あんたは見る目があるみてえだな」アンソムはぱちぱちとまばたきした。

「そうだ。急いで譲渡証書を持ってきて署名する時間があるなら、朝のうちはここで待つぞ。だが、昼過ぎまでは待たない」

結局、老いた穴熊は見かけよりはるかに動作がすばやいことが判明した。


ヴィヴは譲渡証書に署名し、鍵をポケットに入れた。アンソムはプラチナ硬貨をかきあつめて自分の財布に押し込み、取引が完了したことにほっとした様子だった。「で……あんたが貸し馬屋の仕事に興味を持ってるとは思えねえが」思い切ったように問いかけてくる。

馬がオークをあまり好まないのは周知の事実だ。

「そうだな。私は珈琲《コーヒー》店をひらくつもりだ」

アンソムは困惑したようだった。「いや、なんでそのために厩を買うんだ？」

ヴィヴはしばし答えなかったが、それからじっと相手を見た。「ものごとは始まったときのままである必要はないからな」証書を折りたたんで革袋にしまう。

立ち去るとき、アンソムが背後から声をかけてきた。「ああ、おい！　八大地獄にかけて、いったい珈琲ってのはなんなんだ？」

厩に戻る前に、三か所寄り道をした。商取引所の両替屋では財布に銅貨、銀貨、金貨をいっぱいにし、そのあと、川の北岸にある小規模な奇力大学の書庫へ行った。本を読む必要が生じたときのために場所を確認しておきたかった、ということもある。

もっと重要な理由は、書庫や図書館はほとんどの大都市に散らばっていて、そのあいだに信頼できる全領郵便網が走っているからだ。あの銅の尖塔を見かけていたおかげで、探しあてるのは簡単だった。

本棚にはさまれた大きな机のひとつに向かい、羊皮紙を数枚使って手紙を二通書く。紙と埃と時間のにおいを嗅ぐと、ちょうどこんな場所で読んださまざまな本のことが頭に浮かんだ。生涯にわたって鍛《きた》えてきた筋力と反射神経と不屈の精神を、読書と計画の立案、細かい情報の収集と引き換えたのだ。ヴィヴは書きながら苦笑した。

郵便の受付にいたノームは、封蠟《ふうろう》に印を押しながらずっと目をむいていた。この建物でオークを見たことに動揺するあまり、住所を確認しなおすはめになったほどだ。

「錠前屋を探している。どこか評判のいい店を知っているか？」

ノームの口はさらに長くあいたままになったが、気を取り直して受付の奥の住所録をぱらぱらとめくった。「マルケフ父子商会」と答える。「メイソンズ通り八二七です」

ざっと道順を教えてくれる。

ヴィヴは礼を言ってその場を離れた。

マルケフ父子商会は宣伝どおりそこにあった。銀貨一枚と銅貨三枚分ふところが軽くなったヴィヴは、たくましい片腕の下にずっしりとかさばる金庫をかかえて立ち去った。

日が沈むころ、パーキン貸し馬屋に戻ったヴィヴは、事務室の扉の鍵をあけると、厩の扉にもう一度かんぬきをかけ、事務室のL字型のカウンターの裏に金庫を運んだ。譲渡証書と蓄えを中にしまいこみ、錠をおろして鍵を首につるす。

足と指先で何度かためしてみた結果、馬房のあいだにある中央の通路に、ぐらぐらする敷石が一枚見つかった。思い切り体をまげ、その石を持ちあげて外す。下から土をすくいとり、くぼみにスカルヴァートの石を注意深く置いた。上から土をかぶせ、敷石を戻す。それから、穂がばらばら抜ける厩用の硬い箒をその場所に持っていき、床が乱されたことがわからないようにした。

しばらくそこを見おろす。希望はすべて、秘密の心臓のようにパーキン貸し馬屋に埋められた、この小さな石にかかっている。

いや、もう貸し馬屋ではない。

この場所はヴィヴのものだ。

あたりを見まわす。自分の場所。一時的な逗留地や、ひと晩寝袋をつるす場所ではない。自分のもの。

涼しい夕方の風が屋根の穴から渦を巻いて吹き込んだ。つまり、少なくとも今晩は、星空のもとで過ごすほかの夜と変わらないだろう。ヴィヴは屋根裏とそこにかかった梯子をちらりと見あげた。低いほうの段をためしに踏んでみると、バルサ材のように砕けてしまった。鼻を鳴らし、〈黒き血〉を背から外して、両手で屋根裏にほうりあげた。驚いた鳩の一群が屋根から逃げ出す。一瞬その様子を見送ってから、馬房のひとつに寝袋を広げた。もちろん焚火はないし、まともなランタンもないが、それはかまわなかった。

薄暗くなってきた光のもと、古い馬糞と放置された埃だらけの内部を検分する。建物に関してはよく知らないが、ここに信じられないほど大量の作業が必要なのはあきらかだった。

だが、その終わりには？　切り倒したものではなく、この手で建てたものが残る。

もちろん、ばかげている。珈琲店？　珈琲がなんなのかさえ誰も知らない街で？　六か月前までは、自分自身が耳にしたことも、香りを嗅いだことも味わったこともなかったのに。普通に考えれば、この企て全体がばかばかしい。

暗がりでにっこりする。

ようやく寝袋に横たわると、頭の中で翌日やるべき課題を数えはじめたものの、三番目までしか行かなかった。

ヴィヴは死んだように眠った。

2

藍《あい》色の未明、ヴィヴは外の街がざわめきだす音で目を覚ました。屋根裏の巣に戻ってきた鳩たちがクークー鳴いている。起きあがって、スカルヴァートの石の上の敷石を確認した。もちろん乱されてはいない。いくつかの品を集めて外に出ると、最後の堅パンをかじりながら、陽射しに追われつつある影の中で、しっとりした朝の香りを吸い込んだ。身をかがめていまにも全力疾走に移ろうとしているときのように、体がしなやかになり、力を溜めている気がした。

道の向かい側では、レイニーが三本脚の腰掛けに座り、箒《ほうき》のかわりに豆の入った器をかかえて莢をむいていた。親しみのこもったうなずきを交わし合ってから、ヴィヴは戸口に鍵をかけ、川の方角へ向かった。

気がつくと、歩きながら鼻歌を口ずさんでいた。

⬤ ⬤ ⬤

朝霧が晴れていくなか、ヴィヴは川岸に並ぶ造船所をめざした。このあたりはガンガン鳴る金鎚や鋸《のこ》の音、霧にくぐもった叫び声で騒々しかった。求めているものは内心で決まっていたが、すぐに見つかるとは思っていない。とはいえ、辛抱《しんぼう》強く待つことはできる。経験上そうならざるを得なかったからだ。獣の巣を偵察し、周囲に張り込んで長時間過ごしたおかげで、時の経過をおおらかに受け止めるようになっていた。

麻袋で林檎《りんご》を売り歩いていた小鼠人《ラットキン》の少年から何個か買うと、邪魔にならないところに積み重ねてある木箱を見つけ、腰を落ち着けて観察にかかる。

ここの船は大きくなかった――大部分は川に最適な艀《はしけ》や小さな漁船だ。長い桟橋に十数艘がもやい、船大工の小集団が表面をこすったりタールを塗ったり修理したりと手をかけている。

ヴィヴは目的のものがないかと注意しつつ、その様子を見守った。午前中いっぱい、人数は増えたり減ったりしていた。

探していたものを見つけたのは、最後の林檎を食べているときだった。

ほとんどの船大工は二、三人で組んで働いており、ばかでかい声の大男が船体によじ登って互いにわめきあっている。

だが、数時間後、もっと小柄な男が体の半分もある木の道具箱をひきずって現れた。耳が長く、体つきはひきしまっていて、オリーブ色の皮膚は革のようだ。ハンチング帽を目深にかぶっている。

大きな街でホブを見かけることはめずらしい。人間から〝パック〟と呼ばれて疎《うと》まれるので、ホブたちは同族だけでかたまることを好むのだ。

ヴィヴはそれなりに多種族とつきあえるが、それはオークがホブより一目置かれる存在だからだろう。

男はひとりで苦労して小舟の作業をしており、船大工からも波止場の人夫からも同じように避けられていた。丹念で熱心な仕事ぶりをじっとながめる。ヴィヴは木工職人などではないが、技術の評価はできた。道具は細部まで念入りに整理され、鋭利で手入れが行き届いている。ホブはひとつひとつ無駄のない動きで、ドローナイフや鉋《かんな》やほかの知らない道具を使い、新しい船べりを作っていった。

ヴィヴは林檎をすばやく平らげ、あまり目立たないよう気をつけて作業を観察した。まあ、自分の技能の中でも潜伏行動は得意中の得意だ。

正午になると、ホブがきちんと道具を片付けて、道具箱から出した昼食の包みをひらいたので、ヴィヴは近づいていった。

ぬっと立ちはだかると、相手はハンチング帽の下から目を細めて見あげてきたが、なにも言わなかった。

「いい仕事だ」ヴィヴは言った。

「ふむ」

「ともかく、そうなんだろうな。船についてはたいして知らないが」ヴィヴは認めた。

「だとすりゃ、褒め言葉のありがたみがちっと薄れるな」ホブは応じた。その声は予想より低くかすれていた。

ヴィヴは声をあげて笑うと、桟橋をあちこち見やった。「ここじゃ、ひとりで作業をするやつは少ないな」

「ああ」

「仕事はたくさん入ってるのか？」

ホブは肩をすくめた。「充分だ」

「充分すぎて、これ以上はいらないか」

するとホブはハンチング帽を脱いだ。さっきより探るような目つきになっている。「船についてろくに知らねえのに、船大工を使う予定があるってのは妙な感じだがな」

男の頭上に立ちはだかるのに飽きて、ヴィヴはしゃがみこんだ。

「まあ、そのとおりさ。船大工の必要はない。だが、木は木だし技は技だ。あんたが仕事をしているところを観察した。それなりに長く生きていれば、問題と道具を渡されたとき、うまく解決できる連中がいることには気づく。そして、私はそういう相手を雇うのにためらったりしない」もっとも、過去のそうした道具や人々はずっと大柄で血まみれだった、と思い返す。

「ふむ」ホブはふたたび言った。

「私はヴィヴだ」片手をさしのべる。

「厄災《カラミティ》だ」たこのできた手がこちらの手にすっぽり包まれた。

ヴィヴは目をまるくした。

「ホブの名前さ」と言われた。「カルと呼んでくれ」

「どっちでもあんたの好きなほうで。そちらの名前を私の都合に合わせる必要はない」

「カルでいい。もうひとつはちっと長すぎるんでな」

カルは亜麻布《あまぬの》をたたんで昼食の上に戻した。いまやすっかりこちらに注意を向けているのを感じる。

「で、その……仕事だが。いますぐって見通しか、それとも――?」どこか不確かな未来に向かって手をふってみせる。

「いますぐだ。報酬ははずむ、それに、必要な品はあんたの要求どおりそろえる。こちらが勝手に選んだりはしない」ヴィヴは財布を出してあけ、ソブリン金貨を一枚取り出すと、相手にさしだした。

カルは投げられた硬貨を受け止めようとするかのように両手をのばしたが、ヴィヴはわざと一方の手のひらに載せてやった。「さて。なんでおれなんだ、いったい?」ホブが硬貨を戻そうとしてくるのを押し戻す。

「さっきも言ったように、あんたの仕事を見ていたからだ。道具はよく切れるし、手もとが常にきれいになっていて、自分の仕事に集中している」あたりを見まわすと、近くに人がいないのが目立った。「しかも、やめておいたほうが賢いと言われそうな状況にあってさえ、その仕事ぶりを続けているだろう」

「ふむ。つまり、おれが賢くねえから雇おうってわけかい、ええ? あんたが造りたいのは船じゃねえな。具体的にはなにを考えてる?」

「実際に見せたほうがよさそうだ」

「すさまじい荒れっぷりだ」カルは小声で罵《ののし》った。ハンチング帽を脱ぐと、半ズボンの腰にはさむ。

ふたりはパーキン貸し馬屋の外に立っていた。厩《うまや》の扉は大きくひらいており、ヴィヴは一瞬、不安がこみあげるのを感じた。

「屋根の修理についてはろくに知らねえぞ」カルは穴を見あげながら言った。

「だが、見当はつくだろう？」

「ふむ」と返ってきたが、ヴィヴにはそれが肯定だとわかるようになってきた。

カルは厩の内部をゆっくりと歩きまわり、馬房の羽目板を蹴飛ばし、床石を踏みつけた。スカルヴァートの石の上を通ったとき、ヴィヴは身を硬くした。

カルがこちらをふりかえった。「何人雇うつもりだ？」

「あんたが一緒に働きたい相手がいるなら反対しない。それ以外なら、私がいつでも手伝うし、私はそうやすやすとは疲れない」証明しようと両手をあげてみせる。「ただし、ほしいのは厩じゃないんだ」

「ふん？」

「珈琲《コーヒー》を飲んだことがあるか？」

カルは首をふった。

「そうだな、必要なのは……食堂だと思う。飲み物を出す店だ。そうか！」

革袋のところへ行き、一組のスケッチとメモをひっぱりだす。どういうわけか、急に緊張した。これまで人の意見を気にしたことはあまりない。出会う人々の大半が自分より三フィート（1フィートは約30・5cm）小さく六ストーン（1ストーンは約6・35kg）軽いという状況なら、無視するのはずいぶん楽だった。それがいまは、この小男に愚かだと思われることを心配しているとは。

カルはヴィヴが続けるのを待っている。

気がつくとぺらぺらしゃべっていた。「見つけたのはアジマスだった、外の東領にあるノームの街だ。そこにいたのは……まあ、なんのためだったかはどうでもいい。だが、まず香りが漂ってきて、それから店に出くわした。そこで淹れていたのが……そう、紅茶に似ているが紅茶とは違う。あの香りはまるで……」言葉を切る。「とりあえず、どんな香りだったかはどうでもいい、どうせ表現できないからな。ともかく、こう考えてみてくれ。私がひらきたいのは酒場だが、樽酒もビア樽もビールもない。テーブルとカウンターと、裏の部屋だけなんだ。そら、私が見た場所を描いたものだ」

紙束を向こうに押しやり、頬に血が上るのを感じる。ばかばかしい！

カルは紙切れを受け取って調べた。一枚一枚、まるであらゆる線を記憶にとどめているかのように細心の注意を払って吟味《ぎんみ》している。

耐えがたい数分が過ぎ、紙束が返された。「そいつをあんたが描いたのか？　悪くねえな」

その台詞を聞いて、むしろヴィヴはいっそう赤くなった。

「で、あんたもここに寝泊まりするのかい？」カルは親指で屋根裏を示した。「あそこが向いていそうだが」

「私は……ああ」

カルは腰に両手をあて、馬房の並ぶ仕切り部分をのぞきこんだ。

それまでヴィヴは、相手が背を向けて立ち去るのではないかとなかば予想していたが、いまやぴったりの選択をしたのかもしれないと考えはじめた。

「で……」カルはもう一度その空間を歩いてまわった。「仕切りはこのまま使えそうだな。いくつかひきはがすか。扉を切り取って壁沿いにつめこんでベンチにする。長い厚板をはがして架台の上に置いたものをあいだに並べる。そうすりゃ、横の壁に沿ってここに仕切り席とテーブルができる。あの壁を取り壊して事務室につなげるか。カウンターは使えるかもしれねえ。腐ってねえか見る必要があるな」

梯子《はしご》から落ちた木の破片を蹴ると、ヴィヴに向かって眉をあげる。「新しい梯子が必要だ。釘が二、三袋。水漆喰《しっくい》。ペンキ。粘土瓦《がわら》。川の石がいくらか。石灰数袋。この場所にはあといくつか窓がほしいかもしれねえな。それに……材木が山ほどいるぞ」

「じゃあ、やってくれるのか？」

カルはまた例の探るようなまなざしを投げてきた。「あんたはなんて言った？　おれはやめておいたほうが賢いって言われそうな状況にあってさえ、その仕事ぶりを続けるって？　まあ、あんたが手を貸すんだったら、やってみるさ。あの羊皮紙を何枚かと、あったら尖筆をよこしな。必要なものの一覧を作らねえと。長い一覧だぞ。あしたは注文品が手に入るか確認して、あんたのあの財布をどんだけぺちゃんこにできるか見てみるか」出会ってからはじめて、うっすらと笑みを浮かべる。「いくらかかるか訊かねえのかい？」

「そもそも、いまの段階でわかるのか？」

「わからねえだろうな」

「まあ、それなら」ヴィヴは古い馬具入れを壁からひっぱってくると、埃を吹き払って尖筆をカルに渡した。

ふたりは羊皮紙の上にかがみこみ、カルが一覧を書きはじめた。


夕方近くに、カルは翌朝戻ってくると約束して、小舟の作業を終わらせるために帰っていった。ヴィヴは資材の一覧表をしまいこむと、静まり返った厩の中に立った。外の物音もここにはほとんど入ってこない。扉越しにレイニーのポーチに目をやったが、無人だった。

ふと、ひどくひとりぼっちだという気がしたが、おかしなことだ。話す相手もなく長い時間を過ごすことはたびたびあった――長旅、ひとけのない野営地、寒々とした天幕、水のしたたる洞穴。

しかし、街の中でひとりになることはほぼなかった。仲間の誰かが一緒だったからだ。

いま、さまざまな背景をもつありとあらゆる種族の人々があふれるこの街で、孤独はおそろしかった。名前を知っているのは三人だ。その誰もが、実際のところただの知り合いにすぎない。とはいえ、少なくともレイニーは親しげな態度だったし、カルがそばにいると奇妙に心が落ち着いた。

ヴィヴは顔をあげ、目抜き通りへ向かった――わざとローボーン横丁から離れて。

（一緒にいる相手がほしい？　ああ、いいさ、ここにいるんだから。新しい場所。新しい家――今度はずっと）

目につく中でいちばん明るくにぎやかな建物を見つける。繁盛しているらしい食堂を兼ねたパブで、正面の通りをふらつく酔っぱらいもいなければ、小便の水溜まりをまたぐ必要もない。まぐさ石の下をくぐって入っていくと、つかのま会話の音量がさがったが、テューネはかなり多種族の街で、オークも未知の存在というわけではなく、ほんの少しめずらしいだけだ。すぐさまもとどおり騒がしくなった。

ヴィヴは深呼吸して、なるべく威嚇《いかく》しないような表情を作った。ずっと練習していたのだ。グレートソードをひきずりまわしてもいないし、地味な服を着ることで、その効果が増すといいのだが。

清潔な長いカウンターは人がまばらで、背後の壁には鏡がついていた。食堂区画のいたるところでランタンがあかあかとともっている。火を焚くほど寒くはなかったが、それでも室内は明るく照らされていた。

テーブルはおおむねふさがっている。ヴィヴはカウンターの腰掛けを引き寄せ、もぞもぞ動かないようにつとめた。気まずい感じがする――これほど大勢がこんなに近くにかたまっていて――ただ通りすぎるだけではないという状況ははじめてだ。理屈に合わない考えではあるが、きちんとこの街に落ち着きもしないうちにここでへまやしくじりを犯せば、いつまでもその失敗につきまとわれて恥をかくだろうという気がふいにしてきた。

丸顔で頬が赤く、わずかに耳のとがった男が近づいてくる。たぶんエルフの血が少しまじっているのだろう。もっとも、その腹まわりは実に人間らしい代謝作用を示している。「こんばんは、お客さん」男は言い、石板にチョークで書いたメニューを目の前に押し出してきた。「お食事で、それともお飲み物を?」

「食事だ」なるべく下の牙をむきださないよう気を配りつつ、ヴィヴはにっこりした。

男の表情は微塵《みじん》も変わらなかった。指の節で石板を叩きながら「豚肉がお薦めですよ! どうぞごゆっくりお考えください」と言い、さっそうと立ち去った。

数分後に男が戻ってきたとき、ヴィヴは注文して――豚肉だ――食事を待つあいだ、あたりを見まわして物思いにふけった。以前はここまで先のことを考える勇気がなかったし、想像したとしてもきわめて抽象的なものだったが、カルが署名してくれた以上、少しだけ夢を見ても許されるだろう。

アジマスで訪れたカフェはノーム建築の具現そのものだった――寸分の狂いもなく合った壁のタイル、幾何学模様、入り組んだ形に配置された敷石。もちろん調度品の大きさもノーム仕様で――ヴィヴは立っていなければならなかった。

自分の店は違うふうになるだろうとわかっていたが、いま、心の中でどうなるか想像してみる。パブの内部の飾りつけをながめた。壁に古い金めっきの額縁に入った油絵がかけてあるかと思えば、床には巨大な陶製の花瓶が置かれ、空気をさわやかにするため新鮮な羊歯が活けてある。太い蠟燭《ろうそく》が三本立っている簡素なシャンデリアがひとつ。定期的に蠟燭を換えているらしく、蠟の筋がだらしなくたれていることもない。

自分の店を具体的に思い描きはじめる。（もっと明るくしないと。あのがらんとした高い天井ではな。高窓から光がいくらか入ってくるか）カルがどういう意味で仕切り席のことを言っていたかも理解できたが、もしかしたら、中央に長いテーブルをもう一台据え、ベンチを置くといいかもしれない。談話席のような感じで。

厩の大きな扉があけはなたれている様子が目に見えるようだ。たぶん入口近くにいくつかテーブルが置かれて、そよ風と陽射しを受けているだろう。ぴかぴかにみがいた敷石。白漆喰を塗った清潔な壁……

食事が到着したので、夢想は途切れた。うまそうなにおいがまず鼻に届く。気がつくと腹がぺこぺこだった。

「行く前に」と声をかける。「訊きたいことがあるんだが……ここはあんたの店か？」

半エルフは目をぱちくりさせると、いつもの仕事用の愛想笑いより、多少うれしそうな笑顔になった。「もちろんそうですよ！　もう四年になります」

「訊いてよければ、どうやって開店したんだ？」

半エルフはカウンターにもたれかかった。「まあ、家業ではありませんな、そういったことをおたずねでしたら。それにわしの最初の店は、間違いなくこの本通りにはありませんでしたよ」そう言ってくっくっと笑う。

「すると、最初はそんなに繁盛していなかった？　それとも、たちまち忙しくなったのか？」

ヴィヴは室内に手をふった。

「いやいや、最初は低調でしたとも。ひどくね。出せる以上の金をなくし……そのあともっと失いましたよ。しかし、近ごろはちょうどやっていける程度になりました。このあたりにパブをひらくおつもりで？　お勧めはできませんが」あきらかに冗談らしく、片目をつぶってみせる。

「正確にはパブではないが、似たようなものかもしれないな」

相手は意表を衝かれたようだったが、すぐに立ち直った。

「まあ、幸運をお祈りしますよ、お客さん」片手を添えてわざとらしくひそひそ話す。「ただし、うちの客を盗らないでいただけるとありがたいですがね、いいですか？」

「そんな可能性はあまりないと思うが」

「ああ、だったら大丈夫ですな。さて、食べてくださいよ、冷めちまいますからね」

ヴィヴはほかの誰とも話さず、手早く食事を済ませた。パブを出たときには、考え込むような気分になっていた。蠟燭屋がまだあいているのを見つけ、ランタンを一個買って厩へ戻る。

眠れないまま横になり、ランタンの火をながめていた。いつかそうなるかもしれないという見通しは、いま寝ている寒々とした廃屋とはずいぶん隔たりがある。
だが、明日には本物の作業が始まるのだ。

3

カルは約束を守り、明け方にやってきた。馬具入れを厩《うまや》の前に出して腰をおろしたヴィヴは、朝日を浴びて影が形を取るさまを見つめながら、ここにマグカップ一杯の珈琲《コーヒー》があれば、どんなに満ち足りた気分になるだろう、と真剣に考えていた。

ホブが道具箱をひきずってきて、大きな戸口の内側に置いた。

「おはよう」とヴィヴ。

「ふむ」カルは言い、それなりに愛想よくうなずいた。ポケットから資材の一覧の写しを出して広げる。「やることはたくさんあるぞ。この一部はすぐ手に入るし、いくつかは時間がかかる」

ヴィヴは財布を取り出した。プラチナとソブリン金貨の大部分は金庫に入っているが、必要な品を買えるだけの資金はあるだろうと判断する。財布をカルにほうった。「あんたがやってくれるなら、発注をまかせてもいいと思うんだが」

カルは驚いた顔をした。一瞬、考え深げに歯をなめてから答える。「おれが交渉すると、いちばん安くはならねえだろうがな」

「私のほうが安くなると思うか?」ヴィヴの笑顔は皮肉まじりだった。

「さて。差し引きゼロかもしれねえ。で、これだけ全部おれに預けたいって？　持ち逃げされるって心配はねえのかい？」カルは財布を手の中ではずませた。

ヴィヴはじっと視線を向けたが、表情は変わらなかった。

「いや……」その背丈と体つきをじっくり見て、カルは言った。「いや、そんな心配はなさそうだ」

ヴィヴは溜息をついた。「自分が歩く脅威だということは、ずっと前から承知している。あんたにとってはそうじゃないといいんだが」

カルはうなずき、財布をしまいこんだ。「しばらく時間がかかるぞ」

ヴィヴは立ちあがってのびをし、指の節で腰の痛みをさすった。寒いといつでもこわばるのだ。「荷車を借りる必要がある。がらくたを運ぶのにな。それに、運んでいく先も見つけないと」

「荷車なら製粉所だ」とカル。「自力で探せるだろうさ。運ぶ先は、大通りから外れた西のほうにごみの山があるぞ。荷車の通り道は南にまがる」

「助かった」

「じゃあ、おれは行くぞ」カルはハンチング帽をかたむけ、ぶらぶらと通りを戻っていった。

言われたとおりだった。ほんとうに製粉所は喜んで荷車を貸してくれた――荷車を引く二頭の動物は抜きで――銀貨まるまる一枚というのは、確実に相場以上の金額だとしてもだ。ヴィヴが金を払ったあと、粉屋は得意げににやにやした。オークが馬をつなぐという困難に直面する姿を想像したのは歴然としていたが、ヴィヴは引き綱を両手で握って持ちあげ、やすやすと荷車を自力で動かした。

あっけにとられた粉屋は、禿げ頭の後ろをかきながら、荷車がごろごろと立ち去るのを見送った。

ヴィヴは帰り道で健康的に汗をかいて体をほぐした。道中、梯子《はしご》が三、四本ある現場で石工と値下げ交渉する。銅貨十枚余分に払って一本譲り受けると、荷車の後ろにほうりこんだ。

レイニーはポーチに戻っていた。箒《ほうき》を手にして、おそらく全領一きれいに違いない玄関の階段を攻め立てている。ヴィヴは隣人らしくうなずきかけてから、古い建物の内部を片付けるという重労働にとりかかった。

たちまちあきらかになったのは、この場所にどれだけがらくたが溜め込まれたかということだった――腐った木材、蹄鉄《ていてつ》、錆びてまがった熊手、梱包《こんぽう》された穀物袋の山、朽ちかけた馬具、かびがびっしり生えた種々の鞍下毛布、そのうえ扱いにくくてやっかいなぼろぼろの寄せ集めが山ほど。事務室にも相応のごみがあった――虫に食われた帳簿、割れたインク壺、そしてなぜか、埃で灰色になった冬用の下着が一組。

ヴィヴは壊れた梯子を折って荷車に投げ込み、新しい梯子を立てて屋根裏にあがった。さいわい、そこには古い干草が少しと鳩の巣と、わずかなくずがあれこれあるだけだった。埃の中に転がった〈黒き血〉は、すでにやや埃まみれになっている。剣をとりあげ、つかのま両手で持ってから、ななめの天井にそっと立てかけた。

昼までに荷車は山積みになった。

ヴィヴは頭から爪先まで真っ黒になったし、厩の内部は砂嵐が通り抜けてぐしゃぐしゃになったあと、小さな砂山と土の吹き溜まりが残ったように見えた。レイニーを雇って箒で掃き出させるべきだ、とおもしろがって考えたものの、その方向へ目をやると、老婆はいなくなっていた。

しかし、自分の戸口のほうに、ほかの誰かの影が落ちている。

本能的に信頼している感覚が走り、背中がぴりぴりした。結局のところ、いまだに生きて動きまわっているのは、この勘のおかげだ。

「なにか用でも?」両手の埃を払ってたずねながら、手の届かない屋根裏に立てかけてある〈黒き血〉のことを思った。

男はフリルつきのシャツにベスト、鍔《つば》の広い帽子というしゃれた恰好だった。だが、よく観察すると、その服はくたびれて汗染みがあり、ややすりきれている。肌は石妖精《ストーンフェイ》の灰色がかった色合いで、目鼻立ちは鋭い。

「いや、とくに用はないよ」と返事があった。「われわれは新進の起業家をこの街に迎えるのが好きでね。君がこの地区にどんな新しい商売をもたらしてくれるのか、知りたくてたまらないんだよ」その声はなめらかで、洗練されていると言ってもいいほどだった。

ヴィヴは曖昧《あいまい》な〝われわれ〟という言及を聞きもらさなかった。

「ほう、するとあんたは街の役人か？」ヴィヴは微笑《びしょう》したが、今回は下の牙がどんなに目立とうが気にかけなかった。体格の違いをいっそう見せつけるように近寄っていく。この男が何者なのか、ほぼ確信があった。ちょっと前までなら、すでに喉もとをひっつかんで地面に投げ飛ばしていただろう。

男は微塵《みじん》も姿勢を変えず、ほほえみ返してきた。「そんなものではない。新参者を歓迎し、その安寧《あんねい》に興味を持つことは、街の住人としての義務だと考えているだけだよ」

「なら、歓迎されたと思っておこう」

「君の名前を聞かなかったが」

「そうだな。だが、公正な交換は窃盗《せっとう》とは違う。あんたの名前も聞いてないが」

「たしかに。どうだろう、少しばかりその新しい――」ヴィヴの体越しに荷車を見て、手袋をはめた片腕をふる。「――事業の予告をしてくれないかね？」

「企業秘密だ」

「まあ、いいよ。穿鑿《せんさく》したいとは思わないとも」

「そう言ってもらえてありがたい」ヴィヴは歩いて戻り、引き綱をつかんで持ちあげた。荷車をひっぱりはじめると、力こぶが盛りあがった。今朝よりずいぶん重くなっている。強烈な痛みが腰を締めつけた。扉に近づいても、けわしい目で訪問者の向こうをにらんだまま、歩みをゆるめなかったので、相手は最後の瞬間、残念そうによたよたと敷居からどくはめになった。

「あとで確かめるからな！」男が後ろから呼びかけてくるのをよそに、ヴィヴは顔をしかめ、鼻から荒い息を吐きながら、荷車をごろごろと石畳の上で転がして西へ向かった。

頭上では雲がもくもくと集まりはじめ、雨模様を告げている。

通りを行き交うほかの人々はみな、迫りくる嵐を避けるために備えをしていた。


その日の午後、カルがふたたび現れたときには、空はさらに暗かった。ヴィヴは荷車を返し、厩の前の馬具入れに腰かけていた。袖をまくりあげ、両腕の汚れには汗の筋がついている。

近づいてくるにつれ、小脇にかかえた包みが見えた。ホブは立ち止まると、包みの片隅をぱたぱたふってみせた。「防水布だ。雨になりそうだからな。新しい材木を濡らさねえのがいちばんさ」財布を投げてよこしたので、ヴィヴはわざわざ中身を調べることもなくしまいこんだ。

梯子を外にひっぱりだし、路地から石をいくつか集める。ふたりで屋根に上り、防水布を穴にかぶせて石で固定したとき、ちょうど雨粒がぽつぽつと瓦《かわら》にくすんだオレンジ色の斑点を散らしはじめた。

道におりて中に入り、頭の上でぱらぱらと鳴っている雨音に耳をかたむけていたとき、カルが言った。「さあて、雨脚が弱まらねえかぎり、今日の配達はなさそうだ」殺風景な内部を見まわす。「よく働いたな、ええ？　いまはずいぶん広く見えるぞ」

ヴィヴは中を検分しながら苦笑いした。どういうわけか、がらんとしていると、この先の作業がもっと手ごわく感じられた。「私が愚かだと思うか？」

「ふむ」カルは肩をすくめた。「あんたみてえなのに、前向きじゃねえ意見を言う習慣はねえな」

「私みたいなの？」ヴィヴは溜息をついた。「つまり――？」

「金を払ってくれるやつってことさ」カルは例の薄い笑みを見せた。

「まあ、金を払う側として、ここでぶらぶらしながら待つ理由はないな、たとえ――」

その言葉をさえぎったのは、荷台に頑丈な小さい木箱を三つ積んだ荷車の到着だった。

「なんとも手際がいいな」とカル。

ヴィヴは雨の中に出ていった。「これは資材じゃない」と肩越しに言い置く。すでに香りが届いていたのだ。

受け取りの署名をして、馭者に代金を払うと、手伝いを断ってひとつひとつ木箱を厩に運び込む。どれもきっちりと組み立てられ、側面と底部がたくみに合わさって、てっぺんだけが釘づけされている。ノームの型板刷りが板に沿ってきっちり直角に走っていた。

カルがものめずらしそうにながめるなか、ヴィヴは最後の一個をおろすと、カルの道具箱を示し、問いかけるようなまなざしを投げた。

「いいぞ」とカル。

てこ棒をとりあげて蓋をこじあけると、中に入っていたのはひと揃いの木綿の袋だった。いまや香りはいよいよ強くなっており、ヴィヴは期待にみぶるいした。袋をひとつ、口をほどいて片手を突っ込み、焙煎した茶色い豆を指の隙間からふるい落とす。豆が袋に戻っていくざらざらという静かな音が心地よかった。

「ふむ。あんたの言うとおりだな。紅茶にはたいして似てねえ」

ヴィヴは夢想から抜け出し、ちらりと相手を見やった。「だが、香りはわかるだろう？ 煎《い》った木の実や果物のような」

カルは目を細めてこちらを見た。「飲み物って言ってたんじゃねえのかい？」

ヴィヴはためしに豆をひと粒かじってみた。温かく苦い、ゆたかな香りが舌に広がる。説明する必要があるという気がした。「この豆を挽いて粉にしてから、熱湯を注ぐんだが、それだけじゃなくてもっといろいろある。機械が届いたら見せよう。それにしても、このにおいだ、カル。これでもほんの影みたいなものなんだ」

敷石の上に腰をおろし、親指と人差し指のあいだで豆を転がす。「アジマスで見つけたと言っただろう。このにおいをたどって店に行ったのを憶えている。あそこではカフェと呼ばれていた。みんなただその辺に座って、あのちっぽけな陶器のカップで飲んでいて、ためしてみずにはいられなかったんだ。そうしたら……あれは、安らぎという感覚を飲んでいるようだった。心が安らぐ感覚だ。まあ、飲みすぎるとまた変わるが。そうすると眠れなくなる」

「ビールを飲んだあと、心が安らぐ連中はたくさんいるぞ」

「それはまた違う。どういう感じか伝えるのは難しいな」

「まあ、だったらいいさ」カルのまなざしは不親切ではなかった。「新しい商売を成功させるためには、みんながあんたと同じ経験をすることを祈る、と言っておくか」

「私もそう思う」ヴィヴは袋の口を結び直し、カルの木槌をとりあげて、また木箱の蓋を釘づけしはじめた。

ふたたび顔をあげたとき、カルは事務室の区画から出てきたところだった。正面で立ち止まり、少しのあいだ考え込みながら床を見つめる。なにを言うつもりなのかと、ヴィヴはゆったり構えて待った。

「この裏に厨房《ちゅうぼう》みてえなところが必要かもしれねえな。ストーブと。たぶん水樽に銅管もな。鍋やフライパンをかける鉤《かぎ》もだ」

「水樽は悪くない案だな。自分で思いつくべきだった、水は必要になるだろうから。だが、厨房？　そんなもの、なんのためにいる？」

「そりゃあ」カルは申し訳なさそうに言った。「その豆の水を誰もほしがらねえときには、せめて食いもんが出せるだろうが」

日がかたむくにつれて雨はやみ、街は清潔とは言わないまでも、においはさわやかになった。まだ黄昏には早かったが、ヴィヴは玄関のベンチという役割が固まった馬具入れのところにランタンとメモを持ち出した。腰を据えてメモを再度調べる前に、道の向かいにいるレイニーが目に入った。ショールを巻き、マグカップの紅茶をふうふう吹いている。

ヴィヴはランタンを馬具入れの上に置き、メモをしまうと、乾きかけた水溜まりをまたいでポーチにいる老婆に合流した。

「いい晩だな」と声をかける。

「ああ」レイニーは厩のほうに顎をしゃくった。「ずいぶん忙しくしてたみたいじゃないか、ご婦人」そう言いながらいたずらっぽくにやりとする。

「ああ、まあ。そうだな」

「あそこで寝てるんだろ？　夜には鍵をかけてるといいがね、あんた。本通りには近いけど、暗くなってからあんたがまずいことに巻き込まれるのを見たくないんでねえ」

意外な気持ちを隠しきれなかった。一般的に、当人を含めて、ヴィヴの身の安全を気にかける者はまずいない。ちょっと感動した。

「心配しないでくれ。しっかり鍵をかけている。だが、まずい相手といえば……」訊きたいことを整理しようとする。「今日、客がきた。大きな帽子で……」頭から大きく両手を広げる。「派手なシャツの。ストーンフェイだと思う。その男を知っているか？」

レイニーは鼻を鳴らし、ずるずると音をたてて紅茶を飲んだ。長いこと無言だったが、やがて吐息をもらす。「マドリガルの手下のひとりだろうね」

「マドリガルだと？　地元の大物かなにかか？」

「野良犬の集団さ」レイニーは吐き出すように言った。「マドリガルが手綱を握ってるんだよ」皺《しわ》がぎゅっと口もとに寄る。「でも、マドリガルは無視していい相手じゃないよ。あいつらが金をよこせと言ってきたら——」鋭くこちらを見る。「——きっと言ってくるがね、そしたらかきあつめて払うのがいちばんさ」

「その気になれるかどうかわからないな」ヴィヴはおだやかに答えた。

レイニーはヴィヴのみごとな前腕を叩いた。「わかってるとも、いままでは考えてみなかったかもしれないね。けど、あんたは前と同じことをするためにここにきたんじゃなさそうだ。違うかい？」

この老婆にはまたもや驚かされた。

「まあ。それはそうだ」とヴィヴ。「しかし、だとしても、大きな帽子とまぬけなシャツの小男に逆らわずにいられるかどうか自信がない」

レイニーは陰気な笑いをもらした。「帽子の男なんか気にしなさんな。心配する必要があるのはマドリガルで、そっちにはまぬけなところなんてありゃしないよ」

「気をつけよう」とヴィヴ。

ふたりはしばらくうちとけた沈黙を保って立っていた。

ヴィヴはレイニーの紅茶の入ったマグカップを見やった。「ところで、珈琲の経験はあるか？」と訊いてみる。

レイニーは目をしばたたかせ、むっとした顔になった。「なんだって、一度もないよ。それにね、あたしの受けたしつけじゃ、レディは自分の病気のことなんて話さないのさ」取り澄ました口調で言う。

ヴィヴは大きな笑い声をあげ、老婆をおおいに苛立たせた。


寝袋は屋根裏のななめになった天井の下へ移した。珈琲豆の香りが板の割れ目からもれてきたのを、温かな土の記憶のように深々と吸い込む。ときおり突風が吹きつけると、防水布が遠くの太鼓のようにバタンバタンと鳴った。

ランタンの明かりを受けて、壁に立てかけた〈黒き血〉がきらめいた。ヴィヴは長いあいだそれを見つめ、帽子の男とマドリガルのことを考えた。唐突に、あの剣の隣で寝ようという衝動が起こる。これまで多くの野営や露営でそうしてきたように。

わざと顔をそむけ、ランタンを消すと、下から漂ってくるゆたかな香りで肺を満たした。

屋根の上でドスンと中身のつまった音がして、リズミカルな重い足音とカリカリ瓦をひっかく音が響いてきたが、もう寝かかっていたので、防水布の音にまぎれてしまった。

そのままヴィヴは眠りに落ちた。

4

続く数日間で、材木と瓦《かわら》とほかの資材が少しずつ届いた。土砂降りがきてはやみ、それから空がすっきりと晴れ渡った。晴れるとすぐ、ヴィヴとカルは古い瓦をはがすと、隙間から床に落として砕き、屋根の穴を修理した。完全に直すために使わなければならなかった材木の量には驚いた。

カルは修理の作業でも期待どおりに几帳面《きちょうめん》で気配りが利いていた。双方にとって重労働の二日間だったが、屋根はふたたび完全に水を防ぐようになった。

次に、カルは内装を調べた。指の節で板を叩いて音を聞き、幾度か内部が腐った木の中身をひとつかみ掘り出して、頭をふってみせた。四日にわたって古い木材をひきはがしては新しい木を釘で打ちつけたあと、ヴィヴはこのいまいましい建物全体を建て直したほうがよかったのではないか、とあやぶみはじめた。破片を運び出すため、また粉屋から荷車を借りることになった。

屋根裏にはもっと頑丈な梯子《はしご》を常置した。ヴィヴはすみやかに金鎚と釘の扱いを覚え、なかなかの腕前になった。金属のかたまりを正確にふりまわして目標を打つというのは、まさしく能力の範疇だったからだ。

はじめて屋根裏によじ登り、片隅で暗く光る〈黒き血〉を見かけたとき、カルはなんの感想も述べなかった。「くつろげるな」かわりにそう言った。「まあ、ベッドと鏡台がいるだろうが」

「必要ない」とヴィヴ。「野宿に慣れているからな」

「慣れてるってのは、そのほうがいいってことじゃねえ」とはいうものの、カルはそれ以上勧めず、その話はそこで終わった。

中心の厩《うまや》の区画では、カルに提案されたとおり、馬房の壁を倒し、それぞれを一種の仕切り席にした。ホブは内側に沿って整然とU字型のベンチを据えつけた。テーブルの天板をあらかじめ作っておき、ヴィヴがオークの力でやすやすと架台の上に置いた。

北と東の壁には高窓を二か所切り取り、新たな食堂の区画に屋根裏から朝日がおりてくるようにした。

ふたりは事務室のカウンターを砂でみがき、追加の作業場として、端に蝶番《ちょうつがい》で開閉できる部分をつけたした。カルは馬具用の棚の一部を移動し、いまやヴィヴが店頭とみなすようになった部分の後ろの壁にとりつけた。また、小さいほうの扉の隣にある、中枠のついた正面の窓のガラスにひびが入っていたのを、なんとか取り替えてくれた。

「ともかく、もうあまり厩らしくは見えないな」カルがガラスの最後の一枚をはめるところをながめながら、ヴィヴは意見を述べた。

「ふむ。においも厩らしくなくなりゃ、ありがてえがな」

ある日の午後、ヴィヴは一方の肩に水樽を担ぎ、バケツをいくつか手にかかえて桶屋から戻ってきた。樽はカウンターの裏の隅に押し込んだ。数ブロック先の井戸から水を汲んできて樽に入れているあいだに、もれがないかをカルが点検した。

ふたりは事務室の奥の部屋に棚を足し、食料品置き場に変えた。ヴィヴはメモを確認し、保冷用に穴を掘って粘土で覆った。カルがその穴に蝶番つきのきちんとした扉をつけてくれた。

カルが壁の下部を覆う川の石の隙間に漆喰《しっくい》をつめているとき、ヴィヴは梯子を使って店の正面に白く水漆喰を塗った。

腕で額の汗をぬぐい、水漆喰のバケツを持ってすたすたと中に戻ると、カルが敷石の隙間の砂を確認して床を調べているのを見つけた。ついスカルヴァートの石が置いてある場所に目がいき、急いで駆け出さないよう自制しなければならなかった。

「そこになにか必要な作業でも？」きびきびと自然な口調になるよう努力しながらたずねる。もし石が見つかってしまったら？　それがなにかわかるだろうか？　わかったところでどうだというのか？　カルのことは信用していると言っていいだろう。

だとしても。

カルが顔をあげた。「ふむ。もうちっと砂がいるかもな。この石がぐらぐらしてるぞ。持ちあげて下になにかつめたほうがいいかもしれねえ」スカルヴァートの石が埋まっている床石を踏みつけられて、心臓がはねあがった。

「私がやろう」と言ったものの、自分の笑顔がひどく嘘くさいように感じられた。

カルが気づいた様子はなかった。

「ふむ」と答える。

それでおしまいだった。

その晩遅く――通りをあちこち見まわし、帽子の男がこちらをのぞいていないことを確かめってから――ヴィヴは実際に敷石をどかした。スカルヴァートの石を取り出し、手で持つ。さわると温かく、ランタンの明かりとは別に、ほのかな黄色い光を放っているかのようだ。そっともとの位置に戻すと、砂をひと握りすくって敷石を平らに直し、また隙間に砂をつめて均《なら》した。

その夜はスカルヴァートの女王の夢を見た。だが、石を外すために頭部に手を押し込んだとき、肉が手首をぎゅっと締めつけた。こぶしを引こうとしても抜けず、肉が固まり、あの無数の目玉がひとつひとつ燃えあがっていったと思うと、はっと目が覚めた。右腕の神経に火がついたようにぴりぴりと手がしびれていた。

しばらく目を覚ましたまま横たわってから、ようやくまた眠りに落ちたが、朝には夢のことを忘れていた。


あくせく働き、筋肉の痛みをこらえ、細かい破片や埃にまみれ、汗と石灰と切ったばかりの木の香に包まれて日々は過ぎていった。

二週間目の終わりには、かつての厩はなんとも立派に見えるようになった。気がつくと、ヴィヴは一日数回通りに出ては腰に手をあて、じんわりと湧きあがる達成感に浸りながら店を見渡すようになっていた。

そうした場面のひとつで、いきなりレイニーが隣にいたのでびっくりした。老婆は箒《ほうき》を杖がわりに使い、体をもたせかけていた。どうやってこんなに静かに近寄ってきたのか、さっぱりわからない。

「さてねえ。こんなしゃれた厩は生まれてはじめて見たよ」レイニーは言ってうなずきかけ、自分のポーチへ戻っていった。

なぜもっと早くやらなかったのか判然としないまま、ヴィヴは梯子をかけて古いパーキン貸し馬屋の看板をひきはがし、心底満足しながらごみの山に投げ捨てた。

「新しい看板がいるな」カルは言い、ズボンの腰に親指をひっかけて、空になった鉄の金具を見あげた。

「それなんだが」とヴィヴ。「メモはたくさん取った。細部はほぼ網羅《もうら》したと思う。だが、看板のことは本気で考えたことがなかったんだ。店名も」カルを見おろす。「なぜかまったく頭に浮かばなかった」

しばらく沈黙が漂ってから、カルが咳払いして、聞いたこともないほどおずおずと、思い切ったように提案した。「ヴィヴの店？」

「それでもかまわないだろうな」と応じる。「もっといい案もない」

カルは満足したようではなかった。

「ふむ。さてな……さて……ヴィヴの珈琲《コーヒー》？」

「正直に言おう。なんだろうと、本人の名前がついているのは妙な気がする。まるで自分の顔が看板に描いてあるようだろう」

間があった。

「たんに珈琲と書いてもいいんじゃねえか。そう混乱はしねえだろうしな」

ヴィヴは横目で相手をにらみ、こいつは自分より長生きするだろうと考えたが、そのときカルの口の端がぴくっと動いた。

「いまは保留にしておこう」とヴィヴ。「なんとも言えないが、ひょっとするとあんたの名前をもらうかもしれないな。〝厄災珈琲〟というのはいい響きだ」

カルはこちらを見つめ、ふんと鼻を鳴らしてから、まじめな顔で言った。「そうだな。間違ってはいねえ」


その週の後半には建設作業の大半が完了した。大きな架台式のテーブルを作ったし、仕切り席のあいだにはベンチがのびている。それを残らず塗装して油でみがき、床をきれいに掃いて、新しい高窓にガラスをはめた。

ヴィヴはシャンデリアを一個つりあげ、カルが壁にとりつけたねじ用の座金に固定した。日が暮れてくると、長い蠟燭《ろうそく》で火をともしてみて、投げかけられる光や、下でゆらゆらとゆれる影の輪にふたりとも満足した。

ヴィヴとカルはメモをはさんでテーブルに向かい、家具や敷物の細かい点、店内のにおいを入れ換えるための葦のことなどを話し合っていた。

ふいにぴたりと会話がやんだ。

戸口に帽子をかぶった男が立っていた。仲間まで連れている。帽子の男ほど身なりがよくはなく、雑多な集団だ――人間がふたり、短い顎ひげを生やして髪を後ろにくくったドワーフがひとり。ショートソードが少なくとも二本見えたし、合わせて六本はいずれかの袖口にナイフがひそんでいるに違いない。

「いつ立ち寄るかと思っていた」ヴィヴは言った。わざわざ立とうとはしなかった。

「私が君の心を占めていたとは光栄だ」男は答え、敷居を越えて入ってくると、改装された内部を見渡して感心したようにうなずいた。「実によく働いたな！　この古い建物がこれほど立派に見えたことはないよ。しかし、馬を扱う商売ではなさそうだな」

ヴィヴは肩をすくめた。

男の笑顔は、この前訪れたときから一度も消えたことがなかったかのようだった。「さて、機智に富んだ議論は誰にもおとらず楽しむたちだがね、君はどうやら率直さを好むようだ。私はたんなる代理人でね。友人はラックと呼ぶ。君もそう呼んでくれたまえ。この通りは——この南の区域全体が——情け深いマドリガルの監視の目のもとにある」まるでマドリガルそのひとがこの場にいて見ているかのように、さっと一礼してみせる。

「私に監視の目がいると思うか？」ヴィヴの眉があがった。

「われわれは誰であっても気を配ってくれる人を必要としているものだ」ラックは応じた。

「そろそろ教えてくれるんだろうな……なんと言った？〝情け深い目〟に対して、月に一回不本意な寄付をしろと？」

ラックは指を一本こちらに向けてみせ、笑みを大きくした。

「まあ、言いたいことは聞いた」ヴィヴはあっさりと男をあしらってメモの検討に戻った。カルはこのやりとりのあいだじゅう、顔をこわばらせてぴくりとも動いていなかった。

ラックの声に苛立たしげな棘《とげ》が加わった。「今月末までに君の寄付金が届くものと期待している。ソブリン金貨一枚、銀貨二枚が相場だ」

「期待するのはあんたの勝手だ」ヴィヴの返答はおだやかだった。

視界の隅で、ラックの後ろの用心棒たちが近づこうとするのが見えたが——実際にそうしていたら自分たちの間違いを思い知ったことだろう——ラックは身ぶりで止めた。

重い沈黙がおり、そのあいだヴィヴは反論を待ち受けた。

すると、ラックと仲間はそのまま立ち去った。

カルが長々と息を吐き出し、心配そうな一瞥《いちべつ》を送ってきた。「いいか。マドリガルとことを構えるんじゃねえ」小声でそう言う。普段ホブが話すときには、煉瓦《れんが》を並べるときと同様、常に冷静で落ち着いた口調だというのにだ。この変化に、ヴィヴは真顔で相手を見た。

「レイニーもそう言っていた」テーブルに片手を置き、指を広げる。「しかしカル、この手がなにをしてきたか、あんたにはよくわかっているだろう。やりあって分があるかどうかも判断できないほどまぬけな連中に私がぺこぺこすると本気で思うのか？」

「ふむ。あの四人は問題なく倒せるだろうさ。だが、いいか。あっちの人数は四人どころじゃねえ、それにマドリガルは人を見せしめにするたぐいの相手だ」

「これまでに噂も伝説もさんざん聞いてきたが、いつでも話は実物よりはるかにおおげさだった。ここでも自分の面倒ぐらい見られるさ」

「そうかもしれねえな。だが、この店は？」カルは指の節でテーブルをコツコツ叩いた。「ここは燃えねえわけじゃねえ。だから、たしかに自分の面倒は見られるだろうが、かかってるもんは身ひとつじゃねえと思うがな。違うか？」

ヴィヴは眉をひそめ、言葉につまって相手を見つめた。

カルは立ちあがり、指をこちらに向けて言った。「待て」

最後に残った資材の一部をかきまわし、金鎚と釘を回収する。カウンターの後ろの壁に向かって爪先立ちになると、木に金具を打ち込んだ――ひとつ、ふたつ、三つ。

「せめてこうしろ。あんたのその剣をあそこに置いとけや」と言う。「あいつらに牙をむいてやるつもりなら、少なくとも必要なときにかみつけるように用意しとくほうがいいぞ。ふむ?」

その晩ヴィヴが床についたとき、〈黒き血〉はその金具の上におさまっていた。死の台だ。いまでも片隅にひっそりと眠っていられればよかったのだが。

カルがくるとは思っていなかったが、昼ごろ現れたときには、荷馬車の後部に乗って、大きな黒いストーブと数本に分かれたストーブの煙突の隣に座っていた。

カルがとびおりたとき、ヴィヴは横目で見やった。「これはいったいなんだ?」

ホブは肩をすくめた。「ふむ。厨房《ちゅうぼう》がいると言っただろうが。なにか言う前に断っとくがな、もう支払い済みだぞ」

ヴィヴはおもしろがりつつも苛立って両手をあげた。馬たちがびくっとあとずさりする。

「どこで手に入れたんだ? 私はパン屋じゃないぞ」

カルは上の部屋を示した。「ここは冬に寒くなるが、これといって暖炉もねえ。屋根に雪が積もったとき、屋根裏で床に転がって凍えたいってのか? おろすのを手伝ってくれや」

ヴィヴは口をつぐんだまま、ストーブを片側ずつずらし、荷馬車の台からおろして運び出した。ヴィヴにとってさえ、ずっしりと重い鉄のしろものは扱いにくかった。最終的には、地面におろして端を交互に動かしながら歩かせ、大扉から店の正面に入れることになった。カルは煙突の部品を一本ずつ運んでから、じれったそうな馭者に金を払った。

自分が少し息切れしていることに気づいて、ヴィヴは驚いた。腰もまたずきずきしてきたので、ベンチのひとつにドスンと座り込む。「あんたに払わせるわけにはいかない、カル」

「ふむ。残念だったな。もうおれに払いすぎだ。なにかばかげたもんに無駄遣いするなら、これにでもしとくかと思ったのさ」

「冬の暖房用にか？」

カルはうなずいた。「で、もし豆の水がうまくいかねえときにゃ……」

ヴィヴは声をたてて笑った。「その話だが」カウンターのほうに手をふる。そこにはいくつかのやかん、乱雑に重ねた布、素焼きのカップが何個か載せてあり、その脇に乳鉢とすりこぎが置いてあった。

「薬屋も始めるのかい？」

「これから見せる。だが、まずこいつを床の真ん中からどかそう」

カルから指示を受けて、ストーブを西側の壁際に据えつける。そして、しばらく計算し、あれこれいじり、悪態をついたあと、カルが煙突をとりつけた。把手《とって》つきの錐《きり》と鋸《のこ》で少し切り——ヴィヴから茶化すような論評を受けつつ——壁に接している鍔《つば》に通して外に出す。数時間後、ふたりは煙突の先端を軒の上までのばし、雨よけの蓋を載せた。

木くずを焚きつけがわりにして、側面の箱の中に小さな火を熾《おこ》してみる。煙があがり、なんの問題もなく外に出ていった。

「よし」とヴィヴ。「あのやかんのどれかに水を入れて上にかけてくれ」

カルが両眉をあげた。「豆の水か？」

「ストーブをためしてみたいのか、そうじゃないのか？」

ホブは肩をすくめて作業にとりかかり、水樽からやかんに水を汲んだ。

ヴィヴは袋のひとつから珈琲豆をつかみだすと、乳鉢ですりつぶし、できた粉を筒状の亜麻《あま》布《ぬの》に流し込んだ。素焼きのカップをひとつ取り、筒を広げて口にかぶせる。やかんが鳴り出すと、沸騰《ふっとう》した湯をゆっくりと少しずつ粉に注いでいく。

「そりゃあご婦人の靴下か？」カルが問いかけた。

ヴィヴはちらりとそちらを見た。「これは清潔だ。私は靴下をはかない」

「訊いてみただけさ」カルはやんわりと言った。

「ふむ」とヴィヴ。どうやら口癖が移ったらしい。

「ストーブがなけりゃ、そもそものやかんをどう使うつもりでいたんだ？」カルがあてつけがましくたずねた。

「うーん、これからくる機械に水を入れるのに必要だったたんだ。いま湯を沸かせるのはたんなる幸運な偶然だな」

ヴィヴは最後に円を描くように湯を注ぐと、ふくらんだ粉に滲み込むのを待った。亜麻布の筒を外してカップをまわすと、目を閉じて鼻先に持っていき、深々と香りを吸い込んだ。ためしにひと口味わってみて……にっこりとうなずく。「なかなか悪くない」

カルがしかめっつらを向けてきた。

「いや」ヴィヴは言い訳がましく言った。「ちゃんと淹れたときほどうまくはないが」カップを渡す。

カルはおおげさににおいを嗅いだ。眉をあげ、軽くうなずいた。時間をかけ、細心の注意を払ってちびちびと飲んでいく。それから、片手でカップを持ってその場に立った。

少々長すぎるのではないかと思われる数分が経過し、ヴィヴはこらえきれなくなった。

「で?」

「ふむ」とカル。「まあな……実際、そうひどくはねえ」

あとになって、ふたりは大テーブルの前にそれぞれカップを持って腰かけた。カルは飲み物を無視するふりをしていたが、たまに見られていないと思ったときには、こっそりちびちびすすっていた。ヴィヴは自分のカップを両手でかかえ、熱と香りを楽しみながら物思いにふけった。それは輪が完成したような、カチッと音をたててうまく留め金がはまったような感覚だった。

「そういうわけだが」と言う。「ここにミルクを入れてもいい。あんたは気に入るかもしれないな」

「ミルク?」カルは顔をしかめた。

「案外いいぞ。機械がきたら一度ためしてみないとな。ノームはラテと呼んでいる」

「ラテ? なにか意味があるのかい?」

「発明したノームのバリスタの名を取ってつけられたものだと思う――ラテ・直径《ダイアミター》だ」

カルは辛抱《しんぼう》強いまなざしをよこした。「ある言葉の意味を説明しようってのに、誰も知らねえ別の言葉を使ったらだめだろうが。バリスタってのはなんだ?」

「カル、私がその言葉を発明したわけじゃない」

「ただ豆の――珈琲とやらを買うためだけに新しい知識が必要になるとはなあ」

「どうだろうな。そういうのはけっこう好きだ。そのほうが異国情緒を感じる」

「ご婦人の靴下と、異国情緒を感じる豆の水か。神々よ、勘弁してくれ」

5

掲示板はテューネ最大の広場の東端に立っていた。低い位置にあり、横長で、新しく出された羊皮紙やフールスキャップ紙の切れ端の下に、ぼろぼろになった無数の古い紙片がぎっしりと貼ってある。ヴィヴは広告に目を通しながら、ふいに湧きあがってきたうんざりするような記憶に耐えた――獣狩り、賞金稼ぎ、戦闘。どこかの街でこうした紙切れを百枚はひきはがしたはずだ。血まみれのこぶしで、依頼を完了した報酬を請求するために。何回か求人広告を出したことさえある――金で雇ったり、狩りの一隊の人員を集めたりするさいに。

この求人広告は以前のものとはまったく違う。

ヴィヴは山ほどある鉄の鋲のひとつで自分の広告を留め、書いた内容を読み返した。

店員募集――経営を学ぶ意欲求む、飲食店勤務経験ありが望ましい
昇進機会あり
根気があればなお可
相応の賃金

レッドストーン通りの旧貸し馬屋にて問い合わせ対応
午後以降日暮れまで

大きな賭けだったが、いまのところ、スカルヴァートの石はヴィヴを失望させていない。

店に戻ったものの、じっとしていられず歩きまわっていることに気づいた。街にきた最初の日、いちばん重要なものを配達してもらうよう手紙を出したが、珈琲豆《コーヒー》はすぐきたのに、もうひとつの荷物はまだ届いていなかった。店の修理と掃除が終わり、この神経の昂《たかぶ》りを発散させる先がなくなると、やりきれない気分だった。

何週間も仕事に従事してきたので、カルがいないと手持ち無沙汰でむずむずした。とうとう、もどかしさのあまりメモを集めて革袋に入れ、テューネでの第一夜に訪れたパブへ出かけていった。

奥のテーブルについて食事を注文し、やるべきことの一覧を作ったものの、どんどん的外れになっていく。正午になっても食事は半分残っており、仕事を整理しようという神経質な試みも失敗したので、ヴィヴは勢いよく席を立つと、支払いを済ませ、大股で店に戻って待機した。

初日に応募者がくるだろうと考えるのは、もちろんばかげている。だが、スカルヴァートの石が……さて。その力を信じるか、信じないかだ。もし信じるとしたら……

スカルヴァートの石は燃え
幸運の輪《リング》を引き寄せる

ヴィヴは火を熾《おこ》し、湯を沸かして豆を挽くと、珈琲を一杯淹れ、あっという間に飲んでしまった。続いてもう一杯淹れる。そしてもう一杯。その結果、かつてないほど神経が昂り、店員募集の広告にもっとほかの説明を書いておけばよかったと思った。また、石の力に見当外れかもしれない信頼を寄せているからといって、ここに閉じこもっている必要はないとも。本気でこんなに早く成果が訪れると信じているのだろうか？

壁にかかった〈黒き血〉は不吉さを漂わせている。気がつくと、おろして刃を砥《と》ぎたい、あのなじみ深い反復の動きに没頭したいと考えていたが、あえて目をそらした。カルがそこに置かせたことに苛立ったあとで、カルのせいにしている自分に腹を立てる。そんなくだらないことを考えるとは。あの体を片手でほうりあげて曲芸をすることもできるだろうに、カルがヴィヴになにかをさせることなどありえない。

それから、夕方近くになって、戸口を叩く音が聞こえ、ためらいなく扉がひらいた。

女がひとり、つかつかと入ってくる。用心深く、それでいて自信に満ちた様子であたりをさっと見まわした。背が高く——もちろんヴィヴほどではないが——つややかな黒髪を顎の長さできっちりと切り揃えている。ズボンをはいて、喉まで覆う襟のついた、形のはっきりしない濃い色のセーターらしきものを着ていた。貴族的な顔立ちに黒い瞳。髪を分けるずんぐりと短い二本の角、わずかにくすんだ赤紫色を帯びた肌、さらには鞭のような尻尾に目がとまり、ヴィヴは驚いた。この女はどう見てもサキュバスだ。

四杯目の珈琲ですでに頭がぼうっとしたまま、席から立ちあがる。

女はヴィヴを上から下までじっくりとながめたものの、表情は変えなかった。わざとらしく壁の〈黒き血〉を見やり、視線を戻す。「店員募集」と口をひらいた。問いかけではなかった。喉にからむ低い声だったが、はっきりした話し方だった。

「えーと、そのとおりだ」ヴィヴは答えた。そして、突っ立ったままでいた。

女はゆっくりと眉をあげ、後ろ手に扉を閉めた。片手をさしだしてくる。「タンドリよ」

「ヴィヴだ」あんなに珈琲を飲んだ自分を罵《ののし》りつつ、ぎこちなく手を握り返す。「すまない、まさか初日に誰かくるとは思っていなかったんだ」と言う。まったくの嘘だったが、おそらく相当あわてているように見えただろうから、言い訳には使えるだろう。

「迅速な行動が好きなの」とタンドリ。

「なるほど。いいな！」ヴィヴは自分を落ち着かせようとした。前にも手伝いを雇ったことはある。もちろん傭兵や掏摸《すり》だったが、基本は一緒だ。仕事を提示し、条件を説明して、都合が悪くなったら一目散に逃げ出す輩かどうか感触をつかんでから、最後に決断を下す。簡単だ。

「つまり、店員を探している。いや、そのことは広告で明白だろうな。仕事は……その、なんというか……うん。珈琲について聞いたことがあるか？」

サキュバスがかぶりをふると、流れるカーテンのように髪がゆれた。「いいえ」

「まあ、それはいい、問題ない。だが、紅茶は？　紅茶は知っているだろう。私はまもなく店をひらく、喫茶店のようなものだ――ただし珈琲の――そこを私ひとりではまわせない。仕事を覚えて客の対応をし、必要なことはなんでも進んでやってくれる人手がいる。たぶん掃除もすることになるだろう。そして、まあ、珈琲も淹れてもらう、必要に応じて……私からやり方を習ったあとで。さて。〝飲食店勤務経験あり〟と広告に書いたが。経験はあるか？」

タンドリは眉ひとすじ動かさなかった。「ないわ」

「そうか」

サキュバスはこちらに向かって首をかしげた。「あなたは？」

つかのま口がぽかんとあいてしまい、ヴィヴは最終的になんとか答えを押し出した。「私は……ないな」

「学ぶ意欲ならあるわ。広告のもっと上にそう書いてあったでしょう」女は言った。

「それは事実だ」ヴィヴは頭の後ろをかいた。いやはや、これは実にやりにくい。

「昇進機会あり、とも書いてあったけれど」タンドリがうながした。「どんな機会なの？」

「たしかにそう書いたな。その……つまり、店がうまくいけば……どんな機会かというのは、あんたの関心がどこにあるかによると思うが？」

なんとも気まずい沈黙が流れた。

ヴィヴはどう口に出すべきか葛藤《かっとう》した。ものごとを遠まわしに言うことに長《た》けていたためしはない。たったいままで、そんなことはとくに重要ではなかったのだ。サキュバスにはある種の……生物として不可欠な本能がある。その要求や嗜好《しこう》は、そもそも選択の余地があるものだろうか？　とにかく手探りで進めてみた。「あんたは……サキュバスだ。そうだろう？」

その質問の言外の含みに、タンドリの表情がはじめて変化した――唇がきゅっと結ばれ、目つきがきつくなる。背後で尻尾がさっと動いた。「そうよ。それで、あなたはオークね。喫茶店じゃないお店をやろうとしている」

「批判するつもりはない！」ヴィヴはあわてて口走った。大きな間違いを犯す瀬戸際にいると感じたものの、それでもたどたどしく続ける。「なぜ訊くかというと、ただ――」

「いいえ、あなたのお客を誘惑するつもりはないわ、そういう意味なら」タンドリの声音は氷のようにひややかだった。

「それは……私が言おうとしていたことじゃない」とヴィヴ。「そんな思い込みは絶対にないさ。たんにその……あんたたちの仲間と働いたことがなくて……あんたの……要求がどんなものか確信が持てない」神々よ、これはいたたまれない。頰が真っ赤になった。

タンドリは目を閉じ、胸の前で腕を組んだ。やはり頰が紅潮している。

いまにも背を向けて立ち去ってしまうに違いない。

ヴィヴは溜息をついた。「謝ろう。その、私はとてもこういうことが下手くそなんだ。自分がなにをしているのかよくわかっていない」壁のグレートソードを親指で示す。「私が知っているのは、昔から知っていたのは、これだからな。ただ、いまはなにか別のことを知りたい。

なにか別のものになりたいんだ。さっき口にしたことは全部ばかげていた。誰よりも私こそ、生まれついた種族で偏見を持つべきではないとわかっているはずなのに。出ていってしまう前に、もう一度やりなおしてもいいだろうか？」

タンドリは鼻からゆっくりと息を吸い、口から吐き出した。「やりなおす必要はないわ」

「そうか」ヴィヴはがっかりして言った。「わかった」

「どうして時間を無駄にするの？ 細かいことはだいたい話したでしょう」サキュバスはきびきびと続けた。「それで、〝相応の賃金〟というのは？」

ヴィヴは一瞬目をむいて相手を見たあと、口ごもりながら言った。「手始めに、週払いで銀貨三枚、銅貨八枚ではどうだ？」

「私は……ああ、それでいい」

「銀貨四枚」

「異存はないわ」

「それなら、仕事をしたいということか？」

「ええ」タンドリはふたたび手をさしだした。

ヴィヴは茫然としながらその手を握った。「ああ、じゃあ……ようこそ。その……感謝する」

店員を雇うつもりだったが、たったいま意図せずに共同経営者を手に入れたのではないか、という気がしてならない。誰が誰を面接していたのだろう、と考えずにはいられなかった。

「じゃあ、決まりね」とタンドリ。「これからよろしく、ヴィヴ」

サキュバスは向きを変えて出ていき、そっと扉を閉めた。

「〝根気があればなお可〟」ヴィヴはつぶやいた。

いつ仕事が始まるか指定さえしなかったと気づいたのは、数分たってからだ。しかし、どういうわけかその点は気にならなかった。


ヴィヴはまっすぐ広場へ行くと、たった数時間しか貼られていなかった広告をはがした。紙をたたんでポケットに入れ、店に戻って、ひとりでこっそり挽いた豆の粉のくずを拭き取った。それが済むと、外出してたっぷりした食事をとった。心地よく暖まり、満腹になって帰宅する。食堂の区画に腰かけて魔術棒をもてあそびつつ、スカルヴァートの石が置いてある場所にちらちら視線をやった。

その後、寝袋から天井を見つめながら、近々荷物が届くことを考えた。いよいよだという感覚が身の内に高まってくる。あとは最後の障害を取り除くだけだ。

屋根瓦《がわら》の上にどさっとなにかが落ちた。重たい足音がガタガタと騒々しく響き、大きなものが西側の壁まで通っていく。意味ありげな間があり……続いて、ずしんと音がした。

ヴィヴはすばやく寝袋から抜け出し、梯子《はしご》をおりていった。ひっそりと静かな通りを行ったりきたりして、屋根の上を見ようと試みたあと、西側の路地も確認したが、なにも見あたらなかった。

6

仕事の開始日を気にしなかったのは正解で、実際にタンドリは翌朝やってきた。ヴィヴは半分水の入ったバケツを脇に置き、通りで濡れた髪を絞っているところだった。いちばん近い風呂屋に行くのを好まないことに気づいてから、外で水浴びをする習慣に立ち戻ったのだ。

髪を巻きあげてピンで留めると、手のひらで顔の水をぬぐいながら立ちあがる。「いつ仕事を始めるか言うべきだった」と言う。「まだ開店できない。配達を待っているところだ」

「現状でもやることはいっぱいありそうだけど」タンドリが述べた。前日とまったくかわらない、きびしくも率直な態度だ。これまでに会ったサキュバスに見られた官能的な影響力は少しもなかった。もっとも、会ったことのあるサキュバスはゼロに近いと認めざるを得ない。タンドリがてきぱきと有能なだけではないとほのめかしているのは、髪のとろりとしたつやと、尻尾のしなやかな動きだけだった。

「ほう?」ヴィヴは問い返した。

「なにをすることになるのか知る必要があるでしょう。いまほどふさわしいときはないわ」

「そうだな。まあ、装置が届くまで実際に詳細を教えることはできないとして、今日の予定は食器類と家具の一部を選ぶことだ。私は飾りつけがそう得意なわけじゃないが、いくつか考えがある。これから陶工を探しに行って、その次に通りに出すテーブルや椅子を手配して、あとは――」曖昧《あいまい》に手をふる。「――なにか……絵でも？　飾りつけなどは簡単だろうと思っていたんだが、ひどく手間がかかるな」

「もし提案していいなら」タンドリが言った。質問のようには聞こえなかった。

ヴィヴはどうぞご自由に、というしぐさをしてみせた。

「テューネ市場がひらくのは今日とあしたで、毎週いつも同じ日よ。節約したくて、無駄にあちこちまわりたくなければ、市場に行くのをお勧めするけれど」

「案内してくれるか？」

「あなたのお金よ」タンドリは応じた。その口調はいつもどおり平坦だったが、ちらりと微笑《びしょう》が浮かんだような気がした。

経験上、会ったことのある一般の人々はたいてい、ありもしない一撃から身を守るかのように、ヴィヴのまわりでは用心深くふるまう。それとは異なるこのサキュバスの正直な性格は楽しかった。カルのぶっきらぼうな態度ともまるで違う。ヴィヴはまたもや、スカルヴァートの石と、石が引き寄せると約束されたものについて思いをめぐらした。

店に鍵をかけると、タンドリに連れられて、本通りの北からまがりくねった長い大通りへ出た。どうやら多くの商人がそこに常設の店舗や作業場を置いているらしい。街にやってきた最初のころ訪れた鍵屋の近くだと気づいて、意外な気がした。物売りの大部分は広い通りに日よけや台を置いて商品を並べており、早くも増えてきた買い物客がつめかけていた。

ふたりは昼過ぎまで数時間見てまわった。ヴィヴは一覧に載せた品物に目を光らせ、タンドリは手際よくたちの悪い連中を遠ざけてくれたうえ、陶器の細かなひびや鉄製品の雑な継ぎ目に気を配った。指示も許可も得ずに交渉を引き受けたのだが、中性的な服や物腰でどんなに徹底的に包み隠していても——肉体的な魅力はまったく利用していないのに——商人たちが……なにかに反応しているのが見て取れた。

最終的に、ヴィヴは陶製の皿、マグカップ、カップ何組かと、店にあるのよりずっと大きな銅のやかんを二個購入した。そのほか、しろめのスプーンとナイフ、フォーク類を大箱一杯、調理器具掛け、敷物一枚、錬鉄《れんてつ》のテーブル二台と揃いの椅子数脚、壁掛けランタン、掃除用品各種、それと、個人的にはぼやけていると思ったが、タンドリが心をゆさぶると主張する牧歌的な絵画も数点手に入れた。サキュバスはたいていの場合、取引に配達まで含めたが、帰りがけにヴィヴはスプーンなどが入った箱と調理器具掛けを小脇にかかえていった。

その荷物を店におろしたあと、強く言い張ってタンドリを遅い昼食に誘った。

本通りには昼間しかあいていないフェイのレストランがあって、どういうわけかそこがこの機会にふさわしく思われた。暖かい日で、川のにおいが強かった。ふたりは通り沿いのテーブルのひとつに座った。

フェイの料理はバターの香りのパンとたくみな盛りつけで知られ、通常は食べるものにうるさくないヴィヴも、その味が好きになったと認めざるを得なかった。

「それで」食事を待っているあいだに口をひらく。「昔からここに住んでいるのか、テューネに？」

「いいえ」タンドリは自分の席に軽くかけたまま答えた。「いろいろな場所で暮らしてきたわ」それから、するりと話題を変える。「あなたのほうはどう見てもいろいろな種族と交わる気質ではなさそうね。どうしてテューネなの？」

ヴィヴはレイラインのこと、テューネを選んだほんとうの理由について考え、説明するのはやっかいだと踏んだ。結局、事実に即してはいるものの、さほど複雑ではない返事に落ち着く。

「調査したからだ」と言い、自嘲気味に体を見おろした。「この外見からはわからないだろうが、私は大量の本を読むんだ。ともかく、いったんこの商売を始めようと思いついてから、書庫でずいぶん時間を過ごし、たくさんの人と話した結果、さまざまな理由からここがいちばんだと思った」

「珈琲《コーヒー》」タンドリは小さな微笑をちらつかせた。「紅茶ではなくね。長いこと夢見ていたことなの、それともただの転職？」

ヴィヴはカルに話したときよりもう少し雄弁に、アジマスでの出会いを説明した。タンドリは考え込むような顔つきになった。

「前の職業とはかけ離れているようだけれど」

「ふむ、私がどんな仕事をしていたと思うんだ？」ヴィヴは片方の眉をあげてみせた。

タンドリははっとしたようだった。「あなたの言うとおりよ、ばかなことを言ったわ、まして……」

ヴィヴは鼻を鳴らした。「からかっただけだ。私はそんなに傷つきやすくない。それから、参考までに、あんたの推測は間違っていない。農作業ではこれだけ傷痕はできないさ」

タンドリは探るようにこちらを見てから、力を抜いたようだった。

料理が到着し、フェイの給仕が立ち去ると、タンドリは弱いビールの入ったマグカップを持ちあげた。「そうね。見当違いの推測に」

ヴィヴは自分の酒を掲げた。「それに乾杯しよう」

食べながら話を続ける。「たぶん、何年も抜け出す方法を探していたんだと思う。危険な場所に乗り込み、戦い、賞金を稼ぎ――多くの傷からじわじわと血を流して死ぬか、死の一撃を待つかの違いだ。しかし、ほかのどんな可能性に対しても麻痺《まひ》してしまう。それ以外のことで、ずっとこんなふうに感じたいと思ったのははじめてだった。そんなわけで、ここにきた。まだ多少は血が通っている状態でな」

タンドリはうなずいたが、無言だった。

タンドリ自身もなにか言いたいことがあるのではないかとヴィヴは待ち受けたものの、相手は静かに食べているだけだった。

(また別の機会か)

それでも、実に楽しい食事だった。

ふたりが店に戻ると、巨大なノーム式の木箱が正面の路上に鎮座していた。そのてっぺんに腰かけて足をぶらぶらさせていたのは、よく知っているドワーフだった。

「ルーン！」ヴィヴは声をあげた。「いったいこんなところでなにをやっているんだ？」

ドワーフはひょいととびおりると、編んだ口ひげをそわそわとひっぱりながら近づいてきた。

「旧友に荷物を届けとるだけさ」と答える。

「こっちへこい、ちびすけ」ヴィヴは言い、両腕を大きく広げた。

ルーンの顔がほっとしたように笑み崩れ、ヴィヴを抱きしめた。「正直、おまえがわしに会いたいかどうか自信がなくてな。あんなふうにいなくなって……」

ヴィヴは片膝をつき、顔を相手と同じ高さに近づけた。「そのことはすまなかった。足を止めて説明していたら――なにもかも話そうとしていたら――結局自分を説得してやめてしまうことになると思ったんだ。あんたにもほかの連中にも公平なやり方じゃなかったが……」言葉が続かず肩をすくめる。

ルーンはこちらの表情を探ってから、きっぱりとうなずき、ぽんと肩を叩いてきた。「まあ、もうその心配はなかろう。いまわしらに話せるぞ。なあ？」

「そうだな、話せるよ」と言ってから、木箱を見あげる。「だが……荷物とは？」

「ああ！　いや、わしの兄貴のカンナがアジマスの外れで運送業をしとってな。おまえの名前を見かけて、気になって知らせてきたのさ。それで、わしが警備として乗っていこうと申し出た。前にもやったことがあるんでな。白状すると、その木箱を見たあと、おまえがなにをもくろんどるのか知りたくてたまらなくなった」その視線がちらりとヴィヴの背後に飛ぶ。

「そうだった！　こちらはタンドリだ。一緒に働いている」ヴィヴは立ってふたりを引き合わせた。「タンドリ、こっちはルーンだ。まあ、長年つるんでいた仲だな」

「まさしくつい最近までな。お会いできて光栄だ」

「こちらこそ」

「さて、こんなふうにずっと通りに立っているわけにもいかない」ヴィヴは言った。店の鍵をあけると、かんぬきを外し、大きな扉をひらく。「ルーン、これを中に運び込むのを手伝ってくれ」

ふたりは力を合わせて荷物を長いテーブルの上に運んだ。タンドリが当惑した様子でついてくる。

「よし」とヴィヴ。「あんたは興味津々らしい。あける役を引き受けたいか？」

「やってもいいぞ」ルーンは答えた。ベルトにはさんでいる手斧の刃をつかみ、そっと端をこじあけると、蓋がすべりおちた。

おがくずにくるまれて中に入っていたのは、大きな銀色の箱だった。凝った配管がぎっしりと施され、厚いガラスの奥に計器類やいくつかのつまみだの目盛り盤だのが並んでいる。正面には長い柄のついた奇妙な仕掛けが一組ついていた。

「ヴィヴ」木箱の中をのぞこうとベンチに立っていたルーンが言った。「これがなんなのか、わしにはさっぱりわからんが」

「珈琲を淹れる機械よ」タンドリが考えを声に出した。「そうでしょう?」

「まさにそのとおりだ」ヴィヴはおおいに満足して答えた。

「珈琲?」とルーン。「こいつはおまえがアジマスで話していたやつか?」タンドリに視線を投げる。「えんえんとその話を繰り返されてなあ」

「そうだ」ヴィヴはドワーフに笑いかけた。

「で、いったいぜんたいこれでなにをするつもりだ?」

「箱から出すのを手伝ってくれ、そうしたら教えてやる」


一同はまもなくその機械をカウンターの上に据え、木箱は外の通りに出した。ヴィヴは大扉を閉じた。またラックから予想外の訪問を受けたくなかったからだ。とくにいまは。ルーンがここにいると、血まみれになるまで殴りつけたいという欲求を抑えられないかもしれない。

木箱のおがくずの中には取り扱い説明書の小冊子が入っていた。タンドリがそれを奪って熟読し、ヴィヴとルーンは大テーブルで雑談した。

ヴィヴが自分の計画とこの店にかけた手間を説明すると、ルーンはさっきよりじっくりと、品定めするように建物を検分した。

「ほう」と言う。「まあ、ヴィヴ、おまえがなにかにとりかかるときには、楽なやり方はせんな。どうやって軌道に乗せるつもりかわからんが、おまえが結果を予測することなく戦闘に突っ込んだことは一度もない。わしの疑問よりその直感を信じるさ」

「それについては自信がないんだ」とヴィヴ。「だが、あまり運まかせにしないように最善をつくしたのは事実だ」

そう言ったとき、ルーンは目を細めてこちらをながめ、もっと追求しようかと考えたようだった。

「それで、ガリーナはどうしている?」気まずくなりそうな部分は急いでやりすごし、ヴィヴは訊いた。

「傷ついとらんとは言えん。しかし、あれのことは知っとるだろう。とびきりしぶといたちだ。まだ怒っとるかもしれんが、大丈夫さ。そうさな、わしになにか伝えてほしいようなら……手紙を渡してやるのは……?」

「手紙は書くべきだろうが、少し時間をかけて考えたほうがよさそうだ。いまでもみんなヴァリアンを通っていくのか?」

「むろんだ。たいていの場所に行くのにいちばん楽な道筋だからな」

「なにを言うか思いついたらそこへ送ろう。ガリーナに伝えてくれ……その、あんなふうにいなくなって悪かったと」

ルーンはうなずくと、両手でテーブルをトントン叩いた。「さて、いなくなるといえば、わしも帰らんとな。日が落ちてきたし、明日は長い距離を進まにゃならん。だが、行く前に……」ベルトにつけた小袋をかきまわし、側面に三本の波線が入った小さな灰色の石をひっぱりだす。

「まばたき石か?」ヴィヴはたずねた。

「ああ」とルーン。「わしがこれの対を持っとる。おまえがここに住みつくつもりでいて、問題が起こるとは思っとらんのは承知の上だ。しかし、万が一やっかいごとに巻き込まれたり、ものごとが思いどおりに進まなかったりしたら? これを火に投げ込め、わしが合図を受け取って探しにくるさ。もうおまえの所在はわかっとるからな」

「私は大丈夫だ、ルーン」

「まあ、そりゃそうだとも。だがな、それでも……いつか戻る必要があることに気づくかもしれん」抗議される前に両手をあげる。「そうなると言っとるわけではないぞ! 可能性が高いとさえ言っとらん。だが、心構えはしておいたほうがよかろう、違うか?」

ヴィヴは石を受け取った。「心構えはしておいたほうがいい。たしかに」そんなことはまったく望んではいなかったが、ルーンは親切心から言っているのだ。しかも、こちらが説明もなく立ち去ったあとで。最低限できるのは、友情からの提案をおおらかに受け入れることだ。

「では、そろそろ行く」ドワーフはきびきびと言った。立ちあがってもう一度ヴィヴを抱きしめる。タンドリに軽く一礼して、つけたした。「どうも、お嬢さん」

ヴィヴは戸口まで見送った。「会えてよかった、ルーン。ほんとうだ。ガリーナとタイヴァスに謝っておいてくれ。フェンナスには……」

ルーンはにやっと笑ってみせた。「一発尻を蹴っておけ、か?」

「ふむ」とヴィヴ。

「ではな。体に気をつけろ、ヴィヴ」

そして、ルーンは夜の中に出ていった。

◆ ◆ ◆

「すまなかったな」中に戻ると、タンドリがまだノームの小冊子を精読していた。「ほんとうに、あんたがこんなに遅くまでここにいる必要はないんだ。時間の感覚をなくしていた。一時間前にはあんたを帰すべきだったよ」

サキュバスは読んでいたものから目をあげた。「こんな状況で？　これがどういう仕組みなのか知らずにはいられないわ。ひと晩ここに置いてあると思うと、気になってがまんできないんじゃないかしら」つかのま、ぴかぴかの機械に手を触れる。

カウンターに置いてあると、とてもきらびやかで最新式に見えた。ノームの技術は実にすばらしい。アジマスで目にした機械と完全に同じではなかったが、よく似ている。ルーンがいなくなったいま、昂奮《こうふん》が高まると同時に、緊張感と不安が沸いてきた。

「どういうふうに使うか、もう知ってるの？」タンドリがたずねた。

「だいたいのところは」ヴィヴは答え、機械をじっと見て、まがりくねった配管やなめらかなガラス板に視線を走らせた。

「それじゃ」タンドリの表情はむしろおもしろがるようなものに変わっていた。「あんまりじらさないで」

「そうだな！　まず、火だ」ヴィヴは前面にある小さな扉の位置を確認し、パタンとあけた。油溜めと芯がかろうじて見える。長い硫黄《いおう》マッチを探し出して擦り、芯に火をつけたあと、扉を閉めた。

「それと水……」水樽からやかんに水を満たし、機械のてっぺんにある別の扉をひらくと、気をつけて静かにタンクに注ぐ。

物置へ豆の袋を取りに行くとき、静かにシューシュー音があがるのが聞こえた。戻ってきたころには、正面の計器類がぴくぴく動き出していた。

片側に豆を挽く巧妙な機構がついていたので、それとは別の仕切りに一定量の豆をざらざらと流し込む。長い柄の装置のひとつを機械の前面から外し、珈琲挽きの下の溝にはめた。右手の計器がじわじわと表面の青い部分を示すと、レバーを押した。するとがらがらと音をたてて豆が挽かれ、柄の先端のくぼみにぎゅっとつめこまれた。

「そのマグカップをひとつ取ってもらえるか？」

その過程全体を興味津々でながめていたタンドリは、言われたとおりにした。

「さて、最後のところだ」ヴィヴは言い、くぼみをもとの位置に戻すと、マグカップを下に置いて別のレバーを動かした。

もっと鋭く大きなシューッという音とゴボゴボいうくぐもった音が響き、機械をカタカタ鳴らして水が銀色の配管を通り抜けた。数秒間さらに騒音が続いたあと、下のマグカップに茶色い液体が途切れることなくしたたりおちた。

スイッチを切るまで少々長く待ちすぎたものの、やり方がおおむね正しかったことはすぐにわかった。マグカップからたちのぼる香りはゆたかで温かく、木の実を思わせ……申し分なかった。

鼻先まで持っていき、目をつぶって深々と息を吸い込む。

「すばらしい。そう、これだ」

安堵と昂揚が同じだけ体を駆けめぐった。

「ほんとうはこのままが好きなんだが、初心者には……」ヴィヴは別の注ぎ口の下にマグカップをあてがい、てっぺんにあるボタンを押した。すると、カップがほぼ満杯になるまで熱湯がさっと流れ込んだ。

注意しながらタンドリのほうを向き、マグカップをさしだす。「そら。飲んでみるといい。だが、気をつけろ。熱いぞ」

タンドリは重々しくカップを受け取り、両手で持っておそるおそるにおいを嗅いだ。縁を唇に近づけ、しばらくふうふう吹いてから、きわめて慎重にひと口すする。

長い間があった。

「まあ」タンドリは言った。「まあ、なんて」

ヴィヴはにやっとした。これはうまくいくかもしれない。

7

翌朝カルが道具を持って現れたとき、ヴィヴは誇らしげにノームの珈琲機械《コーヒーマシン》を披露した。ホブがベルトに親指をかけて興味深げに吟味《ぎんみ》しているとき、タンドリがやってきた。ヴィヴはふたりを紹介した。

「お目にかかれて光栄だ」カルは深々と一礼して言った。

「いいお仕事ね」タンドリが内装を示して応じる。「前はどうだったか憶えているわ」

ホブはその言葉に少し胸を張り、なんとか笑顔を抑えようとしているのがヴィヴには見て取れた気がした。実際にはうなずいていつもの「ふむ」を口にしただけだったが。

前日の外出で配達を頼んだものが到着しはじめ、その日中ずっとぽちぽち届き続けた。カルが壁掛けランタンをつるしているあいだに、タンドリとヴィヴは食器類を箱から出して棚におさめ、敷物を広げ、テーブルや椅子を正面の窓の下に配置した。

午後のなかばごろ、カルが〝ちょっとした用事〟で中座した。しばらくして戻ってきたときには、かさばって扱いにくい木製の看板を苦労してかかえていた。ぜいぜい息を切らしながら、裏側をこちらに向けておろし、落ち着かなげにてっぺんを指先でトントン叩く。

「いや」と言う。「あんたに訊くべきだったが……決めかねてるようだったしな。それにまだ、なにもさがってねえだろう。よくよく考えてみて、思ったのは……その」間違いなく頬が真っ赤になっている。「あー、なんだ」ふうっと息を吐くと、回転させてヴィヴに表を見せた。

看板は凧型楯《カイトシールド》の形だった。表面が削り取られてふたつの単語が斜体で浮き彫りにされ、そのあいだに見覚えのある剣の輪郭《りんかく》が描かれている。

「もちろんこいつを使う必要はねえ。ただの思いつきだし、暇な時間があったから考えただけで……ともかく、あんたには看板がいる。ここがまだ厩《うまや》だと勘違いさせとくわけにはいかねえ」カルは緊張した声で言った。

看板にはこう書いてあった――

伝説とカフェラテ

「カル」気がつくと、少し喉がつまっていた。「これは完璧だ」

「いや」カルは言った。それから、看板を両手でこちらへ押しつけてきた。

タンドリが考え込むようにうなずいた。「とても印象的ね。カフェラテというのはなに？」

「ミルクを入れた豆の水だ」カルが看板のへりからのぞき、わざと大きくささやいた。

タンドリは顔をしかめた。

ヴィヴは声をあげて笑い、看板を受け取って掲げ、感心してながめた。「このためだけに、あんたにきちんとしたカフェラテを淹れてやるから、飲むんだぞ。冷蔵箱に壺入りの新鮮な牛乳があるし、今朝練習していたところだ」

「ふむ。まずはその看板をかけるか」

ヴィヴの身長なら、椅子の上に立てば鉄の看板掛けに届いたので、輪鈎《わかぎ》を大釘の上にかけた。

カルはどうやら前もって長さを測っていたらしい。

三人とも後ろにさがってみとれた。

「なにか善行をしたら報いがあるべきだな。そのミルク入り豆水はどうだ?」ヴィヴはにやっとカルに笑いかけてたずねた。

ホブは文句を言うふりをしたが、ヴィヴがすべての過程を実演し、最後に蒸気を噴き出す銀色の注ぎ口の下でミルクを泡立てているあいだ、熱心に見つめていた。その泡をマグカップに流し込み、目の前に置いてやると、カルはそれを見てからヴィヴに視線を移し、こわごわ息を吹きかけたあと、ひと口飲んだ。

瞳が大きくなった。「いや、参った。ミルク入り豆水か。とんでもねえ」もうひと口、もっと長くすすり、舌をやけどする。

「それ、わたしも試してみなくちゃ」とタンドリ。

カルはやけどした口からヒューヒュー空気を吹き出しながら、マグカップを渡した。

慎重にひと口含み、目を閉じて評価したあと、タンドリは絶品だと宣言した。「テューネにもノームはいるのに。どうしてこれを出さないのかしら?」と不思議そうに問いかける。

「さあ? しかし、私としては始めてくれないほうがいい」とヴィヴ。「せめてまず足固めをさせてくれ！」

「それに乾杯」タンドリがいい、さっきより長めに飲んだ。尻尾が鞭をふる動きで満足げにぴしりと鳴る。

「おい、返してもらうぞ、すまねえが」カルがマグカップに向かって手をふりたてながら言った。「そもそも、あんたは淹れ方を覚えるはずじゃねえのかい？」

「箱に入っていた冊子を読んだけれど、淹れるにはある種の技術がいるの」タンドリはカップを渡しながら答えた。

「こっちにきてくれ。やり方を見せよう」ヴィヴは言った。笑顔になっていた。はじめてこの建物、街、この場所が……自分のもののように感じられる。明日も、一週間後も、次の季節も、来年もまだいるところ……

わが家。

「それじゃ、あした開店するということね？」全員がそろって外のテーブルのひとつに腰をおろし、各自の飲み物をすすっているとき、タンドリがたずねた。

「そうしたい」とヴィヴ。「だが、どうなるかはあまり予想がつかない。正直なところ、不安ではある。もっと準備しておくべきだという気がするが、なにをしたらいいかわからなくてな。だから、とりあえず乗り込んでみて、痛い目に遭って、その都度自分で……ふたりで解決していくしかないと思う」

「まあ、痛い目に遭わないのが理想的だけれどね」タンドリが苦笑して言った。「でも、ほんとうにこのままでお客が戸口にきてくれると思う？　宣伝はしないの？」

「宣伝？」

「大々的に発表するの。貼り紙とか。広め役を雇ってみんなに開店を知らせるとか」

ヴィヴは当惑した。「そういうことは考えてみなかった」

「あなたほど徹底的な計画を立てる人にそう言われると、ちょっと意外ね」とタンドリ。

ヴィヴは褒められると同時にたしなめられた気がした。「アジマスではたまたまカフェに出くわした。ここでも同じだろうと思ったんだ」

「でも、お客がいたんでしょう？」

「もちろん」

「それ自体が宣伝よ。誰かが珈琲を買ったり、繰り返し店を利用したりするところを見るでしょう。そうやって調べてみる価値があると知らせるわけ」

「なるほど。あんたは私よりずっとこういうことについてくわしいようだな。それなら……どうしたらいいと思う？」

タンドリは答える前に少し考えた。ヴィヴはタンドリのそういうところが好きだった。

「開店するのは悪くないわ。どういう感じかわかるでしょうから。わたしの見るところ、問題はたとえあなたが店をやっていると街じゅうに広めても、売っているものがなんなのか誰も知らないということよ、カルやわたしと同じようにね」

カルがうなずいた。

「だから」タンドリは続けた。「教える必要があるかもしれない。そうね。ちょっと考えさせて。あしたは予行演習だけれど、率直に言って、わたしだったらあまり期待しないわ。あなたにがっかりしてほしくないの」

ヴィヴは眉間に皺《しわ》を寄せた。「あんたたちの反応を見たら、そんなにたいへんなことだとは予想しなかったな」

「まだ心配するべきじゃないと思うわ」タンドリは言い、軽くヴィヴの手に触れた。「ただ、期待はほどほどにしておいたほうがいいというだけ」

そのことについて熟考していたとき、別の声が聞こえてぎょっとした。

「さあて、ご婦人、すっかり落ち着いたようだねえ！」

レイニーがしなびた林檎《りんご》のような顔でにやにやしていた。

「レイニー！」ヴィヴは言った。「あー、そのようだな」

「あんたがここでなにをしてるのかわかるとは言えないがね、この場所はいい感じだよ」看板を見あげて目をこらす。「いや。さっぱり。見当もつかないねえ」ぱっと顔を明るくして、黒っぽいまるいかたまりが載った皿をテーブルに置いた。「だがね、みんなで祝ってるみたいだったし、今日はあたしがパンを焼く日なんでね」

「ああ、ええと、ありがたい」ヴィヴは口ごもった。カルとタンドリを紹介すると、レイニーはうなずき、ふたりに向かって両手をひらひらさせた。

「椅子と飲み物を持ってきてもいいか？」ヴィヴはマグカップを持ちあげた。「ここでなにをしているのか見せてやれるぞ」

レイニーはおおげさにカップの中をのぞきこみ、深々とにおいを吸い込んだが、また両手をふった。「いや、必要ないよ。近ごろじゃあたしの胃は新しいものを受けつけなくてね。みんなで楽しんで、あしたまでに皿を返しておくれ」通りを渡ってぶらぶらと戻っていく。

ヴィヴはナイフとフォークを持ってきて、無花果《いちじく》のケーキとおぼしきものを切り分けた。全員がためしに食べてみる。三人とも座ったままひたすら口を動かし、骨折ってのみこみ、感謝の言葉らしきものをつぶやき……視線を交わし合ってから、どっと笑い出した。どうがんばっても食べられないしろものだ、と意見が一致する。

さらにしばらく席で雑談を交わしたあと、カルが珈琲を飲み終えた。

「ふむ。すっかり準備も済んで、金も払ってもらったと……」テーブルを見おろして言う。

「どうやらここまでで仕事は終わりだ。むろん、下の波止場でやってく仕事は山ほどあるがな」

「そうか、よかったらきてほしい」ヴィヴは答えた。落胆が声に出ないようにするのは難しかった。カルが近くにいるのに慣れてしまっていたのだ。「寄ってくれたらいつでも好きなときに珈琲を出すよ。ぜひきてくれ」

「寄るかもしれねえな、必要なときがあれば」とカル。

ヴィヴは片手をさしだした。「他人行儀はやめてくれ、カル」

カルが握り返すと、その手はヴィヴの手にすっぽり包まれた。「あんたもな、ヴィヴ。いい仕事だった」どういうわけか、カルの口から出ると、その言葉は胸に響いた。

「会えてよかったわ、カル」とタンドリ。

それから、カルはひとつうなずくと、両方にまた軽く頭をさげて出ていった。

後ろ姿を見送っているとき、心がかすかに痛んだ。


タンドリが袖をまくりあげて洗い桶の中のマグカップを洗い、並べて乾かしているあいだに、ヴィヴは食料品置き場に行って柊《ひいらぎ》の飾り綱を持ってきた。その朝、壺入りのミルクを買いに行ったときに手に入れてきたのだ。

壁にかかっている〈黒き血〉を長いこと見つめてから、飾り綱を剣の端から端までからませ、一歩さがってじっくりとながめる。

「すてきに見えるわ」タンドリが手を拭きながら言い、ヴィヴははっとわれに返った。

「ただ思っただけだ……なにを思ったのかわからないが」

「こうして飾る前には、いつでもとりあげてふりまわすことができたでしょう」とタンドリ。「武器だったのよ」ヴィヴに考え深げなまなざしを向ける。「いまは記念品よ。壁の装飾。過去のもの」

ヴィヴはうなずいた。「たぶん、そういうことだろう」

タンドリがよこした小さな笑みは、得意げといえるほどだった。「わたしはたいてい正しいのよ。いつかあなたも認めることになるでしょうね」

「まあ、明日の話に関しては、間違っているよう願っても許してもらいたいな」

「ほんとうにわたしが正しくても、悪く思わないで」

ヴィヴは鼻を鳴らした。「努力する」とはいえ、依然として気がかりだった。

タンドリが片付けているとき、ヴィヴは食堂の区画へ行って、スカルヴァートの石が置いてある場所へ足をのばした。幸運を祈って足で三回敷石を踏んだあと、何度もさわって汚れた羊皮紙の切れ端をポケットから引き出す。

奇力線のほど近く、
スカルヴァートの石は燃え
幸運の輪《リング》を引き寄せる
心からの望みの一面を。

「そろそろ帰るわ」部屋に入ってきたタンドリが言い、またもやこちらを驚かせた。

ヴィヴが急いで羊皮紙をズボンに戻すと、サキュバスは不思議そうな視線を送ってきた。

「ああ、いいよ！　もちろんだ。またあした会おう。眠る努力をすべきだろうが、正直な話、まず無理だと思う」

「きっと――」

唐突にガタガタ鳴る音とドスンとぶつかる音がして、ふたりとも店先をふりかえった。

ヴィヴは戸口から首を突き出した。

レイニーの皿はまだ錬鉄《れんてつ》のテーブルに載っていたが、ほぼまるごと放置された無花果ケーキが消えている。

タンドリが扉のところに合流し、ふうんとつぶやいた。

「八大地獄にかけて、いったいなんなんだ?」とヴィヴ。

「まあ、誰が盗んでいったか知らないけれど」とタンドリ。「ほんとうに、心から気の毒に思うわ」

8

タンドリは間違っていなかった。

次の日、〈伝説とカフェラテ〉は、はじめて客を迎えるために開店した。ヴィヴは厩《うまや》の大扉を広く開放し、窓の隣の壁に打ちつけた釘に、〈開店中〉と書いた看板をつるすと、カウンターの奥でそわそわと待ち受けた。

客はただのひとりも現れなかった。

別に驚くことではないと認めてもいい。あれだけいろいろ考えて計画し、調査し、準備したにもかかわらず、いちばん大切なことを考慮していなかったのだ。いったい誰が、必要だと知りもしないものを買いに訪れるというのか？

タンドリはたちどころに問題に気づいた。

なぜ自分は気づかなかったのだろう？

タンドリは革の二つ折りの紙挟みを小脇にはさんで到着したが、それについては触れず、カウンターの下にしまいこんだ。サキュバスは機械の後ろに陣取り、飲み物をふたり分淹れた。

「少し静かなほうが練習する機会ができるわ」ヴィヴの実演に注意を払っていたのはあきらかだ。最初の試みはやや苦く、二度目のときはほんのちょっと水っぽい仕上がりだった。それでも実においしく飲めたし、ヴィヴは香りで心が落ち着いた。扉からそよそよと入ってくる風はしっとりと涼しく、マグカップからは誘惑するように湯気があがっている。すべての準備が整って、これ以上望めないほど計画どおりだ。

なにひとつすることがないという事実をのぞいては。

ヴィヴは最初の数時間、檻に閉じ込められた肉食獣のように歩きまわって過ごした。カルが短時間姿を見せ、まるで誰か聞いている相手がいるかのように、珈琲《コーヒー》を飲みながら大声で香りを褒め讃えた。結局、苦しまぎれの笑顔を作って立ち去る。

とはいえ、思いがけない客がひとり訪れたのはたしかだった。

午前のなかばごろ、レイニーがよろよろと通りを渡ってきたのだ。

「おはよう、みんな」と明るく言う。「この大騒ぎがなんなのか見ておかないと、と思ってね」

ただし、大騒ぎはどう見ても不足していた。「一杯飲ませておくれ。いくらだい?」珈琲抽出機に向かって片手をふる。

ヴィヴは前に行ったパブにあった石板のメニューのことを思い、似たようなものを考えつかなかったことで自分を呪った。

「ええと、珈琲は半銅貨一枚だ。それは……珈琲だけだな。カフェラテは銅貨一枚、そっちは……ミルク入りのやつだ。たぶん、あんたの胃のためには……?」腹部をさすってみせる。

レイニーはだぶだぶの服のポケットを探りまわし、カウンターに銅貨を一枚置いた。タンドリが律儀に金庫に入れ、作業にかかった。

機械がシューシュー音をたて、豆を挽き、ゴボゴボ鳴っているあいだ、老婆はその向こうでぺちゃくちゃしゃべり、ミルクの泡の載ったマグカップをうなずいて受け取った。

「いいねえ。実にいい」と言う。「ふたりとも、ありがとうよ。そうだ！　ここにいるあいだに、あの皿を返してもらえたらうれしいがね、ええ？」

ヴィヴは感謝の言葉を添えて皿を渡した。

「ほんとうにうれしいよ！」レイニーは声をあげた。「さて、自分の仕事に戻らないとね。もう他人行儀にはしないどくれよ」

それから、皿を手にしてよたよたと通りの向かいに戻っていった。一度も口をつけずに冷めてきたカフェラテをカウンターの上に残して。

ヴィヴは重苦しい吐息をもらした。

タンドリが残ったカフェラテを飲んだ。

「それでね」タンドリが目の前で革の紙挟みをかかえて口をひらいた。いままでなら、このサキュバスが緊張して見えることなどありえない、と思っていたところだ。「ゆうべいくつか案を出してみたでしょう。あのあと自分の部屋に戻って、少し考えてみたの」

「ほう？」

タンドリは紙挟みをカウンターの上でひらき、スケッチと文章でいっぱいの紙束を引き出しいないといた。そわそわと紙を入れ換える。「ええ。そうね、あなたがそんなにがっかりしていないのだけれど。なにを逃しているのかわたしたちが――あなたが――みんなに知らせることができれば、うまくいくはずだと思うの」ふたりの視線が合った。「だって、これはいいものだからよ。この思いつきは」

「そう願ってはいたが」ヴィヴは意外な気分でつぶやいた。昨夜のタンドリはいかにも自信ありげだったが、いまは途中で止められるのではないかと恐れているように早口でしゃべっている。ヴィヴはちらりとタンドリのメモを見おろした。

「ともかく、ここにあるのはたんなる案よ。もしあなたが――わたしたちが――中心になる常連客を手に入れる方法を見つければ、口づてに広まるだろうと思ったの。それに、店にお客がいるとほかの人も惹きつけられるでしょう。だからね。催しみたいなことをするといいんじゃないかしら」

一枚の紙をぐるりとこちらに向ける。実のところ、タンドリのスケッチにはおおいに興味をそそられた。活字体と筆記体を組み合わせて描かれたデザイン越しに、うっすらと下書きの線が見て取れた。

新規開店
伝説とカフェラテ

世間で大評判、異国情緒あふれるノームの味を試してみませんか？
試供品無料　数量限定！

「あんたがこれを書いたのか？」ヴィヴは感心してたずねた。

タンドリは髪をひと房耳の後ろにかけ、背後で尻尾を打ちつけた。「そうよ。それはともかくね。インク屋にポスターを何枚か発注するの。掲示板に張り出して、通りに看板を立てる。こういうふうにね」

似たようなスケッチをもう一枚取り出す。大きな手書きの矢印が、店のある方角を示している。

「これはすごいな、タンドリ」とヴィヴは述べ、サキュバスがほんのり赤くなったと思った。

「その……なんと言えばいいのかわからないが。圧倒されたよ」

「まあ、あなたが店を続けなければ、わたしもお金がもらえないし」タンドリは微笑《びしょう》をひらめかせた。

「まさにそのとおりだ」

「これは数量限定にすることが鍵なの。一気に人がきてほしいけれど、多すぎてもだめ、出すのが間に合わなくなるから。だから、まず通りの看板だけで始めてみましょう。ええ、そうね、無料の試供品は持ち出しになるけれど、繰り返しきてくれる常連客になることをわたしたちは期待しているわけだし」ヴィヴはタンドリの表現が〝わたしたち〟に落ち着いたことに気づいてにっこりした。

「すると、どういうふうに始めたらいいと思う？」

タンドリが宣伝について、しっかり考えているのがわかった。「いくらか資金がいるわ、それで材料を集めてくるから。あした看板から始めましょう。今日の午後わたしがペンキで描いて、今晩閉店したあとで通りに出しておけばいいわ。それから、どうなるか様子を見ましょうよ」

ヴィヴは金庫から出した金で財布をいっぱいにして、カウンター越しにタンドリに押しやった。「あんたの思うとおりにやってくれ」

タンドリはぱっと顔を輝かせ――はじめてだ――それから財布をつかむと、紙挟みを引き寄せた。急いで外に出ていきながら、肩越しに呼びかけてくる。「すぐ戻るわ！」

午前中、ヴィヴの楽観的な気持ちは急速にしぼみ、絶望感が強まる一方になっていたが、いまや心が軽くなった。とはいえ、成功が約束されたとは言いがたい。通り沿いに目をやり、近づいてくる客がいないことを確認する。それから、自嘲気味に鼻を鳴らして頭をふると、ひとまず店を閉めて大扉にかんぬきをかけた。

テーブルをずらして慎重に敷石を取り外し、土に抱かれたスカルヴァートの石をなでる。

「どうした、小さなご婦人」とささやく。

「私を道化にしないでくれ」

戻ってきたとき、タンドリは腰までの高さがある折りたたみ式看板を苦労して担いでいた。紙挟みを妙な角度で小脇にはさんで、一方の肩に布袋をひっかけている。

「荷物をどうやって運ぶかは、考えていなかったわ」とあえぎながら言う。

ヴィヴが駆け寄って看板を引き受けてやると、タンドリは残りの荷物をおろした。客の入りが改善したかどうかは訊かれなかった。どう見ても変化がなかったからだ。タンドリが布袋をあけると、中には栓をしたインク入れと筆、それに不思議な湾曲した木片がいくつか入っていた。

タンドリは財布をこちらによこすと、仕事にとりかかった。

あぐらをかいて床に座り、両袖をまくりあげ、スケッチを脇に広げてインクを塗りはじめる。たくみに筆を走らせる手つきは安定しており、口もとにも緊張は見えない。あの木片は、長めの複雑な曲線を引くのに使う型板だと判明した。ときおりスケッチを見やって参考にしていたものの、ヴィヴの目にはほとんど必要ないように見えた。

一時間足らずで、いちばん下にくねくねと線を引いて完成した。タンドリはぼろきれで筆をぬぐい、インク入れの栓をすると、のびをして背中をさすりながら手仕事を吟味《ぎんみ》した。

本職が描いたようだとヴィヴは考えた。「あんた、看板描きかなにかだったのか？」

「いいえ。ただ昔から……芸術的なたちだっただけ」タンドリはこちらを向いた。「もう店を閉めて、まだ明るいうちに設置してくるべきだと思うわ」

「あんたが専門家だ」ヴィヴはちらりと笑みを浮かべた。「お望みのところに置いてこよう」

タンドリは通りに出た。「一枚目は店先、ここね」扉から数フィート離れた地点を指さす。

ヴィヴは看板を両方ともかかえて外に出ると、一枚を壁に立てかけ、もう一枚を言われたとおり矢印が入口を示す角度に据えつけた。

「それで、こっちは？」壁に立てかけたほうを片手で持ちあげてたずねる。

「本通りが見える交差点を考えていたの。こっちよ」タンドリは先に立ってレッドストーン通りを進み、まがりかどまで行った。ヴィヴが看板を設置したあと、いくつかの方向から見える角度を確認し、あれこれ位置をいじって、ようやく満足したらしい。

ふたりで店に戻る途中、ちょうど点灯夫が街灯に細い蠟燭《ろうそく》で火をともしはじめた。

「で、こうすればほんとうにうまくいくと思うか？」タンドリが持ち物をまとめているあいだ、ヴィヴは扉の枠にもたれかかった。

「これ以上ひどくはならないわ」紙挟みを手にして出てきたタンドリは答えた。

ヴィヴは眉を寄せた。「そいつはどうかな」と陰鬱《いんうつ》につぶやく。タンドリの肩越しに誰かが通りを歩いてくるのが見えた。あの帽子ならどこにいてもわかる。

「あれがどうしたの？」タンドリがふりむいてヴィヴの視線をたどった。ぶらぶらと通りすぎたラックは、ランタンをベルトにつるして胸に記章をつけた体格のいい男と連れ立っていた。

ラックは親しげに門衛の肩に片手をかけた。笑顔でなにかささやくと、記章をつけた男が反応し、気のいい笑い声をあげる。

「なんでもない」とヴィヴ。

ラックは何歩か先で立ち止まり、軽い驚きを浮かべてヴィヴを見ると、そのまま店に目を向けた。門衛は足を止められて当惑している様子だった。

ストーンフェイはひとあし近づき、窓越しにのぞきこんだ。「みごとな剣だな、ヴィヴ。威《い》嚇《かく》していわけではないといいがね」内側を指さす。

門衛もガラス越しに目をこらした。「ううむ、たしかに」と同意し、自分のショートソードの柄をぽんと叩く。

「ただの感傷だ」ヴィヴは言ったものの、意図した以上にとげとげしい口調になった。

タンドリがふたりをかわるがわる見やり、紙挟みをつかんだ手に力をこめた。「心配したほうがいいの?」と静かにたずねる。

ヴィヴはそれにどう答えるべきかわからなかった。そのときになって、失うのは店そのものだけではないと思い至ったからだ。

ラックがうなずくと、フリルが胸もとでひらひらゆれた。「二週間だ。たんなる親切心からの注意喚起だよ。分け前をとっておくのを忘れてほしくないのでね」

門衛はその言葉にまばたきひとつしなかったので、地元の当局に助けを求めようなどという考えは消え失せた。

ヴィヴはこぶしを握りしめてから、苦労して力を抜いた。「なら、それまでに軌道に乗っているることを祈ったほうがよさそうだぞ」と応じる。「石から血を絞り出すわけにはいかないからな」

「ああ、血を絞り出すことにかけてならさぞくわしいだろうとも。あるいは……別の方法で血を引き出すことにもな。君は臨機応変に対処できるものと考えているよ。安心したまえ、われわれにも同様の才能がある」まなざしがひょいとタンドリに動き、ラックはからかうわけでもなく一礼した。実のところ、その表情はなぜか申し訳なさそうだった。

「先へ行こうか？」門衛がうながした。

ヴィヴとタンドリはふたりが去るのを見送った。

「あれはいったいどういうことだったの？」その姿が消えると、タンドリが問いかけてきた。

「対処できないことじゃない。気にしないでくれ」

タンドリの顔つきは懐疑的だったが、反論はしなかった。

「家に帰ったほうがいい」ヴィヴはなんとか笑顔を作って言った。「看板は信じられないほどみごとだし、遅くまで引き留めすぎた」

「ほんとうに？」

「もちろん」

タンドリはしぶしぶうなずき、紙挟みを脇にかかえて立ち去った。

サキュバスがかどをまがると、ヴィヴは大股で歩いていき、〈開店中〉の看板を釘から外すと、中に入った。

扉を閉めるときには、できるだけそっとやろうとしたが、それでも蝶番《ちょうつがい》がガタガタ音をたてた。


寝袋に横たわりながら、ヴィヴはルーンがくれたまばたき石をひっぱりだした。手の中で何度もひっくり返し、かつては成功と失敗の境がどんなに明確だったかを思った。いまほどその境界がわかりにくかったことはない。

石を片付けたあと、眠りはいつまでも訪れなかった。

9

多少期待していたのはたしかだが、それでも釘に〈開店中〉の看板をかけに行ったとき、扉の外に客が三人並んでいた光景にはびっくりした——大柄な波止場の人夫、赤い頬の洗濯女、そして粉だらけの大きな革の前掛けをつけたラットキン。

人夫は驚いた顔でこちらをじろじろとながめてからうなった。「無料の試供品か？」ばかでかい親指を通りの看板に向ける。

「ああ、そうだ」ヴィヴは答え、川の石を扉止めにして戸口を広く開放した。空はまだ暗く、朝の空気には春なかばの冷たさがあった。

三人ともせかせかと中に入った。ヴィヴはストーブに火をつけて室内を温めた。壁掛けランタンが内装にバターのような光を投げかける。

洗濯女がカウンターに近づき、ヴィヴがすべすべした小石二、三個で留めた羊皮紙を確認した。石板を探してくる時間がなかったので、タンドリの尖筆の作品に比べて自分の試みのお粗末さを意識しつつ、手書きのメニューを作ったのだ。なにもないよりましだが、やってくれる気があれば、あとで新従業員に作り直してもらおう。

簡単な一覧表にわざわざ値段を足すことはしなかった。客が恐れをなして遠ざかってしまうことを避けたかったのだ。どのみち、さしあたり全部ただなのだから。

メニュー

珈琲《コーヒー》　焙煎《ばいせん》されたノームの豆で淹れた贅沢《ぜいたく》な飲み物
カフェラテ　ミルク入り珈琲――クリーミーな絶品

「どれもどういうものか知らないね」洗濯女が赤らんだ人差し指で一覧を叩きながら言った。「どれがいちばんうまいんだい?」

ヴィヴはこの質問について少々考えた。「紅茶を飲むときクリームを入れるか?」

「いいや」と洗濯女。「熱々でなみなみっていうのが好きだね。じゃあ、紅茶みたいなもんなんだね?」

ヴィヴは片手を左右にゆらしてから認めた。「いや。ちょっと違う」ほかのふたりに目を向ける。「あんたたちは?」

「その女が飲むやつだ」波止場の人夫が腕組みして答えた。ラットキンが寄ってくると、メニューをよく見ようとして爪先立ちになり、一拍おいて、言葉を発することなくカフェラテを叩いた。

「わかった」ヴィヴは言った。珈琲を淹れにかかる。

機械がシューシュー、がらがら、ゴボゴボと音をたてはじめると、最初の客たちは興味津々でまわりに集まった。珈琲が勢いよくマグカップの中に流れ込み出したとき、ラットキンがぎょっとしてキーキー声をあげ、油のしずくめいた瞳をきらりと光らせた。

最初のカップを洗濯女のほうへ押しやると、相手は注意深くとりあげ、深々と香りを吸い込んで、冷ますためにひと吹きしたあと、大きくひと口飲んだ。一瞬、顔をぎゅっとしかめる……それからうなずいた。「ふん。悪くないね、これは」と認める。「紅茶じゃない、そりゃたしかだ。一杯いくらで買うとは言ってないよ、いいかい、でも……」食堂の区画へ入っていくと、ベンチにすべりこみ、マグカップを両手でかかえた。その上にかがみこんで、ほうっと息を吐き出す。

波止場の人夫は自分の分を受け取り、疑わしげににおいを嗅いで、長い四口でなんとか飲みほした。ヴィヴは顔をゆがめて思わず喉をつかんだ。大男は考え込み、肩をすくめ、マグカップを返して無言で出ていった。

ひどく落胆したものの、それでもヴィヴはどうにか、自分のやっていることを心得ているという顔で「あー、どうも!」と呼びかけた。

ラットキンのカフェラテを淹れていたとき、タンドリが扉からするりと入ってきて、音もなくカウンターをまわった。ラットキンはつつましく両手を組み合わせ、ひげをぴくぴく動かしながら、鼻づらをふるわせて待っていた。

いそいそとカップをもらい、表面を覆う金色のクリームから渦を巻いてあがる湯気に鼻を突っ込む。そっとひと口飲むと、目をつぶって見るからに堪能《たんのう》している様子だったので、ヴィヴはカウンターに肘をついてながめた。

ラットキンは目をひらき、感謝をこめて頭をぴょこんとさげた。静かにマグカップを仕切り席へ持っていき、足をぶらぶらさせながら飲み物をすする。

「順調な始まりね」とタンドリ。「いままでのところはこれだけ？」

「いままでのところは」

洗濯女はテーブルにマグカップを残して立ち去った。やがてラットキンも飲み終え、空のカップを正面のカウンターに持ってきた。礼儀正しくお辞儀すると、あちこちに粉の跡を残して戸口からちょこちょこと出ていく。

タンドリがやかんをストーブにかけ、洗い桶に水を入れて、集めてきたマグカップを浸した。

「これは名案ね」とカウンターのメニューをさして言う。「とても役に立つわ」

ヴィヴは横目で相手を見やった。「あんたのほうがもっとうまくできたと思うが」

「あら。わたしならもっとうまくという言葉は使わないけれど」

「あとで石板とチョークを買いに行ってくる。メニューを貼り出すという案は本通りのパブからもらったんだ。こっちの奥にかけてもいい。それで、あんたにあの看板と同じ魔法をかけてもらおう。かまわないか？」

「喜んで」

早朝の客――夜明け前に起きてその日の労働を始める人々――がちらほらとやってきた。ヴィヴとタンドリは協力して働き、できるだけわかりやすくメニューを説明し、珈琲を淹れるのと片付ける作業を交互に担当した。店は快適で温かく、焙煎した豆の香りがふんわりと広がって、外の通りまで流れていった。

どう見ても、いいにおいに誘われて戸口にたどりついた客がかなりいるらしい。

希望を持つ勇気が出てきた。

数時間後、店の外の人通りは増えたにもかかわらず、朝の波はしぼみ、客が途切れた。

「こうなると、またきのうと同じだな」ヴィヴはぶつぶつ言った。

「まだ心配するのはやめましょう」とタンドリ。

そう言いつつ、すでに洗ったマグカップをごしごしこすっているのにヴィヴは気づいた。まもなくタンドリは機械の表面をせっせと拭き出した。みがくのは五回目だ。

それから二、三時間は、率直に言って苦痛だった。

ようやく昼ごろ、朝以来はじめての客が戸口から入ってきた。

背が高く、貴族的で食が細そうな感じの眉目秀麗《びもくしゅうれい》な青年だった。似合わない顎ひげ――薄すぎ、まばらすぎる――のせいで、いくぶん容貌が損なわれている。青年は誰かを捜しているかのようにちらりとあたりを見まわした。本を入れた重そうな肩掛け鞄を片腕にひっかけ、一方の手のひらをまるめて、しきりにそこを見おろしている。裾の裂けたローブをまとっており、左胸に留めた飾りピンは鹿の頭によく似ていた。

カウンターには近寄らず、かわりにふらふらと食堂の区画へ入っていく。

ヴィヴは片方の眉に皺《しわ》を寄せてその姿を見守った。

「アッカーズの学生よ」タンドリがささやいた。

「アッカーズ？」

「奇力大学のこと」

「ああ。ここにきた最初の日に行ったが、なんという大学かは知らなかった。あの子はなかなか裕福そうだな。もしかすると、口コミで広めてもらえるかもしれない。学生は仲間うちで話をするものだろう？」

「話をするのはたしかね」タンドリがわずかに毒のある口調でつぶやいたので、ヴィヴは横目で見やった。

青年は大テーブルとベンチを二回まわってから、壁際の仕切り席のひとつにこっそり入り込み、本を何冊か取り出して参照しはじめた。

ヴィヴは問いかけるような視線をタンドリに投げたが、サキュバスは肩をすくめた。ふたりとも青年を観察し続けた。

二十分ほど経過し、そのあいだにますます疑問が深まったので、ヴィヴは青年に近づいてたずねた。「なにかお手伝いでも？」

相手は目をあげ、明るくにっこりして答えた。「いや、けっこうです！」

「無料の試供品をもらいにきたわけでは？」とさらに問いかける。

「試供品？　いや、違いますよ。なにもいりません、ありがとう！」青年はそう言って自分の勉強に戻った。

ヴィヴは閉口して頭をふりながらカウンターに戻った。

青年はまる三時間そこに居座り、そのあいだせっせと読み物を調べては羊皮紙に走り書きし、何度もまるめた手のひらを確認して、ひとりごとをつぶやいていた。それから、荷物をまとめて立ちあがり、カウンターに近寄ってきた。

「ほんとうにありがとうございました」と言い、愛想よくうなずいて立ち去った。


さんざん目的もなく歩きまわったあと、ヴィヴは唐突に、なんらかの行動に出ることが必要だと決意した。タンドリを店に残し、街の北部の商業地区へ向かう。市の立つ日ではなかったが、なんとか看板屋で大きな石板を探しあて、チョークも数本手に入れた。多彩な絵の具まで見つけたほどだ。おそらくタンドリが使うのにはパレットが必要だろう。

少なくとも、なにかしているのは気分がよかった。朝に客が押し寄せたせいで、それ以降も期待が高まってしまったが、帰り道では無理な望みはかけるなと自分に言い聞かせた。商売にふさわしい時間帯というのがあるだけだ。食堂は食事どきがいちばん忙しいし、カフェがいちばん忙しいのは……まあ、いつなのかを探っているところだろう。

「ええ、これはぴったりよ」チョークと石板をヴィヴから受け取って、タンドリは喉を鳴らした。物置部屋から木製の尖筆を掘り出してくると、大テーブルに用意を整えて仕事にかかる。

タンドリが書いているあいだ、ヴィヴは戸口に立って通りをあちこち見渡した。レイニーが外のポーチにいて、いつもながらの掃き掃除にいそしんでおり、陽気に手をふってよこした。

客が入ると期待できる時間はほんとうに朝だけなのだろうか？　アジマスではどう見てもそんなふうではなかった――カフェは終日にぎわっていた。もしかすると、珈琲というものが浸透すれば、見通しは改善するかもしれない。あしたになれば様子がつかめるだろう。

店にもう一度入っていくと、タンドリは仕上がったメニューを壁に立てかけて吟味《ぎんみ》していた。その手書きの文字はまたしても、ヴィヴの芸術的試みをはるかに凌《しの》いでいた。絵の具を使った効果もすばらしい。書かれた文はななめにかしいでいて、石板からとびだしそうだ。また、言いまわしも独創的な表現を自在に用いていた。

伝説とカフェラテ

メニュー

珈琲　異国情緒あふれる香りとゆたかなこくの焙煎　半銅貨一枚
カフェラテ　洗練されたクリーミーな変化形　銅貨一枚

より魅力的な味を、働く紳士淑女へ

さらに、豆二粒とマグカップの芸術的な絵まで加えてあった。マグカップからは湯気がたくみに渦を描いてたちのぼっている。

「気に入った。あんたはすごい画家だ」ヴィヴはうなずいた。「そら、奥から木槌を取ってきた」

タンドリがメニューの石板をまっすぐ持ち、そのあいだにヴィヴがその下の壁に釘を数本打ち込んで、一種の台にした。

「石板はいい考えだったわ」とタンドリ。「簡単に変更したりつけくわえたりできるもの」

「変更する？」

「メニューを増やすことにしたらね。わからないでしょう」

ヴィヴは店内を見まわして溜息をついた。「昼が過ぎたらもっと客が入ることを期待していたよ。夕食どきか？　だが、そうはなりそうもないな。近い将来に本気でメニューを増やす心配をするべきかもしれない」

タンドリは口をすぼめ、人差し指で唇を軽く叩いた。「とにかく待って、あしたの朝どうなるか見てみましょう」

「まだ無料の試供品がいいと思うか？」

「ええ、まず繰り返しきてくれるお客を増やすの」その表情がつかのまいたずらっぽくなった。

「釣り針にひっかけて、そのまま糸に残るかどうか見るのよ」

「釣りが得意だったことはないんだが」

「いまは川沿いの街にいるでしょう。すぐ覚えるわ」

ヴィヴはその言葉が正しいことを願った。

10

繰り返しきてくれる客はいた。もっとも、飲み物が無料のあいだは〝客〟という単語では強すぎるのではないかという気もしたが。開店したとき、洗濯女とラットキンが戻ってきていた。洗濯女は友人をひとり連れてきており、その後ろにあと四人並んでいた。

ラットキンは真っ先に粉の雲を漂わせてちょこちょこと中へ入り、無言でメニューのカフェラテを指さした。客の第一陣にはタンドリが珈琲《コーヒー》を淹れ、ヴィヴは通りをながめながら、遅れて短い列にばらばらと加わった数人を見て、ひとりうなずいた。

客の入りはまあまあ安定しており、たまに空白の時間が訪れる以外は、いつもどちらかが新しく珈琲を淹れていた。

「釣りの成果はまずまずみたいね」空のマグカップをいくつか持って通りすぎながら、タンドリがつぶやいた。

「釣り師はあんただ」ヴィヴはにっこりして答えた。「判断するのはあんただろう」身を乗り出して食堂の区画をのぞいたところ、眠たげな顔をした人々がおずおずと小声で会話している。

背後を見ると、タンドリがチョークを手にして足載せ台の上に立ち、石板のメニューのいちばん下に新しい行を足していた。

無料の試供品は今日まで！

台からおりたとき、サキュバスはヴィヴの問いかけるような視線に気づいて言った。「釣り針がほんとうにかかったかどうか見てみましょう」

午前から昼までは依然として客足はぼちぼちだったが、そこできのう訪れたアッカーズ大学の学生がふたたび現れた。元気よく店内に足を踏み入れ、食堂区画で飲み物をすすっている人々に驚きを示す。ヴィヴとタンドリにはちらりと上の空の視線を投げたきりで、空いている仕切り席の一か所へ急いだ。また本の鞄をおろし、例の走り書きと、手のひらを調べる謎の行動を再開する。

次の一時間は座席を占拠しているだけだったので、ヴィヴはどんどん苛立ってきた。「あいつ、なにをしているんだ？」声を高めてタンドリにささやきかける。

サキュバスは肩をすくめた。「講義の課題？　研究？　まあ、それをどうしてここでやっているのかはさっぱりわからないけれど」

「きのうは席を埋めてもらうだけでも、あいつがいてありがたいぐらいだったが……この先も場所を取るだけなら」

「理由を知るのは簡単よ」タンドリは言いながらカウンターをまわった。

近づかれると、学生はほかのことに気をとられたまま視線を向け、まるめた手を握り込んだ。

「なにか用でも？」やや不機嫌に問いかける。

「その言葉、そっくりお返しするわ」とタンドリ。「きてくださってありがとう、しかも二日も続けてね。わたしはただ、試供品がいるのかどうか確認にきただけよ。そのためにここにいるんでしょう？」

ヴィヴは立ち聞きしようとさりげなく室内を横切った。

「試供品？」青年の視線がタンドリの角から尻尾へと動いた。前日も同じ質問を受けてなどいないかのように、当惑した様子だ。

「珈琲？　カフェラテ？　ここは飲み物を出す店だって知っているんでしょう？」

「ああ！」青年は気を取り直したようだった。「ええ、そうですね、お気になさらず」まるで恩恵を与えるかのようにほほえみかける。「なくてもまったく問題ないので！」

タンドリの慇懃《いんぎん》な微笑《びしょう》が薄れて消えたが、そのあと計画的に新たな笑顔を浮かべたように見えた。かなり光度の増した笑顔だ。ヴィヴははっきりと、普段包み隠しているものの片鱗《へんりん》がのぞいているという印象を受けた。サキュバスはかすかに喉を鳴らしてたずねた。「なにをしているのかお訊きしても、ミスター……？」

「あー。その。ヘミントンです」青年は口ごもった。「僕は、ええと。その、喜んでお話ししたいんですが、なにもかもたいへん専門的なものですから」申し訳なさそうな表情を作ろうとする。

「専門的な事柄にはとても興味があって」とタンドリ。「アッカーズでいくつか講義に出たことがあるの。ためしに説明してくれない？」

「そうなんですか？」ヘミントンは目をぱちくりさせた。「ああ！　それじゃ、えー、レイラインを扱っているんですよ、ほら」話に熱がこもってきたので、タンドリは向かいの席にすべりこみ、指を組んで頬杖をついた。「レイラインはテューネを縦横に走っていて、奇力線理論というのは、物質領域への放射効果に焦点をあてているんです。おもしろいことに、それが僕の研究分野と交差していて」

手をひらくと、そこには複数の印が円形に刻まれ、ほのかな青いきらめきを放っていた。その模様が手のひらでうごめき、うっすらと光りながら新しい形を取る。

「レイ用羅針盤よ」タンドリが印をさして言った。ヴィヴはぽかんと見つめた。

「まあ、そうですね！」青年はタンドリが見分けたことを喜んで答えた。「しかし、僕がここで発見しつつあるものは実に特異的なんです。この街とその西のカルダスへ向かう側には、いたるところに小さなレイラインの結合点が散らばっています。ところが、ちょうどここに、なんとも興味深い測定値を示す結合点を見つけたんですよ。当然のことながら、レイラインはパルスを発しているので」

「当然ね」とタンドリ。

「でも、この結合点は安定して持続しています。実際、きわめて異例ですよ。だからあれこれ測定して、メモをまとめているんです。その相互作用を結界記号で詳述すれば、これは興味深い論文の土台になるかもしれません」

ヴィヴは胃がむかむかするのを感じ、ついスカルヴァートの石を隠した場所に目をやってしまった。なんらかの形でその原因になっているのがあの石ではないというふりはできなかった。もしこの学生が測定を続けたら――羅針盤と言われたことが不安をかきたてた――その先どこへつながるだろう？

「それは興味深いわ、ヘミントン」とタンドリ。

「そうですか？　そうですよね」

「でもね、この場所はお店なの」とタンドリは続けた。「もちろん、お客としてきてくれるならうれしいけれど、ここの座席は、ほんとうはお得意さま用なの……」

ヘミントンは苛立ちと狼狽《ろうばい》の表情を浮かべた。「あの……実を言うと、熱い飲み物はあまり口にしないんです」

タンドリはその抗議を無視してにっこりと笑いかけた。「……あなたは運がいいわ、試供品はただなのよ」

「ああ。まあ。僕は、えー。そうですね」相手は不承不承受け入れた。「では……その機会を利用しましょう」

「そうでないとね。一杯お持ちするわ」カウンターに戻ろうと立ちあがったものの、そこでふりかえる。「ああ、それから念のため、今日が宣伝期間の最終日なの。うちの主力商品の飲み物はたった半銅貨一枚よ。ありがとうございます！」

タンドリが珈琲を淹れているとき、ヴィヴはささやいた。「あんたはアッカーズの卒業生だったのか？」

「正確には卒業生じゃないわ。ただ関係する講義をいくつか取っただけ」

「なにに関係する？」

「個人的な興味よ」言葉をにごされた。

ヴィヴは追求しなかった。

タンドリが珈琲を運んでいったが、ヘミントンは疑わしげに見つめるだけで、飲もうとはしなかった。

タンドリは少しのあいだトントンと顎を叩いてから、チョークをとりあげてメニューにもう一行つけたした。

食堂区画のご利用には、商品のご購入が必要です

最終的に、ヘミントンは手をつけていない珈琲をテーブルに残して立ち去った。少なくとも、

しばらくそのまわりでうろうろするだけの礼儀はわきまえていた。恥ずかしくないほうを選ぼうとしていたのは明白だ——そのまま置きっぱなしにするか、満杯のままカウンターまで持ってくるか。こそこそカウンターの前を通り抜けたとき、ヘミントンはタンドリが新たに石板に書き加えた内容に気づいた。「あの、なにか買うつもりはありますよ。ただ、さっきも言ったとおり、熱い飲み物はあんまり好きじゃなくて。もし食べるものでもあれば」その声には訴えるような響きがまじっていた。

「ふむ」ヴィヴはカルにそっくりの口調で答えた。「忠告に従って検討しよう」

しかし、ヘミントンが立ち去ったあと、ホブが据えつけたストーブを見やったとき、なにかが心をつついた。ある考えの萌芽《ほうが》らしきものだ。

ヘミントンのマグカップを取りに行きながら、その思いつきを頭に浸透させる。

店にはほぼ人がいなくなっていたが、ドワーフの老人がひとり、奥にひっそりと腰かけていた。飲み物をちびちび口にしつつ、新聞の表面をゆっくりと指でたどり、唇を動かして読んでいる。

向きを変えたヴィヴは、急停止した。巨大な毛むくじゃらの生き物が店の隅に座り込み、四角い日だまりの中で四肢をのばしている。その向こうに目をみはったタンドリが立っていた。

体重十ストーンはありそうで、狼ほどもある獣だったが、ばかでかくて毛がもじゃもじゃな、ちょっぴり煤《すす》けた家猫にしか見えなかった。

「これ、いきなり……出てきたの」タンドリが弱々しく言った。「入ってくるところは見なかったわ」

「いったいなんなんだ、こいつは？」ヴィヴは問いかけた。大きな生き物はふたりを無視したものの、あくびをもらした。前足の爪を残らずむきだすと、けだるくのびをして背を弓なりにしならせる。

「恐猫《きょうびょう》じゃ」ヴィヴの背後で甲高い声がした。

老ドワーフが新聞から顔をあげてこちらを見ている。「近ごろはもはや見かけんが。幸運をもたらすとされとる」目をこらす。「いや、不運だったか。忘れたなあ」

「あんたは前に見たことがあるのか？」

「うむ。わしが小僧のころにはもっといたもんだ。優秀な鼠捕りでな」咳払いする。「それに野良犬の数も抑えとった」

タンドリが蒼ざめた。「これ……追い出そうとするべきかしら？」

恐猫は皿のような緑の目玉でまずタンドリを、続いてヴィヴをじっと見た。ゆっくりと目が細くなり、遠くの山崩れの響きが室内を満たす。ヴィヴはそれが喉を鳴らす音だと気づいた。屋根の瓦《かわら》をどすどす踏む音と盗まれたレイニーのケーキを思い出す。あの数行の詩とスカルヴァートの石のことも頭に浮かんだ。

「正直なところ」と言う。「ひとつ学んだことがあるとすれば、獣がまだ怒っていなかったら、怒らせるなということだな。ほうっておこうと思う。たぶん勝手にいなくなるんじゃないか？きっとこのあたりに住んでいるんだろう」

タンドリは半信半疑の様子でうなずき、じりじりと進んでカウンターの奥へ入った。

老ドワーフは新聞をたたんで脇にはさみ、ぴょんととびおりると、猫のそばをぶらぶら通りすぎながら、ばかでかい一方の耳の裏をかいてやった。「よしよし、嬢や」と言う。「この連中を見なくなって淋しかったなあ」

「どうして雌だとわかるの?」タンドリがたずねた。

ドワーフは肩をすくめた。「あてずっぽうだとも。まあ、尻尾を持ちあげて確かめるつもりはないが」

恐猫は出ていかなかったが、ヴィヴはクリームの入った皿でもっと端へおびき寄せることに成功した。獣は尊大かつ優雅な態度で近づき、室内を見渡すと、鋤なみに大きな舌でぺろりと皿を空にした。そのあと、ふたたび腰を落ち着けて巨大な毛むくじゃらの山と化し、喉を鳴らす轟音《ごうおん》を響かせながら眠りについた。邪魔にならないところに行かせることができて、タンドリは見るからにほっとした様子だった。

カフェはまた無人になった。いまが一日でいちばん客足の少なくなる時刻ではないかとヴィヴは疑いはじめたものの、せめてひとりふたりは客がくるだろうと期待していた。

ところが、戸口に姿を現したのは、いちばん会いたくない人物だった。

フェンナスは背中で手を組み、香水をマントのようにたなびかせながら、つかつかと店に入ってきた。しゃれた感じに髪をあげてピンで留め、つんとすました顔つきだ。このエルフは昔から身のこなしが堂々としていた。ヴィヴのほうが頭ふたつ分も大きいのに、なぜこちらを見下せるのか、さっぱり理解できない。

長年仲間として組んでいたが、お互いに好意を持ったためしがなかった。性格の不一致のせいにしようとしたものの、心の奥底では嫌い合っていることがわかっていた。フェンナスは毎回、ほんのわずかな抑揚の変化や、肋骨のあいだにナイフをすべりこませるように注意深く選んだひとことによって、ヴィヴが劣っていると感じるように仕向けてきたものだ。手際がよすぎて、大量の血から顔をあげるまで傷に気づかないほどだった。また、ヴィヴのほうも、しばしば遅すぎたとはいえ、遠慮なくやり返さないほど善人ではなかった。

二度と会わないだろうと思っていたし、それでほっとしていた。フェンナスがこの戸口に影を落としているというのは、なにかを望んでいるということだ。ヴィヴは自分が間違っていることを心から願った。

それでも、なんとか笑顔を作る。「フェンナス！　ここで会うとは驚いたな」

美貌がほとんど損なわれていなくとも、相手のほほえみはヴィヴよりさらに嘘くさかった。

「ヴィヴ。ルーンから聞いたが――」片方の眉を完璧につりあげ、あたりを見まわす。「――事業を始めたとか。この目で見てみようと思ってな」

「それで、ルーンは元気か？」

「ああ、元気だ。とても元気だよ」フェンナスは指を一本カウンターの表面に沿って走らせ、しげしげと見つめた。

タンドリは口をすぼめてこのやりとりを観察し、あきらかにぴりぴりした空気を感じ取ったらしい。カウンターに身を乗り出して微笑を浮かべ、エルフに話しかけた。「こんにちは！　お邪魔したくないのだけれど、試供品はいかが？　大々的な開店の宣伝なの」

「大々的な開店？」最初の単語をごくわずかに強調し、ほんの少しおもしろがるような響きを加える。「ああ、これが君のあれほど夢中になっていたノームの飲み物かい？」寛容な笑みをたたえてヴィヴに目を向ける。「いや、私はけっこうだ、どうもありがとう。ただ旧友に会いに立ち寄っただけなのでね」

「光栄だ」とヴィヴ。

光栄どころではなかった。

「ああ、君の店がこれほど有望な幕開けを迎えてなによりだ」エルフは笑顔を保ったまま、どう見ても人のいない食堂の区画をながめた。指の節で珈琲抽出機をそっと叩き、返ってきたかすかな音に片耳を立てる。「たしかに幸運の響き《リング》があるな」

ヴィヴは凍りついた。

するとふいに、もじゃもじゃの大きなかたまりが横を通り抜け、フェンナスの前に立った。地すべりのような喉を鳴らす音が、なにかはるかに威嚇《いかく》的なものに変わる。毛を逆立てた恐猫は普段の一・五倍も大きく見え、珈琲抽出機よりやかましくシューシュー声をたてた。

フェンナスは不安げに獣を見やった。「このしろものは……君のか？」

タンドリがさらに身を乗り出し、礼儀を保ちつつもうれしそうに言ったので、ヴィヴは驚いた。「そうよ。店のマスコットみたいなものなの」

フェンナスは嫌悪を示して鼻に皺《しわ》を寄せてから、さっとこちらに目を移した。「魅力的だ。さて、そろそろ行くとしよう。ただ祝いの言葉を伝えたかっただけだよ。それでは、ヴィヴ」

ヴィヴが黙ったままその後ろ姿を見送ると、タンドリがカウンターをまわってきて、巨大な猫の前にしゃがみこんだ。猫はいまや威厳たっぷりに片方の前足をなめており、いかにも自分に満足している様子だった。

これまでの気がかりを忘れ去ったタンドリは、恐猫の耳の裏をかいてやり、いっそう低い声でごろごろ言わせてからつぶやいた。「あなたはいい娘《こ》ね、そうでしょう？　いやなやつは見ればわかるのね」ヴィヴに視線を向ける。「昔の同僚？　仲が悪かったみたいね」

「そんなものだ。前にしていた仕事では、親友である必要はなかったからな」

タンドリは猫に注意を戻した。「うーん、この子に名前がいるわ。どうかしら……友好《アミティ》っていうのは？」

ヴィヴは鼻を鳴らしたものの、かすかな笑みをこらえきれなかった。「いいんじゃないか、もうそんなに仲がいいんだから」

「あなたとあの人とは違ってね」タンドリはいましがた出ていったエルフのほうへ親指をぐいっと向けた。「ほんとうはなにが望みだったと思って？」

ヴィヴは答えず、かわりにフェンナスが言ったことを考えた。たたんでポケットに入れてある詩の紙切れに手がのびる。

奇力線のほど近く、
スカルヴァートの石は燃え
幸運の輪《リング》を引き寄せる
心からの望みの一面を。

11

フェンナスに対する懸念に悩まされ、眠りがとぎれがちだったにもかかわらず、ヴィヴはやがてヘミントンの去り際の言葉に考えを向けた。食べるものでもあれば、というあの発言だ。思いをめぐらしていると、タンドリが石板をとりあげ、無料の試供品と期限に言及している部分を消し去ってメニューを調整した。

常連が戻ってきたとき——新顔も数人加わって——文句を言わず珈琲《コーヒー》代を払ったのに気がついて、ヴィヴはうれしくなった。タンドリとほっとした視線を交わして仕事にかかる。シューシュー音をたてる機械の裏で、ぬくもりに包まれながらせっせと働くのは楽しかった。

また立ち寄ったカルは、だらだらと感想を並べて沈黙を埋める必要がなくなり、あきらかにほっとした様子だった。ヴィヴが銅貨を断るとぶつぶつ言ったものの、飲んでいるあいだはカウンターのそばにいて、ふたりの働きぶりを見守ってはちょくちょくうなずいていた。

ヴィヴはさっきもてあそんでいた考えを思い出し、忙しい時間が半分過ぎたところで、タンドリに珈琲の作業を担当してくれるよう頼んだ。

タンドリがすんなり注文を引き受けてくれたので、客席に出ていくと、あのラットキンを探し出した。奥の隅にある仕切り席の一か所にひっそりと腰かけ、湯気のたつマグカップを前に、足をぶらぶらさせながら目を閉じて瞑想《めいそう》している。

向かいにすべりこむと、きらきら光る瞳がひらき、警戒をこめてこちらをながめた。毎朝見かける小麦粉で真っ白になった例の前掛けをつけている。近くで見ると、白い粉は腕や顔の細い毛にも散っていた。

「どうも。私はヴィヴだ」

ラットキンはうなずくと、音をたててカフェラテを飲んだ。

「話し好きではなさそうだな？」

相手はうなずいた。

「別にかまわない。だが、頼みたいことがあってな。気になったのが、その――」手ぶりで前掛けを示す。「――つまり、粉だ。考えたんだが、もしかしてパン作りのことを知っているんじゃないか？」

ラットキンはひげをぴくぴく動かしながらじっとこちらを見て、そっとマグカップを置いてから、ゆっくり三回、首を縦にふった。

「知っているのか？　だったら、ちょっと提案がある。私はいま、この店に必要なのはなにか……パンか――焼き菓子か――食べ物じゃないかと思っているところなんだ」両手でパンのかたまりをつかむしぐさをする。「軽食だろうな。もっとも、私はその方面にくわしくない。ただ考えたのは、もしそちらが、その、実際にその手のことに精通しているというなら……」

ラットキンはおそるおそる手をあげてさえぎった。飲み物越しに身を乗り出して、かすれた小さな声を出す。「あした」

「あした？」

もう一度うなずかれた。熱心に、という気がした。

もう行かなくてはいけないのか、しばらく考える時間が必要なのかはわからなかったが、好奇心をそそられはしても、それ以上追及するつもりはなかった。トンとテーブルを叩いて立ちあがる。

「楽しみにしている、ミスター……？」

ラットキンはヴィヴを見あげ、まじめくさってささやいた。「指ぬき《シンブル》」

「シンブル」ヴィヴは応じた。それから、ひとつうなずいてみせ、カウンターに戻った。


午後はまたもや、なんの活動もない不毛な時間帯となった。今日もヘミントンがやってきて、苦しげな表情を浮かべて飲み物を購入し、やはり手を触れないで立ち去った。

ヴィヴは無人の食堂区画でテーブルを拭き、汚れたマグカップを集めた。とつぜん、ひややかなタンドリの声が静けさを破った。

「ここでなにをしているの？」にらんでいる相手は、カウンターの表面にもたれかかり、ひどくなれなれしい様子で見つめ返している若い男だった。その優男ぶりは金があることを示しており、ヘミントンが羽織っていた裾の裂けたローブは着ていなかったが、あつらえのシャツに鹿の飾りピンが一本刺してあるのが見えた。

「窓越しにきみを見かけたから、寄らずにはいられなかったのさ」若い男は答えた。「ずいぶん会ってなかったなあ、タンドリ。おれを避けてるのかと思うところだよ」

「そのとおりでしょうね」

「まあ、おれは客としてきただけだから、これは運命の介入と言ってもいいな」

「たったいま、窓越しに見かけたって言ったばかりでしょう。運命が介入するなら、あなたを方向転換させてそのまま外へ送り出すためよ」

「おい、そんなふうに言うなよ。きみみたいなサキュバスは、これを感じるはずだ――」ふたりのあいだを示してみせる。「――この惹きつける力を、そうだろう、わかってるんだ」

タンドリは衝撃を受けた顔になり、それから意図的にあたりさわりのない表情を作った。

「ケリン、惹きつける力なんてないわ。そんなものがあったことはないの。出ていったほうがいいと思うわ」

「だが、まだなにも買ってないのに」男は笑みを含んだ声で抗議した。

「あんたがほしがるようなものはここにはないと思うが」店先から近づいていったヴィヴは、ぬっと立ちはだかり、腕組みして言った。

ケリンはこちらに注意を移した。とたんに気楽な笑顔が消え失せ、もっと鋭い表情にとってかわる。「この会話にあんたを引き込んだ憶えはないが」

自分の姿を見てひるまなかったことに、ヴィヴはいくぶん驚いた。

「ここは私の店だ」と冷静に言う。「私が望むとき、望む相手に売る。あんたに売りたいとは思わない。そういうわけで、出ていってくれ」

ケリンは一瞬、けわしくにらみつけてきた。冷笑が広がる。「まだマドリガルには会っていないようだな。このあたりでは誰もがどこかの時点でやつらに従う。つまり、遅かれ早かれあんたはおれに上納金を払うってことさ」

「なるほど、じゃああんたがやつの使い走りか？ 手下はやたらと立派な帽子の男だと思っていたが」

男が言い返そうとしたところで、アミティがヴィヴの後ろから現れ、剣呑ながら優雅な動きでゆったりと歩いていった。タンドリの隣に落ち着き、ばかでかい前足を無関心になめる。

ケリンはまばたきしたものの、冷笑を取り戻した。

勇敢なのか愚かなのか判断がつかない。

「いまは行くさ」とケリン。「だが、また会うことになるからな」

またあの所有者然とした微笑《びしょう》をたたえてタンドリを見る。「といっても、きみとおれはあとで最近お互いなにをしていたか話をしよう。楽しみにしてるよ。運命」

そして立ち去った。

タンドリがゆるゆると息を吐いた。

「あれはいったいなんだったんだ？」ヴィヴはたずねた。

「あいつはアッカーズの学生だったの。それで……」タンドリは言葉を探した。「わたしに病的な執着を持っていたのよ」

「あんたが大学で……個人的な興味のために講義を取っていたときか？」

「ええ」

「地元のごろつきの頭領に使われてもいるようだな。教育を受けてもいい結果にならないことがあるらしい」

「あら、わたしは驚かないわ、これっぽっちも」タンドリは険悪な口調でつぶやいた。

「あいつは立ち入らせないようにしよう」

サキュバスは恐猫《きようびよう》の隣にしゃがみこんだ。「でなければ、アミティのおやつにしてやるとか。おなかがすいた、お嬢ちゃん？」

アミティは落石さながらに喉を鳴らした。


その晩、タンドリは短時間店を離れ、毛布数枚と鵞鳥《がちよう》の羽毛入りの大きな枕を取ってきた。ヴィヴと協力して、恐猫のために店の奥の隅っこに間に合わせの寝床をこしらえる。次に現れたとき、アミティはくしゃくしゃの山にのしのしと近づくと、巨大な前足の一本で試すようにぽんぽん叩いてみてから、悠然と立ち去った。

それでも、ふたりは寝床を残しておいた。

ふたりが開店準備をしていたとき、シンブルが正面扉を叩いた。布にくるんだかたまりを両手にかかえており、湯気が細くたなびいている。なにか温かくて甘い酵母の香りが漂った。シナモンのにおいもする、とヴィヴは思った。

シンブルはせかせかと中に入った。

豆をひと袋とミルクの入った水差しを持ったタンドリが食料品置き場から姿を現し、深々と息を吸った。「このすてきな香りはなに？」

ラットキンは心配そうにふたりをかわるがわる見やってから、布包みをカウンターの上にそっと置いた。

ヴィヴはそれを指さした。「いいか？」

シンブルはためらいがちにうなずいた。

注意深く布を広げると、ヴィヴのこぶしほどもあるロールが出てきた。大きすぎて食べているところの想像がつかないほどだ。やわらかなパンを螺旋《らせん》状に巻き、渦巻のあいだに黒砂糖とシナモンをまぶしてある。てっぺんを覆ったクリーム状のシロップが側面に流れ落ちていた。

タンドリの言うとおりだった。この香りは信じられないほどすばらしい。

「自分でこれを作ったのか？」ヴィヴは感心してたずねた。

「そう」ラットキンは小声で答え、またひょいと小さくうなずくと、粉だらけの前掛けを両手でぎゅっと握りしめた。

タンドリと目を見交わしたあと、ヴィヴはばかでかいロールからひとかけ慎重にちぎりとり、口にほうりこんだ。

目をつぶり、思わず感嘆の声をもらす。こんなにうまいものを食べたのは実に……いや、はじめてかもしれない。

「すごいぞ」口いっぱいにほおばりながらつぶやく。「タンドリ、ためしてみるといい」

タンドリがひとかけらはがしてその誘いに応じた。

食べているとき、タンドリを囲む空気が輝いてなまめかしく変化したのをヴィヴは感じた。尻尾が優美な弧を描いて前後にしなる。ヴィヴとラットキンは恍惚《こうこつ》として口を動かす姿を見守った。

また目をあけたとき、サキュバスの虹彩《こうさい》は広がり、頬が紅潮していた。うっとりとラットキンに視線を向ける。「採用決定よ」声がかすれていた。それから、はっとヴィヴに目をやる。あの雰囲気が霧散した。「待って、この子がここにいるのはそのためよね?」

ヴィヴはシンプルのほうを向いた。「こういうのを毎日ここで焼くのはどうだろう?」

ラットキンはうなずき、なにか言いたいが言葉が見つからないというようにそわそわと足踏みした。

「週に銀貨四枚では?」ヴィヴはうながした。タンドリを見て、異論がないことを確かめる。

サキュバスは目を大きくしてうなずき、そうそう、どんどん続けて、というしぐさで両手をひらひらさせた。

シンブルはうなずいて受け入れ、鼻をのばすと、はじめてひとこと以上、そのやわらかなささやき声で口にした。「珈琲をただで？」

ヴィヴは片手をさしだした。「シンブル、好きなだけいくらでも飲んでくれ」

12

翌日出勤したとき、シンブルは染みだらけの羊皮紙の切れ端を手にしていた。ひょっこり頭をさげて店に入ると、カウンターの上に紙切れを載せ、軽く叩く。

タンドリがとりあげてながめた。それはななめの読みにくい字で書いた一覧表だった。「小麦粉、重曹《じゅうそう》、シナモン、黒砂糖、塩……これは材料ね」

ラットキンは真剣にうなずき、羊皮紙を指さした。

「それに必要な道具」タンドリは読み終えてつけたした。「たとえば天板とか、ボウルとか……」

シンブルはちょこちょことカウンターの奥を調べに行ってから、食料品置き場ものぞき、一本の爪で唇を叩きながら在庫を確認した。紙切れを手ぶりで示したので、タンドリは愉快そうな笑みを浮かべて返した。

シンブルはカウンターの下にある金庫の隣から尖筆をつかむと、さらにいくつか品目を書き加え、きっぱりとうなずいた。話さずに意思疎通を図れるなら、そうすることを好むのは間違いない。

「で、もっとあのロールを作るのにこれが必要だということか？　あのシナモンのかかったやつを?」ヴィヴはたずねた。

シンブルは予想どおりの方法で肯定した。

「これが全部、どこで手に入るかわかるか?」ヴィヴはタンドリに問いかけた。

「すぐにはわからないわ。パン屋は見つかると思うけれど……」

シンブルがヴィヴの袖を引いてさえぎり、自分を指さした。「ぼく、案内する」

「ああ。そうだな。まあ、いま行くのがいちばんだろう。タンドリ、戻ってくるまでこの場をまかせていいか?」

「もちろんよ」

ラットキンは足踏みして体重を移しながら、ものほしげに珈琲《コーヒー》抽出機を見つめた。

「先に珈琲?」と訴えてくる。


お気に入りの場所となった仕切り席で、シンブルは時間をかけて飲んだ。ひと口ひと口じっくり味わっているのがわかる。飲み終わってマグカップを店先まで運んでくる前に、朝の混雑が本格的になったので、列の最後の客が注文するまで扉の脇で待っていた。

「そろそろ行くか」とヴィヴが言い、手を拭いて合流した。

タンドリは目をしょぼしょぼさせている門衛のためにミルクを泡立てながら、上の空でうなずいてみせた。

ちょうど出かけようとしたとき、アミティが低くたれこめた入道雲さながらに敷居を越えてやってきた。シンブルはかぼそい悲鳴すら出せずにかたまった。

「うわ、まずい」ヴィヴは鋭くささやいて身構えた。恐猫《きようびよう》がぴくりとでも攻撃の動きを見せたら、ラットキンを届かない位置へかかえあげるつもりだった。

だが、アミティはゆっくりと目をしばたたき、鼻をなめただけで、どう見ても興味なさそうにぶらぶらと通りすぎた。

この猫が訪れることはめったになく、予想もつかなかったので、店のパン職人をどう思うか少しも考えてみなかった。

あるいは、スカルヴァートの石を信頼していたのかもしれない。そもそも危険などなかったのではないだろうか。

ヴィヴは店を出て、北部にある商業地区へ走っていくラットキンのあとについていった。シンブルが必要とするものをすべて集めるのには、午前中の半分以上かかった。気がつくとヴィヴは何度も、すっかりどこにいるかわからなくなっていた。製粉所に行ったときには、あの荷車を借りた粉屋から小麦粉を買った。余分に銅貨二、三枚払うと、一覧表に残ったさまざまな包みや蓋をした壺、陶器類などを運ぶために、空の袋を何枚かつけてくれた。

ラットキンは一度も躊躇《ちゆうちよ》せず、入り組んだ路地や通りを的確に案内していった。ふたりはさまざまな店を訪れ、幾度かシンブルは個人宅の戸口を叩いた。そのなかでもヴィヴが注目したのは眼鏡をかけた老人を訪問したことで、その家には異国的な香りがあれこれまじりあって漂っており、くらくらするほどだった。シンブルは毎回、一覧表を叩いて店主に品物を頼んでから、期待するようにヴィヴを見て支払いをまかせた。

一覧を制覇したヴィヴは、一方の肩に粉袋をふたつ背負い、片手にふくらんだ袋を握りしめ、残りを反対側の小脇にはさんで、ぎこちなく足をひきずりながら店に戻った。また背中が痛みを訴えている。シンブルは数本の木べらを腕いっぱいにかかえ、前方を早足で進んだ。店に到着したとき、ヴィヴはヘミントンとほかのふたりの客のかたわらをこそこそと通り抜け、奥にたどりつくと安堵の息をついて荷物をおろした。

シンブルはただちに荷ほどきにかかり、食料品置き場に戦利品を配置した。粉袋の重みに挑んで悪戦苦闘していたものの、毛皮で覆われた頭を勢いよくふって、どんな助力も断った。ヴィヴは肩をすくめてほうっておいた。

「全部見つかった?」タンドリがたずねた。

「全部に見えるのはたしかだ」ヴィヴはうめき、背骨をぼきぼき鳴らした。

シンブルがふたりのあいだにひょこっと現れ、これまでで最長の言葉を口にしたので、どちらもぎょっとした。

「手始めには足りるよ」

それから、嬉々として自分の包みのほうへ戻っていった。

ヴィヴは背中をさすっていちばんひどい痛みをやわらげたあと、タンドリの作業を引き継いで、最後の一巡の客に珈琲を出した。ふたりの後ろではシンブルが音程の合った鼻歌を口ずさんでいた。天板やボウルや木べらがカチャカチャ鳴って、材料を量ったりかきとったり混ぜたりという音がひたすら続く。

シンブルは水切り台として使っていた小さなテーブルに近づくと、足載せ台によじ登り、パン生地を練りはじめた。作業中、周囲に粉の霧がふわふわと漂った。

生地を寝かせているとき、不安そうにひげをぴくぴくさせて近づいてくると、「カフェラテ?」とささやいた。

「シンブル、よかったら一日じゅう目の前に淹れたてのマグカップを置いておくぞ」

ラットキンは喜びのあまり全身をくねらせた。

あとになって、客全員に飲み物を出してから、ヴィヴとタンドリはシンブルが仕事を再開するのを興味深くながめた。新しいのし棒で生地をのばし、シナモンのフィリングをつやのある層にして広げ、注意深く長い筒状にまるめる。均等に切り分けてロールをばらばらにすると、きっちり天板に並べた。

二度目に生地を寝かせているあいだにストーブに火をつけ、ボウルにバターとミルクとひと握りの砂糖を投げ込み、せっせとかきまぜてシロップを作る。酵母《こうぼ》と砂糖のいいにおいが店じゅうにたちこめた。

満足のいくまでロールがふくらむと、ぴょんと台からとびおりて、ストーブの側面の箱に押し込む。それから腰掛けに座って指を組み合わせ、辛抱《しんぼう》強く待った。

いまやストーブからたちのぼる香りを無視するのは不可能だった。

「なんてこと」タンドリが口の中で言った。「あのにおい、最高ね。がまんできないわ」

ヴィヴは同意しようとしていたが、そこで顔をあげた。視界の隅でなにかの動きを捉えたのだ。

髪にくっついたおがくずで判断するとすれば、大工がひとり、ぼんやりした表情でふらふらと入口にやってきていた。鼻をひくひくさせてから、まばたきする。しばらくそこに突っ立ったまま、いぶかしげに店内とメニューを見まわした。

「いらっしゃい?」ヴィヴは声をかけた。

大工は口をひらいて閉じ、もう一度深く息を吸った。

「もらおうか……なんでもここにあるものを」

男はタンドリが淹れた珈琲を受け取り、夢見心地で支払い、食堂区画へ足を踏み入れて腰をおろした。上の空で飲み物をすすりながら、遠くをながめる。

タンドリとヴィヴはお互いに眉をあげた。

「八大地獄にかけて、いったいこのにおいはなんなんだい?」問いかけた声はふたりとも知っているものだった。レイニーがカウンターに近づいてきた。

「新しいパン職人を雇った」ヴィヴはシンブルに親指を向けてみせた。

「まだオーブンの中かい、ええ?　さて、ご婦人、遠慮なく言わせてもらうがね、あたしゃほっとしたよ。珈琲の悪口を言いたかないが、なんとか続けてくつもりなら、パンのほうが可能性がありそうだ。しかも、こちとら自分のパンに自信があるからね、判断は信用してもらっていいよ」つつましく胸もとに片手をあてる。

ヴィヴはレイニーのケーキのことを考えつつ、注意深く曖昧《あいまい》な表情を保った。

「まあ、引き留めやしないよ」老婆は続けた。「でも、売り物ができたら、あたし用にいくらかとっといてくれるかい、いいね？」

「もちろんだ」

レイニーがよたよたと店から出ていくと、あとから三人の客が入ってきた。そして、その向こうには、戸口からふんわりと流れ出す香りの範囲に踏み込んだ通行人たちが、足をゆるめてあたりを見まわしている姿が見えた。

結局、午後はそれほど暇でもなくなりそうだ。しかも、まだ一個もロールを売っていないにもかかわらず。

ヴィヴとタンドリは急いで会議をひらいた。ヴィヴはロール一個につき銅貨二枚で売るべきだと考えたが、タンドリはヴィヴの前腕に手をかけ、まじめな顔でじっと見て言った。「銅貨四枚よ、ヴィヴ。銅貨。四枚」

ふたりはメニューの石板をおろした。タンドリがすばやく新しい項目を加え、無駄のない筆遣いで菓子パンの絵を描くと、仕上げにあの信じられないほどすばらしい香りを示す、まがりくねった線を引いた。

伝説とカフェラテ

メニュー

珈琲　異国情緒あふれる香りとゆたかなこくの焙煎　半銅貨一枚
カフェラテ　洗練されたクリーミーな変化形　銅貨一枚
シナモンロール　至福のアイシングがけシナモン菓子パン　銅貨四枚

より魅力的な味を、働く紳士淑女へ

「四枚？」メニューを壁にかけなおしながら、ヴィヴは問いかけた。「ほんとうに？」

「わたしを信じて」

シンブルが腰掛けからとびおりると、分厚い布巾《ふきん》をとりあげてストーブの扉をあけ、ロールを引き出した。大きくこんがりと黄金色に焼けており、みごとだった。ストーブの上に置いて扉を閉めると、香りが波のように広がっていく。タンドリが無意識にうめいたのではないかとヴィヴは思った。自分の腹もぐうぐう鳴った。

ラットキンは脇にとってあった濃いクリーム状のアイシングをかけ、ためしににおいを嗅いでから、満足げにうなずいた。

ヴィヴは顔をあげて、ヘミントンが興味津々で見つめているのに気づいた。「なんておいしそうなにおいだ」と言われた。

「まあ、あんたはなにか食べ物がほしいと言っていただろう。最初に買っていいぞ」

「えーと」ヘミントンはばつが悪そうな顔をした。「その、つまり、僕には一定の食事制限があるんです。パンは食べないというか……」

ヴィヴは眉間に深く皺《しわ》を寄せ、カウンターにどっしりともたれかかった。

「でも、一個だけ買ってみましょうか？」ヘミントンは力なく言った。

「お買いあげありがとう」

「ええと。よかったです」

シンブルがうなずいて勧めたので、タンドリは温かいロールをひとつひとつ大皿に載せ、うやうやしくカウンターに置いた。

ヘミントンが金を払うと、ヴィヴは蠟紙《ろうし》に一個包み、相手をにらみつけた。「もしあんたがこれを食べなかったら、タンドリか私に殺されるかもしれないぞ」

青年は声をたてて笑ったものの、ヴィヴが加わらなかったので、喉を絞められたように響いた。手の上で注意深くロールのバランスを取り、こそこそと本のほうへ戻っていく。

食堂区画にいた客はひとり残らず、すでに列に並んで自分の番を待っており、三十分でロールは完売した。

タンドリはパンくずが散らばった大皿を凝視し、たれたシロップに指を走らせてなめとると、わびしげにヴィヴを見た。「一個もありつけなかったわ。銅貨四枚よりもっと払ってもよかったのに」

「まあ、運がよかったな」とヴィヴ。「もう一度機会がありそうだ。それに、レイニーのために一個とっておかなければ、あの箒《ほうき》でなにをされるか考えたくない」

シンブルはすでに次のひと焼分をせっせと混ぜ合わせており、さっきより大きく――そしてうれしそうに――鼻歌を口ずさんでいた。

13

シンブルが夜明け前からすでに肘まで腕を突っ込んでパン作りにかかっており——しかもタンドリが戦略的に前もって扉を少しあけ、においを通りに漂わせていたので——開店時の人混みはゆうに前日の三倍はあった。

あわてふためいてはいるが活気に満ちた混乱のなか、タンドリとヴィヴはお互いにつまずきそうになりながら注文に応え、長い柄を二本とも使って隣り合わせに珈琲《コーヒー》を淹れた。

シンブルのシナモンロールは数分で消え失せたが、賢明にも、最初のひと焼き分がオーブンに入っているあいだに、早くも次の生地が寝かせてあった。

ストーブがめいっぱい稼働していると、店は普段より暑く、湯気のたつロールのせいでむっとしていた。ふたりとも一時間のうちにシャツが汗でずぶぬれになった。大勢の客のおしゃべり、シンブルがカチャカチャたてる音、そしてノームの珈琲抽出機の低いうなりが空気に満ち、あたりはめまいがするほど混沌としていた。

じりじりと昼に近づくにつれ、客足は鈍ったものの、十分以上途絶えることはなかった。食堂区画はがやがやと騒がしく、会話のざわめきが広がっている。客は以前より長居して、焼きたてのシナモンロールを楽しみ、急ぐことなく飲み物をすすった。そしてはじめて、みな比較的孤立した仕切り席を探すより、共用の大テーブルに向かった。

ヴィヴはカウンターにもたれて客の顔を観察し、これまで緊張のあまり期待することさえ恐れていたものをようやく目にした。それはなかば閉じた瞼《まぶた》に、ゆっくりと時間をかけた飲み方に見ることができた。マグカップのぬくもりを囲む両手にも、最後の味わいの名残を楽しむ表情にも。これは自分自身が経験したことと同じだ、と思い至り、喜びが湧きあがる。

「この一時間、ずっと笑顔のままね」とタンドリに言われ、短い客の切れ間に放心していたヴィヴははっとわれに返った。

「そうか?」

「ええ」

ふたりとも顔が真っ赤で暑くてたまらなかったが、ヴィヴは今日のタンドリがずっとくつろいで見えることに気づいた。なかなかいいと思う。

「すべてがうまくいったという気がしているだけだ。前にも何度か同じ感覚をおぼえたことがある――〈黒き血〉を見つけたときのように」ヴィヴは壁の剣のほうへ頭をふった。「彼女《あれ》はただ私の手にしっくりなじんで、使おうと出かけていったときには、その……」その話がどこへ向かうか自覚して、ぴたりと口をつぐむ。「ともかく、これは……正しいと感じる」

「そのとおりよ」

「とはいえ、まだ多少の不備を解決しないとな」

「一日二日はこの成功に満足していていいと思うけれど」タンドリが苦笑まじりに言った。

「どうかな、そのあいだにゆであがって死ぬかもしれないぞ」シンブルがふたりのあいだに現れたので、両方ともそちらを見おろした。ラットキンはヴィヴをちらりと見あげ、シャツの裾をひっぱり、オーブンを指さして両腕を大きく広げた。

「いや……すまないが、なにを言いたいのかわからない、シンブル」

その鼻がひくひく動き、シンブルはささやいた。「大きくする。もっとよくなる……大きかったら」

「あのロールか？　もう私の頭ぐらいあるぞ！」

シンブルはかぶりをふった。「ストーブ。ストーブ！」それから身を縮める。「ごめんなさい！　ごめんなさい！」

ヴィヴはカルが据えつけたオーブンを見やった。シンブルが休みなしで働いても、シナモンロールは冷める間もなく売り切れた。もしかすると需要は徐々に減るかもしれないが、この調子では気の毒なラットキンがくたくたになってしまうだろうということはわかって当然だった。もっと大きなストーブがあれば、たしかにものごとをきちんと把握しておくのが楽になる。

「そうしたいが、シンブル、どうやったらおさまるかわからないな。この奥の部分はすでにかなりきつい」

シンブルは一瞬意気消沈した様子になったが、しぶしぶ同意してうなずいた。

「もっと長く取っておければいいのに」タンドリが考えごとを声に出した。「焼きたてでなくてもよければ、あらかじめ用意しておけるから、負担がいくらか減らせるでしょう」

ラットキンはじっとそちらを見て、考え込むように下唇を爪で叩くと、何度かまばたきした。のろのろと生地のほうへ戻っていき、新しく一枚のばしたものの、ときどき手を止めて遠くをながめていることにヴィヴは気づいた。

カルが数日ぶりにやってきたとき、ヴィヴはすぐさまシナモンロールをひとつ渡した。カルはしげしげとながめてから、ひかえめにひと口かじった。

反応はまったく予測どおりだった。

「ふむ」

だが、それはいいほうの〝ふむ〟だった。

もぐもぐかんでのみこみながら、活気のある食堂区画に顎をしゃくる。「どうやら順調にやってるようだな。それにこいつ……」評価するようにロールを見る。「こいつはめっぽういい。ストーブが役に立つかもしれねえって言っただろう。このカフェラテってやつを一杯、一緒にもらうわけにはいかねえだろうな？」メニューを調べて銅貨を六枚カウンターの上に押し出す。

ヴィヴは即座に押し返した。「これは取っておけ。「もっと用意してあるぞ、ここの熱気をなんとかする手立てを思いついてくれるならな。ストーブがついていると、八大地獄なみに暑いんだ」

カルはもうひと口かじり、満ち足りた吐息をもらして目をつぶった。「さて。考えがあるといえばあるが、うまくいくか確認するのに時間がかかるかもしれねえ。ノームの娯楽船で見かけた仕組みさ。実に気が利いてるな」

ヴィヴは好奇心をそそられた。「なにかの窓か？」

「いや。窓じゃねえ」とカル。「使えねえってこともあるからな、あまり期待させたくねえ。一日か二日待ってくれ、なにができるか見てみるさ。それまでに店を焼き払わねえようにしろよ」例の薄くはあるが本物の微笑《びしょう》を見せてくれる。それから、飲み物とロールを持ってのんびりと食堂区画へ入っていった。

その後も売り上げは堅調で、客がぽつぽつと出入りし、ふたりは忙しくしていたものの、追い立てられるほどではなかった。

ヴィヴが洗い桶のマグカップを八度目ぐらいに洗い終え、手をぬぐっていたとき、作男のような風体の大男が店に入ってきた。小脇にリュートをかかえているのを見て、ヴィヴは当惑した。黄色い髪の束がしょっちゅう目にかぶさっており、ヴィヴにおとらずばかでかくごつごつとした両手は、演奏家にしては妙な気がした。

「いらっしゃい？」と声をかける。

「えー、こんにちは。訊きたいんですが、もしかして……いや、うーん。こんにちは」男は口ごもり、最初から言い直した。「ペンドリーといいます。おれは……」声がひどく小さくなり、ささやくような声で言う。「吟唱詩人です?」それはむしろ質問のように聞こえた。

「おめでとう」ヴィヴはおもしろがって答えた。

「おれは……その、よかったら……よかったら演奏をしてもいいですか? つまり、ここで?」

ヴィヴは面食らった。「そういう問題については、いままであまり考えてみたことがなかった」と認める。

「ああ。ああ、そうですか。えーと。それは……それはかまいません」男が大きくうなずくと、頬に髪がばさばさあたった。

確信はなかったが、ほっとしているのかもしれない、とヴィヴは思った。

「あなた、上手なの?」タンドリがカウンターをまわってくると、腕組みしてたずねた。

「おれは……そうですね。ええと、その……」

ヴィヴは鼻を鳴らしてタンドリのあばらをそっとつついた。

「こうしたらどうだ」スカルヴァートの石と、自分が経験したカチッと留まる感覚、すべてがぴったりはまったという手ごたえを思い出しながら言う。「まずやってみたらいいじゃないか。求めているのは許可だけだろう?」

ペンドリーは緊張したのか吐きそうな様子になった。「いえ。つまり、そうです。あの……わかりました」

そのあとはただ立ちつくしている。

タンドリが追いやるしぐさをした。「じゃあ、やってみて」きびしい表情だったが、笑うまいとこらえているのが見て取れた。

作男、あるいは吟唱詩人、いや何者であるにしろ、ペンドリーはのろのろともうひとつの部屋に入っていき、かろうじて恐怖を抑えつけた顔つきであたりを見まわした。うつむいて後ろのほうへ進み、緩慢《かんまん》な動作で向き直る。誰もたいして注意を払わなかったので、しばらくそこに突っ立ったまま、リュートをぎゅっと握りしめ、糸巻をいじくりまわし、小声でなにかつぶやいていた。

きっと自分と議論しているのだろうと思い、ヴィヴは隅から興味津々でその姿をのぞいた。

そのリュートは一風変わっていた。こんなものは一度も見たことがない。前面には共鳴のための開口部がないようだった。かわりに弦の下に石板のような平たい板があり、銀のピンが埋め込まれている。

不安に負けて店からこそこそ逃げていくのではないかと思いかけたところで、ペンドリーは深く息を吸い、軽くかき鳴らしはじめた。

出てきた音は予想もしていなかったようなもので、すべての会話がぴたっと止んだ。その調べにはむせび泣くようなむきだしの激しさがあり、こんなにやかましいリュートを耳にしたのははじめてだった。ペンドリーが本格的に弾きだしたときには、ヴィヴは身をすくめてしまい、ほかの人々も同じ反応を示しているのが目についた。この男が奏でている音は音楽的でないというわけではなかったが、ほとんど獰猛《どうもう》な響きをはらんでいた。

ひょっとすると、スカルヴァートの石が必要なものを引き寄せてくれるという信頼は、いささか思い込みが強すぎたのではないか、とヴィヴは考えた。もしこれが石のしわざだというのなら……

気づまりな顔をしている常連客をちらりと見る。何人かが出ていこうとするかのように立ちあがった。

ヴィヴは若者に近づこうと歩き出した。驚くべきことに、相手はこの時点では音楽に没頭しており、完全に肩の力が抜けた様子だった。そばに寄ると、ペンドリーは目をあけてこちらを見た。ちらりとあたりを見まわし、その場にいる人々のあぜんとした表情に徐々に気づいて、唐突に演奏を中断する。

「ペンドリー？」ヴィヴは片手をあげた。

「うわ、どうしよう」相手はあきらかに恥じ入ってうめき声をもらした。

そして、リュートを楯のように体の前にかかえ、店から逃げ出した。

若者のことを気の毒だとは思ったものの、午後の混雑でそんなことは頭から消えてしまった。シナモンロールへの需要は少しずつ減り、シンブルが休憩を取れるほどになったので、ヴィヴは気の毒なラットキンを家に帰した。へとへとになっているのを見て、こちらがやめさせないと意識を失うまで働き続けるのではないかという気がしたのだ。

テーブルの片付けから戻ってくると、タンドリが正面の窓の前に立っていた。

「またケリンじゃないだろうな？」

「え？　いいえ、そんなことじゃないわ」

「じゃあなんだ？」

「あのおじいさんよ」

ヴィヴは扉から身を乗り出して視線を向けた。店のテーブルのひとつに向かって腰をおろしているのは、小さな袋のようなおもしろい形の帽子をかぶり、黒眼鏡をかけたノームの老人だった。その前にはマグカップとシナモンロール、それにちっぽけな象牙《ぞうげ》の駒を載せたチェス盤が置いてある。しかし、テーブルの脚もとに身をまるめているのはアミティで、満足げに喉をごろごろ鳴らしていた。巨大な猫はいまもたまに訪れるだけで、ふたりがこしらえた毛布の寝床を避けていたので、そんなふうに落ち着いているのを見るのは意外だった。

「ふーん、アミティはあの人が好きらしいな」ヴィヴは肩をすくめた。「まあ、私にはどこがいいのかよくわからないが」

「あの人、もう一時間あそこにいるの。うちの吟唱詩人候補より少しあとに入ってきて」

「で？」

「敵側の駒を誰が動かしているのか、ぜんぜんわからないのよ」

「ひとりでやっているのか？」

タンドリはうなずいた。「でも、一度も向こう側を動かしているように見えないの。ともかく、動かしているのを目撃したためしがないわ」

「そんなことを目の端で観察してのけたのか？」

「だってね、最初は気にもとめていなかったのに、いまはつい目をやらずにはいられないのよ」

「そうだな」とヴィヴ。「なにしろ今日は地獄の吟唱詩人そのものがきたんだ。チェスをする幽霊がいたっておかしくないだろう？」

「いつか駒を動かしているところを捕まえてみせるから」タンドリはうなずきながら断乎として言った。

そのとき、門衛がふたり戸口からぎゅうぎゅう入ってきて、ロールの残りを買いあげていった。

ヴィヴもタンドリもすぐにノームのことを忘れた。

14

ふたりが扉をあける前に現れたシンブルは、別の一覧表を前足で握りしめていた。それほど長い表ではなかった。

「干し葡萄《ぶどう》、胡桃《くるみ》、オレンジ……カルダモン?」ヴィヴは当惑した顔で問いかけた。

シンブルは熱意をこめてうなずいた。

「この最後のやつがなんなのかさえ知らないぞ。しかも、シナモンロールはすでに完璧だ!」

ラットキンは両手をもみしぼり、もどかしげなおももちになった。「信じて」とささやく。

ヴィヴは溜息を抑えた。「わかった。なんとかする。タンドリ、まかせていいな、私が……なんだか知らないが、これを集めているあいだ?」

「それがシンブルにもっとなにか焼いてもらうってことなら、必要なことはなんでもやってみせるわ」とタンドリ。

シンブルは顔を輝かせた。

じめじめと肌寒い朝だった。ふたたび商業地区に向かったヴィヴは、最初にふたりで足をのばしたときにシンブルが訪問した店を思い出そうと最善をつくした。干し葡萄と胡桃とオレンジはたいして苦労しなかった。たとえこの時期、オレンジは少々めずらしいとしてもだ。どの店でも、最後の興味深い品についてたずねてみたが、店主たちはやはりとまどった様子だった。とうとうヴィヴは、シンブルの足どりをもう一度たどって、芳香の漂う家に住む老紳士のもとに行きついた。

何度か違う道へまがってから、問題の家を見つけて扉を叩く。ぶつぶつ言いながら足をひきずってきた老人は、細く扉をあけ、疑わしげにこちらをにらみつけた。

「あー、憶えているかもしれないが」とヴィヴ。「私はここに、ええと――」おおよそシンブルの背丈の位置を片手で示す。「小柄な男の子ときたことがある。ともかく、探しているんだ……カルダモンを?」

「ふん。シンブルのために使い走りか、ええ?」老人は扉の隙間を少し広げた。「そんなところだ。あいつはすごいパン職人だと言わざるを得ないな」

老人は眼鏡越しにヴィヴをにらみあげた。「あの子は天才だとも」ヴィヴの手から羊皮紙をひったくり、よろよろと家の奥の暗がりへ入っていく。おそろしく多種多様の濃密な香りが戸口からもれてきて、頭がくらくらした。ひとつひとつはいいにおいかもしれないが、まとめて嗅ぐと強烈すぎた。どうしてこの老人ががまんできるのか理解できない。

遠くでしばらくぼそぼそとつぶやく声が聞こえ、ガチャガチャ、ドスンドスンと音がして、鋭い罵り《ののし》言葉が何度か響いたのち、老人は茶色い紙包みを持って戻ってきた。一覧表と一緒にヴィヴにさしだす。

「銀貨二枚、銅貨四枚」と老人。

「そんなにするのか?」

「ほかにもっと安いところがあるとでも?」満面の笑みは、あまり感じがいいとは言えなかった。

「ふむ」

ヴィヴは小銭入れを探って老人に金を払った。

扉は面前でぴしゃりと閉じた。


シンブルはうれしげなキーキー声をあげて材料を受け取り、注意深く食料品置き場に並べると、進行中のシナモンロール作りに戻った。

少なくとも、店は前日と同じぐらい繁盛していた。混雑に対処するのに手を貸そうと、ヴィヴがカウンターの奥に合流すると、タンドリは感謝の笑みをひらめかせた。買ってきた果物類をシンブルがすぐには使わないように見えたので、がっかりせずにはいられなかったが、朝の忙しさのせいでまもなく忘れた。

ようやくシンブルが奥から品物を持ってきたのは、あとになって、シナモンロールの注文をいくらか楽にこなせるようになってからだった。

タンドリがそっとヴィヴを肘でつついた。「なにをするか確かめるのが信じられないほど楽しみよ」

「カルダモンを売ってくれた年寄りは、シンブルが天才だと言っていたぞ」ヴィヴは小声で返した。

「そんなこと、どこかのお年寄りに言ってもらうまでもないと思うわ」タンドリがくすくす笑って答えた。

「私に言わせれば妥当な評価だ」


ラットキンは計量したり混ぜたりする作業にとりかかり、べとべとした粘りのある生地を作りあげると、刻んだ胡桃と干し葡萄を加えた。それからオレンジの皮をボウルの上ですりおろす。カルダモンというのは、ひからびた感じの小さな種だと判明した。微塵《みじん》に切って包丁の平でつぶし、その粉末の一部を慎重にかきとって生地に入れてから、残りを蠟紙《ろうし》にくるんでねじり、取っておいた。

シンブルが生地をこねて細長く平たい棒状に成形しているあいだ、タンドリとヴィヴはしぶしぶ客に飲み物を淹れる作業を交替で行った。ラットキンは棒状の生地を二枚の天板に並べ、砂糖をひと握りふりかけて、オーブンに突っ込んだ。それから使ったものを片付けたが、そのあいだじゅう、いつものようにいい節の鼻歌をそっと口ずさんでいた。

香りからは期待できそうだった——木の実の風味が漂う甘くかすかなにおい。ヴィヴは冬至祭を連想した。ついにオーブンから平たいかたまりが引き出されたときには、タンドリと一緒に押しかけたが、追い払われてしまった。シンブルはそれを薄切りにすると、天板の上に整然と配置し、オーブンに戻した。

「二回？」ヴィヴはたずねた。

相手は熱心にうなずいた。

シンブルが完成したと判断し、冷ますために並べて置いたとき、ヴィヴは疑わしげにながめた。香りはいいが、ふくらまなかったパンのお粗末な切れ端めいている。

シンブルは冷めるまで待てと言い張り、そのあとでようやく、緊張しつつもおごそかな態度で一枚ずつ渡してきた。ヴィヴは自分の分を観察して眉を寄せた。ありえないほど古くなったパンのようにカチカチだ。あの老人はシンブルの才能を褒めそやしたし、シナモンロールの成功に反論することは難しいとはいえ、タンドリと少しばかり不安のこもったまなざしを交わす。

そろってかじりつこうとしたとき、シンブルが心配そうに前足をふり、あわててささやいた。

「飲み物と！」

タンドリがおとなしくカフェラテを二杯淹れた。ふたりはためしにかじってみた。すると……硬い切れ端はたしかに美味だった。ほろりと崩れ、異国風のなめらかな甘みが木の実と果実の味わいを高めている。これがカルダモンに違いない。シナモンロールほどの絶品ではないかもしれないが……満足できる。

ラットキンが切迫した様子で液体に浸す動作をした。

ヴィヴは肩をすくめた。一方の端をカフェラテに浸け、もうひと口かじる。目が大きくなった。もぐもぐ食べ、のみこんで、つかのま、このえもいわれぬ香りの融合を堪能《たんのう》する時間を楽しむ。「いやまったく、シンブル。あの年寄りの言うとおりだった。おまえはまさしく天才だ」だが、ほんとうの天才ぶりは、タンドリに指摘されるまでわかっていなかった。「これは長持ちするでしょう？　ひと晩、もしかしたら何日かもつんじゃない？」

シンブルはうなずき、にっこりと両方に笑いかけた。

「これを保管しておくものがいるな。それから、タンドリ、メニューを更新する必要があると思う。しかし、そもそもなんと呼べばいいんだ？」

「たぶん思いついたわ」タンドリが答えた。口もとに微笑《びしょう》をたたえ、カウンターの下からチョークを取ってくる。

伝説とカフェラテ

メニュー

珈琲《コーヒー》　異国情緒あふれる香りとゆたかなこくの焙煎　半銅貨一枚

カフェラテ　洗練されたクリーミーな変化形　銅貨一枚

シナモンロール　至福のアイシングがけシナモン菓子パン　銅貨四枚
シンブレット　歯ごたえのいい木の実と果物の珍味　銅貨二枚

より魅力的な味を、働く紳士淑女へ

翌日、はじめのうちシンブレットはそれほど売れ行きがよくなかったが、たまにシナモンロールがないとき、食べ物を求める客が挑戦した。その日のあとのほうになると、最初に選ばれることさえあるようになった。

ときどきヴィヴは、上の空で一枚かじりながら、ひとり鼻歌を口ずさんでいる自分に気づいた。


厨房は日ごとに蒸し暑くなり、ヴィヴとタンドリはどちらもカルが戻ってくるのを心待ちにしていた。ようやく姿を現したホブは、折りたたんだ大きな羊皮紙を出すと、カウンターの上でふたりの前に広げた。そこには別々のスケッチが計測した数字と合わせて描かれていたが、見ているものがなんなのか、ヴィヴにはさっぱりわからなかった。

「すると、これが店の奥の暑さを解決する方法か？」

「ふむ。これは自動循環装置だ。前も言ったが、ノームの娯楽船で見た。とりつけるのに数時間かかりそうだな。ひょっとするとまる一日かもしれねえ。ストーブの煙突をちっと切る必要があるし、そいつを上につるすのに梯子《はしご》が必要だ。あんたの手伝いがいるだろうな。重い」天井を指さす。

「奥にいるとき、自分がオーブンに入っている感覚がなくなるという意味なら、喜んで一日店を閉めるぞ」

タンドリがふうっと息を吹いて同意した。

「しかし、安くはねえ」ホブは申し訳なさそうに言った。略図をトントン叩く。「こいつはノームの技工から手に入れなけりゃならなかったが、値段が高くてな」

「というと、いくらだ？」

「金貨三枚」

「ふうむ。マドリガルにふた月頭を冷やせと言えば済むな」

カルがこちらをにらんだ目つきはきびしかった。

「ただの冗談だ！」ヴィヴはやんわりと言った。もっとも、ほんとうに冗談だったのかはわからなかった。「だが、そうだな、やってみよう」

金貨四枚を探り出し、カルに渡す。「それとあんたの手間賃だ。いや、一枚戻すなよ」

「ふむ。週末でいいか？」

「まったく問題ない」

カルが約束の時間にふたたびやってきたとき、ヴィヴはすでに店先に看板を出していた。

休業中
改築作業のため、本日のみ

すでに朝の常連が数人、この文を読んでさまざまな落胆の表情を浮かべるのを目にしていた。もう戻ってこないかもしれない、という理屈に合わない不安に襲われたものの、ヴィヴはできるだけ押し殺した。

ホブが持ってきた手押し車には、真鍮《しんちゅう》のばかでかい円筒状装置や、翼状の羽根が何枚も、それに風車に似た小型の扇風機と、巨大な革砥に似た長いベルト状の革紐が積み込まれていた。

ヴィヴは腰に両手をあてて、ごちゃまぜの部品をながめた。「ふうむ。あの図からはこれがどう動くのか見当もつかなかったが、いまはもっと混乱したぞ」

「ああ、うまい仕組みさ」カルは低くうなり、ヴィヴがあけた扉から手押し車をたくみに入れた。「ノームにはまったく驚かされる」

まずカルはストーブの煙突の接合部を外し、半分に切って、小さな風車めいた扇風機を巧妙な枠に組み込み、軸に一連の連動ギアをつけた。ヴィヴはそれをもとの煙突の正しい位置に戻すのを手伝った。

そのあと裏の路地から古い梯子を回収してきて、壁に立てかけた。まずカルが上り、ヴィヴが続いて、ふたりがかりで慎重に真鍮の装置を動かしてひきあげる。なんとか片手で天井に押さえつけたものの、無理な姿勢で重いものを頭上に持ちあげていたせいで、ヴィヴの筋肉にさえ負担がかかった。

カルが手早くノームのねじでとりつけ、ヴィヴは天井から落ちてこないことを確かめるためにひっぱってみた。

最終的にはカルの体を頭の上で支え、円筒から四方に突き出た四本の柄に大きな翼状の羽根をはめこみ、煙突の仕掛けの巨大版じみた形に仕上げた。それから、ばかでかい革紐のベルトを真鍮の円筒の軸に巻きつけ、煙突の途中にむきだしの状態で組み込まれた扇風機の枠にかける。

「さて」とヴィヴ。「まだこれがどうやって働くのかわからないが、動くところを見たくてたまらないのはたしかだ」

カルが顔をゆがめてくっくっと笑い、ストーブに木切れをいくらか投げ込んで火をつけた。はじめはたいしてなにも起こらなかったが、火力が増して熱気がたちのぼると、最初のうち非常にのろのろと革紐のベルトが動き出した。最後までとくに速い速度にはならなかったが、天井の大きな扇風機が空気をかきまぜはじめ、途切れることなく涼しい風を送り出した。

「たまげたな」とヴィヴ。

「ふむ」とカル。「まあな。しかし、ともかく地獄へ行くまでは生きたまま焼かれることはねえさ」

15

「驚いた、なんて違いなの」タンドリが言った。

カルの自動循環装置は頭上でゆるゆると旋回しており、涼しい下向きの風はありがたい解放感をもたらした。シンブルも同程度には評価しているようだ。ラットキンが汗をかけるものかどうかさえよく知らない。一度も愚痴《ぐち》を言わなかったが、たぶん誰よりもつらい思いをしていたのではないだろうか。ストーブのそばで働いていたのだからなおさらだ。

朝の常連の一部は前日の休業を嘆いたものの、不満があったとしても、空気をかきまわす目新しいノームの装置への好奇心がまさった。

ヴィヴはちらりとあたりを見まわして、店の内装は実にすばらしいと結論を下した。近代的で進歩的な印象だが、同時に心地よくくつろげる雰囲気もある。熱いシナモンと挽いた珈琲《コーヒー》の粉、甘いカルダモンの香りがまじりあって陶酔《とうすい》を誘う。珈琲を淹れては笑顔で出し、雑談を交わしていると、深い充足感が湧きあがってきた。これまでに経験したことのない、心が熱くなるようなぬくもりで、ヴィヴはそれが気に入った。とてもいい感じだ。

常連客をぐるりと見渡し、同じように感じていると確認する。それでも、カウンターの奥で、自分だけが味わっている満足感があった。

（この店が私のものだからだ）と考える。

タンドリが隣でふっとほほえんでいるのが目に入った。

（いや、もしかすると、私たちのものかもしれない）


ヴィヴが視線をあげると、大柄な自称吟唱詩人のペンドリーが敷居のすぐ内側で足踏みしているのが見えた。今回はもっと伝統的なリュートを体の前でつかんでいる。あんなにぎゅっと握りしめていたら、大きな手でうっかりネックをねじ切ってしまうのではないだろうか。

「やあ、ペンドリー」

少々おもしろがって、答えを待ち受ける。なにを言いたいと思っているのかは歴然としていた。

「おれ。えー。あの」

タンドリがとがめるような視線を送ってきたので、ヴィヴは気の毒な若者に憐れみをかけた。

「もう一度試してみたいか？」注意深く作業に目を向けたまままたずねる。

「ええと。そう……したい……です。でも約束します、もっと新しくな――その、もっと昔ながらの曲を演奏しますから、ご婦人」

「ご婦人？　うわ。どうしてレイニーがいやがったかわかったぞ」ヴィヴは顔をしかめた。

「どうも……すみません？」ひるんだペンドリーは、勇気を出して言った。

ヴィヴはそちらに手をふった。「やっていいぞ。この前のだって、必ずしも悪かったわけじゃない。ただ……意表を衝かれただけだ。ぶちかましてやれ」

ペンドリーは衝撃を受けたようだった。

「このあたりでは普通の言いまわしではなかったようだな？」

タンドリが肩をすくめた。「かなり好戦的に聞こえるわ」

「そうかもしれないな」

ペンドリーは困惑した様子で目をぱちくりさせてから、うつむいてそろそろと食堂区画へ向かった。これ以上緊張させないため、今回はあとを追うまいとヴィヴは決意した。

もっとも、片耳をかたむけて、一分かそこら待つことはした。なにも聞こえなかったので、こっそり笑って頭をふり、新しく珈琲を淹れはじめる。

それを客のひとりに渡し、機械のシューシューいう音がおさまったとき、リュートの音が少しずつ響いてきた。ペンドリーはこの前よりずっとやさしく、心地よい旋律の静かなバラッドを奏でていた。弦をかき鳴らして覚えやすい節を繰り返し、ところどころで繊細《せんさい》につまびく。

「すてきね」タンドリが意見を述べた。「あの子、ちゃんと弾けるじゃない？」

「悪くない」ヴィヴは同意した。

そのとき、リュートの調べに声が加わり、高くあまやかに切々と歌いあげた。

「ちょっと待て」とヴィヴ。「あれは誰だ？」隅から首を突き出し、ぽかんと見つめる。「いや、たまげた」

それはペンドリーだった。どうしたものか、ゆたかに澄み切ったその歌声は、がっしりした巨体と驚くべき対照をなしている。

……おれがしたかったことは
一日が終わると思ったより高くついた
そして違う道を行くと、
ほとんど気にならなくなった……

「あの歌は一度も聞いたことがないと思うわ」とタンドリ。「伝統的に聞こえるとしても、伝統的な曲じゃないわ。賭けてもいいけれど、あの子が作ったのよ」

「ふうむ」食堂にいる客は誰もぎょっとした顔になっておらず、ひとりふたりが拍子をとって足を踏み鳴らしているのさえ見えた。「疑ったりして悪かった」ヴィヴはつぶやいた。自分に言い聞かせるためでもあったが、大部分は床下にしまいこまれているスカルヴァートの石に対しての言葉だった。

「なんですって？」

「ああ、なんでもない。ただ、またひとつ幸運が重なっただけだ」

あとになって、ヘミントンがカウンターに近づくと、やや気まずそうにメニューにある全種類をひとつずつ注文した。

「珈琲とカフェラテがほしい？」ヴィヴは疑いの目を向けてたずねた。

「えーと。はい」言葉を切り、少しのあいだもじもじする。「それから、お願いしたいことがあるんです」

ヴィヴは溜息をついた。「ヘミントン、頼みがあるなら訊くだけでいい。あんたが飲みもしない珈琲を淹れたくはないんだ」

「ああ、そういうことなら、よかったです」若者は晴れやかに言った。

「しかし、これをひとつ買ってもらう」ヴィヴは告げ、シンブレットを一枚押し出した。

「あー。もちろんです」ヘミントンは金を払ったものの、それをどうしていいかわからない様子だった。

「さて、私になにをしてほしいんだ、ヘム？」

「まず、〝ヘム〟と呼ばないでくれるとありがたいんですが」

「頼みがあるのはそちらだろう。本心では売っている物をひとつもほしくない店でな……ヘム」

ヘミントンは渋面を作った。「別になにもほしくないわけじゃ――！　ああ、もういいです」大きく息を吸って、最初からやりなおそうとする。「ここに結界を張る許可がもらえないかと思っていたんです。僕の研究の一環として」

ヴィヴは眉をひそめた。「結界？ なんのために？」

「ええと、ほんとうはそれが僕のおもな研究分野なんです。ここには変動しないレイラインの合流点があるんですが、それが物質基層と一致している奇力構造に増幅効果を与えているので――」

「もうちょっとわかりやすい返事をくれるといいんだが、ヘミントン？」

「えへん。まったく気づかれないようにするので」上の空でシンブレットにかじりつく。

「しかし、その結界とやらはなにをするんだ？」

「そうですね……いろいろなことができますよ。結界自体は重要ではないんです。それに、このお客さんだろうと、ほかの誰だろうと、邪魔にはなりません。そもそも視えないはずです！」

「だったら、どうしてまだ張っていないんだ？」

ヘミントンは侮辱《ぶじょく》されたという顔つきになった。「勝手に張るなんて、そんなこと絶対にしませんよ」威厳たっぷりに言ったものの、続いてシンブレットをひとかじりしたので、その効果はやや損なわれた。

「どういう結界？」あきらかに聞き耳を立てていたらしいタンドリが訊いた。「視覚による発動？ 生命の接近？ 精密測定した焦点を使うの？」

「えーと、生命の接近です。焦点はなんでもいけます。鳩とか？」

「なぜ鳩がこの建物の上を飛ぶかどうか追跡したいと思うの？」タンドリが問い返す。

「いえ、それはただの一例ですよ」とヘミントン。「さっきも言ったように、なにをするかは重要じゃありません。結界の反応の安定性と範囲、精度を研究したいだけなんです」

ヴィヴはあきらめて溜息をついた。「これ以上その話を聞かなくていいなら、好きにしてくれ。ただ……」タンドリを見る。「気にするべきなのか？」

ヘミントンのせいで床下の秘密が露見するのではないかと心配だったが、もっと強く反対すれば同じ結果を招く可能性もある。スカルヴァートの石を具体的に調べる方法があるのなら、どのみちこちらにはわからないだろうから、さしあたってはただ同意しておくのがいちばんかもしれない。

「大丈夫よ」とタンドリ。

「気づかないようなものだと言ったでしょう」ヘミントンがぷりぷりした。

「気づかないのは無害ということとは違う」ヴィヴはやんわりと言った。「だが、まあ、やってみるといい」

「その……ありがとうございます」

「シンブレットはどうだった？」意味ありげに笑って訊いてみる。

「なんですか？」

ヴィヴはいまや空っぽになったその手を示した。

ヘミントンは全部食べてしまっていた。

ものごとがずっとあまりにも円滑に進んでいたので、もし荒野に出ているとか作戦行動をしているとか、獣の巣の外で野営しているとかいう状況だったら、悪いことが起こりそうな予感に背筋がぴりぴりしていたことだろう。

夕方、タンドリと店を閉めているとき、タンドリのありがたくない崇拝者ケリンに加えて、少なくとも六人から八人は手下を引き連れたラックが店の外にやってきた。

ヴィヴは戸口をふさいで立ちながら、警戒を怠るべきではなかったと考えた。

「なんなの？」タンドリがたずね、こすっていたマグカップを洗い水の中に落として、ヴィヴの脇からのぞこうと移動した。ケリンの姿に動きを止め、その後ろの男女にさっと視線を投げる。

一団は不安を誘うほど多くのナイフを身につけていた。ヴィヴはアミティが現れないかと願っていることに気づいたが、腹立たしいことに恐猫《きょうびょう》は姿を見せなかった。

自分のためにはとくにナイフを気にしているわけではなかったものの、タンドリがいるせいで、計算していた危険の確率がすっかり狂ってしまった。サキュバスはこの前ラックと出くわしたところに居合わせたが、今回は法という幻想を守る門衛がいない。単独なら恐れることなどないのに、タンドリがそばにいると、肉体的な力はなんの防御にもならない気がした。

「引き続き成功しているようで、おめでとう」ラックは帽子を持ちあげ、軽く礼をした。

ばかにされているのかどうか判断がつかない。

「もう月末か?」ヴィヴはけわしい顔で問いかけた。「まだ数日あったはずだと思うが」

ラックはにこやかにうなずいた。「たしかに。いや、すぐにはわからないかもしれないが、私の仕事のいちばんやっかいな点は、ものごとが円滑に運ぶようにとりはからうことでね。問題が起こらないようにするんだよ。そら、流血があったり、骨がへし折られたり、資産が災難に遭ったりするなら失敗ということさ。いい商売の基盤にはならないのでね。マドリガルはいい商売を求めている。きちんとした商売をだ。そして、私の不断の努力がそれを実現する鍵というわけだな」

「やあ、タンドリ」ケリンがそちらに自分のものだと言わんばかりの微笑《びしょう》を向けた。

ラックがケリンに眉をひそめてみせる。

タンドリは目をみひらき、ちらりとこちらを見た。

ヴィヴはせいいっぱい自信ありげにふるまおうとした。

ラックが続ける。「私がここにいるのは、真剣なのを理解してもらうためさ。確実に月末に取り立てにくるとね。それから、この店を成功と見るほうがわれわれにとって好ましいとはいえ……礼節……の不履行は、君のほうの不利益になるだろうということも」

ヴィヴは体の脇でこぶしを握りしめた。「思っているよりそちらの不利益になるかもしれないぞ」

ラックは不満げに吐息をもらした。「なあ、君が身体的に有能だということは否定しないよ。

それは明白だ。しかし、君には店がある。店員もいる。現状うまくやっている。ほんとうにそのすべてを見当違いの主義で投げ出したいのかね？　世間には税金も手当も利権もあふれているし、そうやってものごとが進んでいくんだよ。これはそうした事柄のひとつだというだけだ」

「この店が丸焼けになるところは見たくないな」ケリンが口を出した。あのにやにや笑いを殴りつけてやったら、さぞかし胸がすくだろう。

ラックはさっと荒々しくケリンの襟をつかみ、自分の顔に引き寄せた。「黙れ、この鼻持ちならないこそこそ野郎が」歯をむいて脅す。

その動きの速さから、脅威の度合いをあなどっていたとヴィヴはたちどころに悟った。

ケリンは口をぽかんとあけ、ふらつきながらしおしおとさがった。

ラックは外套を整えて帽子を頭に戻した。「あと一週間だ。この先支障なく関係を結べることを楽しみにしているよ」ヴィヴにうなずきかけ、続いてタンドリに会釈する。「失礼した、お嬢さん」

そして、一団は去った。

タンドリが屋根裏で見つけたとき、ヴィヴは背嚢《はいのう》からまばたき石を取り出して身を起こしたところだった。

「大丈夫?」タンドリはたずねた。

ヴィヴは胸を打たれ、それからすぐ、誰がいちばんさっきの男たちにおびえたか思い至って罪悪感をおぼえた。なぜタンドリの気持ちを訊かずにいられたのだろう? だが、もう遅い。

「ああ」自分の返答の短さにたじろいだ。「選択肢を考えていただけだ」手のひらのまばたき石を見つめる。サキュバスが興味深げに視線をよこしたが、ヴィヴは説明しようとしなかった。

タンドリは殺風景な部屋をさっと見まわした。ヴィヴの寝袋と背嚢、隅にきちんと積んである建築材料の残りがあるだけで、ほかにはなにもない。

「ここで眠ってるの?」

「もっとひどい状況にも慣れている」ふいに恥ずかしくなってヴィヴは言った。

タンドリは長いこと黙っていた。

「ねえ、あなたはずいぶんすばらしいものを築きあげたわ。特別なものをね」ヴィヴのまなざしを捉える。「それに、あなたがいま、人生を作り直しているってことも知ってるの。共感できるわ。どんな感じか、それを求めることにどんな意味があるのかわかってるから」がらんとした部屋を示す。「でも、下にあるあれがあなたの人生すべてじゃないのよ。少なくとも、それ以外の時間になにをするかだって、同じくらい重要でしょう。たくさん読書をする人にしては、本さえ持っていないのね」

もしかすると、このところ多少楽しみをなおざりにしていたかもしれない。反論するのは難しかったが、ともかくやってみた。「しかし、ほかに必要なものはとくにないんだ。今日実感できた。これで充分だ。そして、失うつもりはない」

「でも、ほんとうに充分？」タンドリは眉を寄せて見おろした。「あの連中があなたから取っていこうとしている上納金……それをこんなに……拒めない理由。その理由はね、拒否すれば、あなたの持っているものをすべて奪われてしまうことになるからよ。わたしが言いたいのはこういうことなの……もしあなたが自分の人生をこの店と同じぐらい大切にしたら——ほかのことにも同じように力をそそいだら——上納金の支払いなんてたいしたことがないと思うでしょうね」

その発言に対して、どう反応したらいいかわからなかった。

「なにが起こるとしても」とタンドリ。「あなたはたぶん、この部屋を多少気にするべきだと思うわ」その微笑は弱々しかった。「せめてベッドぐらい手に入れて」


店の扉を閉める音が聞こえるまで、ヴィヴは待った。少したってから厨房《ちゅうぼう》に入ると、ストーブの単調な音だけが耳に入った。火室の扉をあけ、長いあいだ立ちつくして炎をながめた。

新しい飾り綱がかけられたばかりの〈黒き血〉を見やる。

それから、まばたき石をほうりこむと、ストーブの扉を閉じて梯子《はしご》を上っていった。冷たい寝袋の中で眠りにつこうと試みて——失敗するために。

16

昔の仲間が——フェンナスをのぞく——店に到着したのは三日後だった。夕方近くに、まずルーンがひょいと扉をくぐって入ってきた。珈琲《コーヒー》抽出機の後ろにいるヴィヴに眉をあげてみせ、ごった返した店内に考え深げなまなざしを向ける。続いて、ドワーフのがっちりした体に隠れていたガリーナが足を踏み出した。ゴーグルをつんつん逆立った髪の上にあげ、満面の笑みを浮かべている。そのあとからタイヴァスが優雅にすべりこみ、首をかしげた。

「よう、ヴィヴ」ルーンが言った。

「少し早く閉めるぞ、みんな」ヴィヴは大声をはりあげた。騒々しい不満の声が返ってくる。

タンドリが驚いた視線を投げてきて、ヴィヴの表情を見てから、ルーンと新たに到着した面々に気づいた。「みんなあなたの友だち?」

「旧友だ」ヴィヴは背後の剣を親指で示して答えた。

「あれ、〈黒き血《あれ》〉?」ガリーナが高い笑い声をたてて叫んだ。「冬至の花輪みたいだ!」

「そう、彼女だ」ヴィヴは微笑《びしょう》して言った。「店を空にするのに二、三分くれ」

客の最後のひとりまで帰ってもらうには予想以上に時間がかかった。飲み物の持ち帰りが可能な手段があればいいのに、と願うのはこれがはじめてではなかった。〈まあいい。別の機会

に考えよう）
シンブルを帰したものの、タンドリに声をかけようとして口をひらくと、サキュバスは片手をあげ、背後で鋭く尻尾をふった。「わたしは残るわ」
ヴィヴは一瞬考えてから、うなずいて言った。「わかった」

一同は共用の大テーブルを囲むベンチに座った。タンドリが珈琲を淹れ、ヴィヴがシナモンロールとシンブレットの大皿を出す。

「きてくれて感謝する」全員が腰をおろし、飲み物が行き渡ると、ヴィヴは切り出した。手前のマグカップをもてあそぶ。「それと、最初に大事なことから始めたほうがいいだろう。これはタンドリだ。私の……一緒に働く仲間だな。タンドリ、ルーンは知っているだろう。これがガリーナとタイヴァスだ」それぞれ順番に身ぶりで示す。

「改めて、光栄だ」ルーンがシナモンロールに大口で食らいつきながら言った。

「サキュバスね、へえ？」ガリーナが片手で頬杖をついて言う。

タンドリが身を硬くするのがわかった。

小柄なノームも見て取ったに違いない。「や、別に含みがあるわけじゃないよ、姐さん。ノームだからってあたしになにか発明しろって言ってこないかぎりはね。よろしく。それ、いいじゃん」ノームはタンドリのセーターに向かってちっぽけな指をふった。

た。


「ガリーナはどちらかというと、その、暗殺のような仕事を引き受けている」とヴィヴ。

「たしかにナイフは好きだけど」ガリーナはどこからともなく一本取り出し、爪を切りはじめた。

タイヴァスがまじめくさってタンドリに会釈し、シンブレットの端をちびちびかじった。ストーンフェイはあいかわらず無口で、白い髪に縁取られた顔は注意深く様子をうかがっている。

「みなさんにお会いできてうれしいわ」タンドリは言った。すばやく飲み物をひと口すったところを見ると、確実に緊張している。

ルーンがロールをさっと平らげて、対のまばたき石をテーブルの中央に置き、シンブレットに手をのばした。「さて。この店を見て、こいつを味わっての感想だが、もう一度野宿したり頭蓋骨をかち割ったりしたいと思ってわしらを呼んだわけではなさそうだな」

「そのとおりだ」とヴィヴ。「実際、戻るつもりはない」考え込むようにガリーナを見つめる。

「だが、その話に入る前に、謝らなければならないな。全員にだ。あんなふうに別れたことは悪かったと思う。あれだけ長年一緒にいたのに、もっとましなふるまいをするべきだった。ただ、心配だったんだ――」

「わかってる」とガリーナ。「ルーンが教えてくれたよ」目を細めてヴィヴを見る。「ちょっと腹が立ったとは言えるね。けど……これはいいよ」広く店全体を示す。「よかったね、ヴィヴ」

「俺は気にしない」タイヴァスが静かな声で言った。難しい会話――というより、あらゆる会話――を避けることを理解している者がいるなら、間違いなくこのストーンフェイだろう。

「さて、その話が片付いたから、本腰を入れてとりかかるか」ルーンが大きくにやっと笑った。「わしらは行動する人種だろうが、ええ？　わしらに食わせたかっただけというなら話は別だが。まあ、その場合、文句を言う気はないがな」二個目のシナモンロールにかかる。

ヴィヴは深く息を吸い、ふうっと吐き出した。「つまり……店はうまくいっている。ほんとうにうまく、期待していた以上にな。ところが。地元の……要素があって、対処しなければならないんだ」

タイヴァスが急に興味を持ったように見え、目の高さを合わせようとしたガリーナがベンチの上に立ってテーブルに両手をついた。「で、そいつらの骨をへし折って、行儀を教え込んだ上で送り帰してないわけ、まだ？」

「まあ、いまのところはな」

「じゃあ、あたしらにそれを手伝ってほしいんだ？」ガリーナの笑顔は熱意に満ちており、いささか血に飢えていた。

「それほど単純な話じゃない」

「だって、これがいちばん単純じゃん」とガリーナ。「こんなに単純なことってないよ！」

ヴィヴは前のテーブルに両手をぴったり押しつけ、どういう言葉を使えば伝わるか思いつこうとした。「こういうことだ。私は……脅すだけで充分だろうと期待していた。〈黒き血〉を、なんというか、一種の警告として壁にかけたぐらいだ。昔のヴィヴのようなやり方でこの件に対処したくないんだ、なぜなら……なぜなら……」明確に説明しようと奮闘する。

「なぜなら、そうしたら、なにもかもだいなしになるからよ」タンドリが会話に加わった。

ルーンは懐疑的な様子だった。「ヴィヴはこの手の問題を何回も処理してきたぞ。何十回もだ！　自分のものを守る？　そいつは恥じることではないと思うがな。なんでそのせいでだいなしになるのかわからん。まあ、金を巻きあげようとするあほうが誰だろうが、そいつの面子《メンツ》はつぶれるかもしれんが」

「そういう意味じゃないわ」タンドリは驚くほど熱くなって言った。「もちろん、今回は大丈夫かもね、今回だけは……でも、一度それが選択肢になったら、いったんあれをまた手に取ったら……」壁の剣を指さす。「剣なしで築きあげてきたものを失うわ。次のときは、余裕のない冬に銀貨を稼ぐための単純な仕事かもしれない。送料を値引きしてもらうかわりの賞金稼ぎかもしれない。ここはそうして少しずつ、あなたの頭ぐらいあるシナモンロールを食べられる、あのテューネの珈琲店じゃなくなるのよ。あそこはヴィヴの縄張りだぞ、逆らわないほうがいい、ガンつけたって相手の両脚を折ったときの話、聞いたか？　ってね」

「それ、やったことがあるけど」ガリーナが口の端からささやいた。

「昔の話でしょう」タンドリは一本の指でテーブルを強く叩いた。「いまこの街で、この店は一点の曇りもない評判を保っているのよ。マドリガルにお金を払って済ませるべきだわ」

「しかし、ヴィヴ」ルーンが混乱した顔つきで言った。「おまえがそう思っとるなら、なぜわしらを呼び寄せた？」

ヴィヴはどうしようもなく両手を掲げた。「さあ……助言か？　でなければ、たぶん考えたのは……」

「あたしたちがやってくれるかもしれないってこと」ガリーナがひきとった。いたずらっぽく問いかける。「金を出すからって言うつもりだった？」

ヴィヴは苦々しい顔になった。「いや、そんなことは計画していなかった。私は……私にはわからないんだ、どうすればいいのか」喉の奥でもどかしげなうなり声をたてる。「問題は、やつらに金を払いたくないということだ。払える気がしない。といって、問題を解決するためにあんたたちを雇うつもりもない。しかし、思ったんだ、ひょっとすると……たんに力を見せつけるのはどうかと」

「それは壁の剣と同じことよ」とタンドリ。「そして、その先へ進んでいくぐらいなら、いっそ剣を使って終わりにしたほうがましかもしれないわ」

全員がつかのま黙り込んだ。

「マドリガルか」タイヴァスが言った。

「知っているのか？」ヴィヴはたずねた。

「その連中については知っている」という返事だった。

「では、どう考える？」

タイヴァスはいかにもこのストーンフェイらしく、思案げに沈黙し、全員がなにも言わずに待った。

「ひょっとすると」とうとう、そう口にする。「この件は血を流さずに解決できるかもしれん」

「話してくれ」とヴィヴ。

「場合によっては、俺が交渉を手配できる」タイヴァスは続けた。

「暗い路地で会って条件を話し合っても、背中をぐさっとやられるだけだと思うけど」ガリーナが意見を述べる。

「マドリガルとヴィヴには、あんたが思うより共通点がある」とタイヴァス。

「どうしてそう言えるの？」

「マドリガルには以前会ったことがある」タイヴァスは言った。「俺はある誓約に縛られていて、あまり多くは明かせないし、その誓約のことは真剣に受け止めているが、力をつくす価値はあるという……感じが……する」

「で、根まわしできるのか？」ヴィヴはたずねた。

「できると思う。この街の知り合いに渡りをつけてみよう。明日の日暮れまでにはわかるはずだ」

ガリーナは納得できない様子だった。「やっぱり、寝込みを襲って殺すのがいちばん安全だと思うけど」

「そんなことはない、保証する」タイヴァスが皮肉っぽく言った。

「それで、ほんとうにその危険のほうが、素直に要求された額を払うよりましだと思うの？」タンドリがきびしい顔つきで腕組みした。

ヴィヴは少し考えてみた。「ましだとは思わない」嘆息する。「だが、一本をのぞいて、昔のヴィヴへとつながる綱をすべて断ち切った気がしてな。だから、その最後の綱を切る気になれない。たんに……まだ覚悟ができていないんだ」

タンドリの口もとがひきしまったが、それ以上の言葉を口にしなかった。気づまりな沈黙が長々と続いた。

それがいきなり破られたのは、ルーンがベンチからぱっと立ちあがったときだった。「いったいぜんたい、ありゃなんだ！」と声をあげる。

恐猫《きょうびょう》が姿を現し、一同の背後をひとめぐりした。ベンチに体をこすりつけ、地震さながらに喉を鳴らす。

「あれはアミティだ」ヴィヴはほっとしてにやっと笑った。はりつめた空気が解けたか、少なくとも先送りになったことに安堵してタンドリを見やる。

「あんな地獄のけだものが店員にいるなら、なんでわしらが必要なんだ？」ルーンがわめく。

「いやいや、ただのかわいこちゃんだよな？」ガリーナが甘ったるく語りかけ、アミティの背中をせっせと両手でかいてやった。ガリーナの小柄な体ならやすやすと恐猫の背に乗れそうだ。

「そいつは都合のいいときだけのお目付け役なんだ」ヴィヴはくっくっと笑った。「気が向いたときだけ出てくる」

「腹も減ってるみたいだよ」ガリーナが意見を述べ、シナモンロールを一個さしだすと、巨大な生き物はまるのみした。

そのあと、会話はもっと気楽な問題に移り、ルーンががつがつと焼き菓子を平らげているあいだに、ヴィヴは追加の飲み物を出した。

店じまいするヴィヴとタンドリを残し、ようやく一同が戸口からぞろぞろと出ていったときには、夕暮れどきはとっくに過ぎていた。

ふたりは一緒に食器を洗って拭き、床を掃いて、手早く片付けた。ヴィヴが手をぬぐって店頭のほうを向くと、タンドリが表情の読めない顔で入口に立っていた。

「ごめんなさい」唐突にそう言ってくる。

「なんのことだ?」

「あんなことを言うのはわたしの役目じゃなかったわ。勝手にあなたの気持ちを推測してしゃべったことよ。だから、謝るわ」

ヴィヴは眉を寄せ、つかのま両手を見おろした。

「いや、あんたの言うとおりだ。どうあるべきか、私がどうありたいと思っているかということについて、あんたは正しかった。まだそうできるかどうかはわからない。だが——」タンドリに視線を返す。「いつかできるといいと思う。そういうわけで。感謝する」

「そう」タンドリは小さくうなずいた。「じゃあ、よかったわ。おやすみなさい、ヴィヴ」

そして、ひっそりと店を出ていった。

「おやすみ、タンドリ」ヴィヴは閉まった扉に声をかけた。

17

ヴィヴとタンドリはゆうべのことに触れず、うちとけた雰囲気の中で静かに働いた。ふたりの関係がぴりぴりするのではないかとヴィヴは心配していたが、そんなことはなかった。朝は落ち着いていて余裕があったので、マドリガルや月末のことを考えずに済んだ。〈黒き血〉を手にして、生じつつある問題をぶった切ってやったらどんな気がするだろう、などと思う必要もなかった。

いい気分だった。

ペンドリーがリュートを携えて正午にふたたび現れたが、この前より恐怖にすくみあがっていないように見えた。ヴィヴが笑顔で食堂区画へ頭をふってみせると、若者はゆっくりかどをまわっていった。まもなく、この前よりいくらか力強いが、やはり民族調のバラッドが響きはじめ、ペンドリーのひたむきな澄んだ声と重なり合った。

前よりもっとよかった。

あとになって、タンドリが肘でつっついてきて声をひそめた。「あの人、またきたわ」

「誰が？」

「謎のチェスの指し手よ」

なるほど、老ノームが木のチェス盤を外のテーブルの上に広げていた。注意深く駒を並べ、見るからに進行中のゲームを再現してから、ぶらぶらと店の中に入ってくる。

老人はカウンター越しにのぞきこんで、皺《しわ》の寄ったビロードのような声で言った。「カフェラテを一杯もらおう、おふたりさん。それから、あのすばらしい菓子をひとつ」シンプレットの入ったガラス瓶を指さす。

「喜んで」とヴィヴ。

タンドリが飲み物を淹れているあいだ、尻尾が前後にすばやく動いていたが、気がかりなときのしぐさだとヴィヴは認識するようになっていた。とうとう耐えきれなくなったサキュバスは、さりげなさを装ってたずねた。「それで……どなたかお待ちなの？」窓越しにチェス盤を示す。

小柄な老人は驚いた顔をした。「いやいや」と答え、飲み物と焼き菓子を受け取ると、軽くうなずいて自分のテーブルへ戻っていく。たちまちアミティが魔法のように現れ、またテーブルの下でまるくなった。

タンドリは口を引き結んで顔をしかめた。「まったくもう」と小声でつぶやく。

ヴィヴはひとりでくっくっと笑うと、待っている客がいなかったので、珈琲《コーヒー》をもう一杯淹れてもうひとつの部屋に行き、ペンドリーがリュートを弾くのをながめた。外の椅子を一脚持ち込んで腰かけているのが、あの若者にしては大胆な行動に思われた。いいことだ。

若者は目を閉じて演奏に没頭していた。指が飛ぶように動き、ヴィヴが一度も聞いたことがないと思う歌をまた一曲、ささやくように口ずさむ。

曲が終わってペンドリーが短い休憩を取ったとき、ヴィヴは歩いていって飲み物を渡した。

「あんた、うまいな」あたりを見まわす。「硬貨を入れてもらう帽子や箱はないのか?」

相手はびっくりしたようだった。「おれ、えーと、考えてもみませんでした」

「考えたほうがいいぞ」

「その……わかりました」ペンドリーは口ごもった。

「そういえば、最初の日に弾いた曲。あれは……独特だったな」

ペンドリーは身をすくめ、謝ろうとするような態度を見せた。

「悪くはない」ヴィヴはすばやく言った。「ただ、変わっているだけだ。いまは少しは客が乗ってきたから、もう一度試してみてもいいかもしれないな」背後の客のほうへ頭をふってみせる。

「あれはその……実験してみたやつなんです。でも、ちょっとやりすぎたかもしれません」ペンドリーはまだ少々顔色が悪く見えた。

「あんたは昔から演奏家だったわけじゃないだろう?」ヴィヴは若者の日焼けした無骨な指を示した。生涯ずっとリュートを弾いてきた演奏家のたこのできた指とはまるで違う。

「えーと、はい。そうです。その、家業はちょっと別だった――別なんで」

「まあ、根気よく続けてみろ。あと、その気になったら、あのもう一本のリュートを持ってくるといい」ヴィヴはうなずきかけると、目をむいている若者を残してその場を離れた。

「ひさしぶり、カル。会えてうれしいわ」タンドリが言った。

ヴィヴがふりかえると、カウンターの反対側にホブがいた。いまにも崩れ落ちそうだとあやぶんでいるかのように、じろじろ店内を見ている。

「きちんと持ちこたえてるようだな」と宣言する。

壁を蹴って確かめるのではないかと思うほどだった。「いつものか？」

「ふむ」カルはうなずいた。

タンドリは心からほほえむと、豆挽き機を起動した。一瞬ガラガラ鳴ったあと、ぱちぱち、ウィーンと音がしたので、スイッチを切る。「あら、いやだ、豆入れがからになってるわ」

「ひと袋取ってこよう」ヴィヴは申し出た。

「いいえ、わたしが持ってくるわ」タンドリはさっとヴィヴの腕に触れてから、食料品置き場へ向かった。

カルのほうをふりかえると、ホブはいまタンドリにさわられたヴィヴの腕から顔をあげ、目を合わせてきた。考え込むような表情がどうも不可解だった。

カルは咳払いした。「どうやら、なにもかも順調に行ってるらしいな」普段より気を遣った言い方をする。

ヴィヴは目を細めてそちらを見た。「充分にな。ただし、私に言わせれば、もっとあんたの姿を見たいが。いつきても飲み物はおごりだ」

カルは鼻を鳴らしたが、笑顔は隠せなかった。「おれがつむじまがりなのにつけこんで、倍の金額を払わせようってのかい？」

「できることなら三倍だ、この頑固じじいめ」

その台詞は首尾よくホブから笑い声を引き出した。しかし、そのあとヴィヴは、相手が肩越しに食料品置き場のほうを見ているのに気づいた。

「順調に行ってるな」カルは繰り返した。「いいか、立ち止まって見てみろ。ふむ？」

どういう意味かたずねようとしたところで、タンドリが戻ってきた。「お待たせしてごめんなさい。すぐできるから」と言いながら、蓋をあけて豆をざらざらと流し込む。

カルにマグカップを渡したときにはしぶしぶ銅貨を受け取ったヴィヴだが、すぐに勝ち誇った笑みをたたえてシナモンロールを前に押しやった。ホブは気のいい態度でぶつぶつ言ったものの、両方とも持っていった。


夕方近く、ガリーナがひとりで現れた。

「あした出発する前に、最近の話を聞いときたかったからさ」と言い、爪先立ちしてカウンターの上で腕を組む。「あたしたちふたりだけで」

「もちろん！　そいつはいいな、ほんとうに。まず店を早めに閉めさせてくれ」

「大丈夫よ」タンドリが口を出した。「閉める必要はないわ。どうぞ、行って」

「本気か？」

「当然よ。あとで全部片付けるわ。そこまで忙しくないもの」タンドリは追いやるように手をふった。

「悪いな」ヴィヴは感謝の笑みを浮かべて言った。

ガリーナと店からぶらぶら遠ざかりながら、ヴィヴはたずねた。「どこか心あたりのところでも？」

ガリーナはこちらを見あげて片眉をあげた。「腹がぺこぺこでさ。あんたの地元じゃん。なにがうまいの？」

「あまり観光を楽しんでいるとは言えないからな。もっとも、一か所知ってはいるかもしれないが」

ヴィヴはタンドリと一度訪れたフェイの飲食店に案内した。

「わお、こいつはしゃれてる」ガリーナが目をきらめかせて言った。

「ああ、いまや私はかなりいろいろな種族とつきあいがあるからな」タンドリが言ったことを思い出して、ヴィヴは鼻を鳴らした。

ふたりは注文し、食べながら昔話に花を咲かせた。もう一度気楽な友情関係に戻ったような気がしてきた。

食事の残りをつっついているとき、ガリーナが考え深げな表情を浮かべた。「今回のこと、あたしがどう思ってるかわかってるよね」手をくるっとまわして鋭い口調で言う。

「寝込みを襲うべきだと思っているんだろう」ヴィヴはかすかに笑って応じた。

「そう思うよ」ガリーナはまじめに答えた。「あっちがやっぱり計画以上にぶんどってやろうって判断する前にね。タイヴァスの言うことなんかどうだっていいよ。そのマドリガルってやつに会うって、あんたがのこのこ出てって首をさしだすってことだろ」

「最悪の場合でも、自分の身は自分で守れる」

「できるのは知ってるよ。ただ確実にそうするようにしときたいだけさ」ガリーナは細い短剣を四本、魔法のようにぱっと取り出し、テーブル越しに押してよこした。「これを持ってきなよ。〈黒き血〉は置いてったらいい、花にでもなんでもくるんでさ。でも、ばかな真似はしないでよ」

ヴィヴは心を打たれたものの、同時に少々苛立った。

大きな手を武器の上に置き、ガリーナのほうへ押し戻す。「心のよりどころを持っていれば、利用してしまうかもしれない。口実はほしくないんだ」

「まったくもう、ヴィヴ」ガリーナは腕組みして口をとがらした。それから短剣をさっとしまいこむ。

「そのうちの一本で私をぐさっとやらないのか?」

「もしかしたら、あとでね」ガリーナは大きな溜息をついた。「まあ、好きにしなよ。でも、あたしの心をこんなに傷つけたんだから、なにか甘いものをおごってくれなきゃ」

「デザートのメニューがあるかどうか見てみよう」


ガリーナはヴィヴを店まで送っていった。

「で、あの甘いシナモンロールをひと袋もらうには、どうしたらいいわけ？」と訊いてくる。

「たったいまデザートをおごってやらなかったか？」

「ノームの特徴は、代謝が蜂鳥なみってことなんだよね」ガリーナは大きくにやっと笑って言った。

「まだあるかどうか見てみるか」

タンドリは閉店作業の途中で、ふたりに向かって手をふってきた。

ヴィヴはシナモンロールの最後の三つを蠟紙《ろうし》に包み、適当な紐で縛ると、もったいぶってガリーナにさしだした。

「部屋に戻るまでは持つよ」ガリーナはうなずいて片目をつぶってみせた。それから、真顔になる。「あのさ、疑心暗鬼になってほしくないし、こんなこと言うべきかどうかわかんないけど、フェンナスが……」

「あいつがどうした？」

「とりあえず警戒しといたほうがいいよ」

「なにか言っていたのか?」

「ううん、そういうわけじゃないけど……あんたがあいつと取り決めかなにかしたのかどうかは知らないけど……最近おかしいんだよね。だから、なんでもないかもしれない。でも。自分の直感を信じなきゃって気がしてさ」

「気をつける」フェンナスの訪問と去り際の言葉を思い出して、ヴィヴは言った。

(たしかに幸運の響き《リング》があるな)


ヴィヴはタンドリが店じまいをするのを手伝った。最後のマグカップを洗って拭いているとき、タンドリがカウンターにもたれかかった。「楽しかった?」

「ああ」とヴィヴ。「ガリーナは長年のつきあいだ。あんなふうに別れてきたのはよくなかった。だが、これで解決したと思う」

「それはよかったわ」

タンドリの尻尾が左右にさっと動いた。

「しかし?」続きがあるとわかっていたので、ヴィヴはうながした。

「気をつけたほうがいいわ。例の組織と会うときのことよ」

ヴィヴはくっくっと笑った。「万一に備えなければ、私のような仕事をしてきてこの年までは生きられないさ」

「たぶん、それが心配なんでしょうね。万一の備え」

ヴィヴは冷静に相手を見つめた。「ガリーナが短剣を何本か渡そうとしてきた。私は受け取らなかった」

「そう……よかった。その、わたしは口を出す立場じゃないけれど……もう、いやになるわ」タンドリはうつむき、つややかな髪が前にたれた。ふたたび顔をあげる。「あのね、わたしという存在――わたしという人間の一部――わたしには……ものごとに対するある種の感覚があるの」

「感覚？」

「サキュバスとしてのね。誰かの意図や感情を人より感知しやすいのよ。それに……秘密も」

この先がわかっているという気がして、ヴィヴは憂鬱《ゆううつ》になった。

「ねえ、この件にはあなたが話してくれるよりいろいろあるのはわかっているわ。そのことはかまわないの！　前も言ったとおり、口を出す立場じゃないけれど……これはどこかの裏組織の親玉がみかじめ料をむりやり絞り取るだけじゃなくて、もっと危険なことなんじゃないかと思ってしまうのよ」

ヴィヴはスカルヴァートの石のことを考えたが、ラックや手下どもがそのことを知っているという感じは受けていない。だいたい、なぜ知っているはずがある？　石の伝承は曖昧《あいまい》なもので、誰の目にも触れるように提示されているわけではないのだ。用心はしていた。

「たしかに……手の内を見せていない事柄もある」ヴィヴは認めた。「しかし、どう考えてもマドリガルが知っているはずがないし、たとえ知っていたとしても、気にかける可能性は低いと思う」

「さっき言ったとおり」とタンドリ。「わたしはものごとを感知できるの。あなたからね。きのうのあの人たちに関しても、全員から言葉にしないなにかを感じ取ったわ。胸騒ぎがするのよ」

ヴィヴはガリーナがフェンナスについて警告したことを思った。あの男はいったいほかの仲間になにを言ったのだろう。

「気をつけるさ」とヴィヴ。「この段階では、ほかにどうしたらいいかわからないしな」

「それで充分だといいけれど」

店はすっかり片付いていた。タンドリはあたりをさっと見まわしてから、自分に言い聞かせるようにうなずき、長い沈黙のあとで言った。「じゃあ……おやすみなさい」

サキュバスが向きを変えたとき、ヴィヴは思わず口走った。「おい、だったら、家まで送ってほしいか？ あのケリンって男のことや、あんたの……ものごとに対する感覚のこともあるし、そのほうが安全な気がするんじゃないか」

タンドリは少し考えてから答えた。「それはすてきね」

その晩は暗く涼しく、川のにおいがいつもよりさわやかで素朴に感じられ、心地よかった。街灯が青い宵闇《よいやみ》に黄色い光の輪を投げかけていた。

タンドリが先に立ち、ふたりは気楽な沈黙を保ってのんびりと歩いていった。やがて到着したのは、街の北側にある、一階が食料雑貨店らしい建物だった。

「この上」タンドリは言い、横の階段を示した。「この先は問題ないと思うわ」

「もちろんだ」急に落ち着かなくなって、ヴィヴは答えた。「それじゃ、またあした？」

「あしたね」

タンドリが階段を上って建物に入っていくのを見送ったあと、ヴィヴはテューネを数時間歩きまわり、ようやく明かりの消えた店に帰った。ストーブの熾《おき》が燃えつきて冷たくなっていた。

18

ヴィヴはレイニーの皿の一枚に焼きたてほやほやのシナモンロールを載せ、本人に渡した――これをここ数日やっている。老婆は閉店前、きれいな皿にぴかぴかの銅貨を四枚置いてカウンターの上に残していくのが常だった。ヴィヴは毎朝、硬貨のかわりに菓子パンを一個載せて戻していた。

「おや、ありがとうよ、あんた！」レイニーはいそいそと手を出して皿を受け取った。「あのラットキンの子に言っとくれ、いつかレシピを交換したかったら、こっちにすごいのがあるってね」

「必ず伝える」ヴィヴは答えつつ、シンブルはレイニーのケーキをどう思うだろう、と考えた。

「あんたが隣にいるのは実に誇らしいねえ」

ヴィヴはちらりと店をふりかえった。「そうだといいが。どうやら私がいなくなることはなさそうだからな」

レイニーはうなずいた。「あんたがここに落ち着くのを見るのはいいもんだ。あと必要なのは連れ合いだねえ」

「連れ合い？」

老婆のまなざしが遠くなった。「うちのタイタスじいさんは、あたしたちがお互いの隙間を埋めてるって言ってたもんさ。もちろん、あの人がそう言うといやらしく聞こえたがね」

ヴィヴがその発言に頭をひねっているあいだに、レイニーはロールの湯気に鼻先を突っ込んだ。「言わせてもらうがね、この香りはぜったいに馬糞のにおいよりましだよ」にやりと笑うと、両目が干した果物のような皺《しわ》に埋もれる。

「ずっと馬糞という高い壁を乗り越えたいとは思っていたんだ」

レイニーはからからと笑い出し、ヴィヴは頭をふりながら店に戻った。

戸口の脇ではタイヴァスが待っており、その姿は朝霧さながらに灰色でひっそりとしていた。無言で折りたたんだ羊皮紙の切れ端をよこす。

礼を言うと、タイヴァスはうなずいてから、あっという間に通りの先へと消えた。

ヴィヴは紙をひらいて読んだ。

金日、夕暮れどき
ブランチ&セトルのかどにて
単身、丸腰で出向くこと

マドリガルとの会談が決まった。

「あなたがひとりで行くのは気に入らないわ」タンドリが言った。

「正直、交渉の余地のあることじゃない」ヴィヴは大扉に横木を渡すと、壁掛けランタンを消すために移動した。


「わたしが遠くから見守っていることもできるのに」

「たとえいることがわからないとしても――わかるだろうが――なんの役にも立たないさ。マドリガルはこの住所にはいない。おそらく目隠しをさせられて、そこから遠くまで歩くことになるだろう。あんたが尾けてくれれば、間違いなく気づかれる」

「あなたは不安じゃないの？」

ヴィヴは肩をすくめた。「あまり意味がない」

「いらいらするわ」

「余裕を持って冷静さを保つことをずっと昔に学んだからな。そのほうがいつでも予想よりいい結果を生む。たいていは誰にとってもだ」

閉店作業はすっかり終わり、ヴィヴが扉に鍵をかけているあいだ、ふたりは外に立っていた。ゆっくりと、だが確実に日が沈んでいき、光が赤く燃えあがる。

「帰ってくれ」ヴィヴはやさしく言った。「あしたなにもかも話すから」

「朝あなたがここにいなかったら、どうすればいいの？」タンドリが深刻なおももちでたずねた。

「いるさ。だが、もしいなかったら……」ヴィヴは正面の戸口の予備の鍵を渡し、一瞬考えたあと、紐で首にかけていた鍵も外した。「それと、こっちは金庫の鍵だ」

タンドリはふたつの鍵を手の中でひっくり返した。「これじゃとても安心できないわ」

ヴィヴは相手の肩をつかみ、その緊張を感じた。「大丈夫だ。もっとやっかいな状況も経験しているし、その証拠の傷痕もある。明日になって新しい傷ができているということもないはずだ」

「約束してくれる?」

「約束はできないが、もし私が間違っていたら、金庫の中身を空にしてくれていい」

タンドリはうっすらとほほえんだ。「あしたここにきたとき、扉の鍵があいていることを期待しているわ」

ブランチ&セトルのかどは店のずっと南にあり、長く待つ必要はなかった。なぜこの場所を選んだのかはわかる。交差する二本の通りの明かりはとびとびで、かどそのものはぼろぼろの大きな倉庫から見渡せた。

ひときわ暗い物陰から見慣れた顔が現れ、帽子を持ちあげた。

「どうやらわれわれは早くも親友になりつつあるようだね。そのうち君は、気がつくと私の名前を呼んでいるんじゃないか」

「だったら友人らしく推薦の言葉でも添えてくれ」ヴィヴは言った。あたりを見まわしたが、誰も目につかない。とはいえ、そこにいるのはわかっていた。「これからどういうことになるんだ？」

「ついてきてくれ」ラックは言った。身ぶりで倉庫の小さな戸口を示す。

ヴィヴはあとに続いた。中に入ると、ラックは頭巾《ずきん》を取り出した。

「目隠しではだめなのか？」

ラックは肩をすくめた。「これでも問題なく呼吸できるさ」

ヴィヴは溜息をつき、頭巾をかぶった。織り目からもれてくる倉庫の薄暗い光はほんのわずかだ。ラックの手が肘にかかったが、触れられてもひるみはしなかった。

誘導されて建物の内部を通っていくと、やがて金属のきしみが聞こえた。バタンバタンと二回音がして、埃っぽい床に設置された二枚の戸がひらく。足の下の板がはねあがる感触があった。先に立ってぎしぎし鳴る階段を下へ進みながら、ラックはときおりヴィヴの頭頂部に触れ、おりるとき階段の枠に頭をぶつけないよう注意した。

最初は土のにおいがして、次に川の香が強くなってきた。涼しい場所や風が通るところを抜け、何度かまがる。床が石と砂利になっているときもあれば、土や木材というときもあった。

とうとうふたりはさっきとは異なる階段を上って、木の油と洗浄剤と布地、それになにかもっと花の香めいた、よく思い出せないにおいが漂う中に出てきた。

「ここでよろしい」ラックが言った。

ヴィヴは頭巾を外すと、目の前の光景をじっくりとながめた。「さて、これは予想していなかったな」

部屋は居心地がよかった。こぎれいな煉瓦《れんが》造りの小さい暖炉の正面に華麗《かれい》な屛風《びょうぶ》が立ち、手前に詰め物をしたばかでかい肘掛け椅子が二脚置いてある。炎のかすかなゆらめきが屛風越しに見えた。椅子の両脇には光沢のあるテーブルが並び、一台にはびっしりからみあった植物柄の茶器が一式載っている。金縁の大鏡が暖炉の上にかけられ、赤いビロードのカーテンが大きなガラス窓の列を縁取っていた。壁面にそびえたつ巨大な本棚には分厚い書物がぎゅうぎゅうつめこまれている。一台の長くて低いテーブルに鉤《かぎ》針編みのマットがずらりと敷いてあり、贅《ぜい》沢《たく》な絨毯《じゅうたん》が足にふんわりと感じられた。

背の高い老婦人が肘掛け椅子のひとつに腰を落ち着けていた。銀髪をきっちりとまとめ、顔つきは威厳はあるが、不親切ではなかった。鉤針で新しいマットを編んでいるところで、一段分編み終えてから、ぼんやりとこちらを見る。

その物腰やラックのうやうやしい態度から、この老婦人こそマドリガルだということは歴然としていた。

「座ったらどうです、ヴィヴ」老婦人は言った。その声は乾いていて力強かった。

ヴィヴは腰をおろした。

口をひらく前に、マドリガルが続けた。

「もちろん、あなたのことはよく知っていますよ。わたくしの仕事の半分は知ることですから。また、知識を結びつけることとね。とはいえ、白状しますが、タイヴァスが接触してきたときには驚きました。当然、わたくしが知っている彼は違う名前でしたが」鉤針編みから目をあげる。「タイヴァスがこのわたくしとどんな知り合いか、聞いていますか?」

おだやかな表情だったが、その問いの裏には深い闇がひそんでいるのが感じ取れた。「いいや、奥方」

マドリガルはうなずいた。違う返答をしたらどうなっていたのかと思わずにはいられない。

「タイヴァスの要請だけでは、あなたと会うことに同意しなかったかもしれません」とマドリガル。「もし、もうひとりの共通の知り合いがいなければね」

「もうひとりの?」ヴィヴは当惑した。

「そうですよ」鉤針の動きは催眠術にかけられているようだった。

次の瞬間には意味を悟ったが、もっと早く気づいてもよかったはずだ。「フェンナス?」

「あの男はたしかに興味深い情報をもたらしましたからね。先ほど言ったように、知ることはわたくしの仕事です」

「つまり、あいつがなにか伝えたんだな。おそらく古い歌の断片とか、この街に新しくやってきたやつの話とか?」

「あなたがここにきたのは、月々払うお金のためではなく、そちらの理由からでしょうね」そんなことはまったく重要ではないと言いたげに、片手をひらひらさせる。老婦人は口もとを引き結んだ。「それと、はっきり言っておきます。あなたがどう考えようと、状況を考えれば、愚か者にはたいして使い道がありません」

ヴィヴは思わず鼻を鳴らしてしまった。「あてつけで私と会うことにしたんだな」

マドリガルの瞳にきらめきが見えたようだった。「単刀直入に話しましょう。この年になれば、きっぱり切るほうが出血は少ないとわかっているのですよ」

ヴィヴの経験では必ずしもそうではなかったが、言いたいことは理解できた。この女が率直さを望むのなら応じよう。「なにが知りたい？」

「あなたはスカルヴァートの石を持っていますね？」

「持っている」

「どこか敷地内にあるのでしょうね？」

「ああ」

老婦人はなるほどというようにうなずいた。「わたくしも詩や伝説をいくつか読みました。あなたの推測どおり、一部はフェンナスが持ってきたものです。でも、わたくし自身の資料も厖大《ぼうだい》ですから」

「私から奪うこともできるな」ヴィヴは吐き気をおぼえたが、荒々しくむこうみずな気分にもなった。なんだか昔に戻ったようだ。

「できますね」マドリガルは同意した。鋭くこちらを見る。「そうしたところで、わたくしのためになるでしょうか？」

ヴィヴはしばらく考えた。「それを言うのは難しいな。私の知識に基づけば、場所が重要だ。そもそも、ほんとうに効くのかどうか確信がない」

「おやまあ、あの住所にあったのは、飲んだくれの能なしがだめにしたおんぼろ厩《うまや》だったのですよ。それをほんの数か月であなたが――流血沙汰を扱うのが得意な女性が――テューネじゅうの注目を集める人気店に建て直したのですからね。謙遜するのはおやめなさい」

「偶然の一致は充分見てきたから、疑う気ならいくらでも疑える。しかし、たぶんあんたの言うとおりだろう」

「わたくしが間違っていることはめったにありませんよ。そういう例もあるのは知られていますが、認めたくはありませんね」

「そうなると。あれを私からとりあげるつもりか？」

マドリガルは鉤針編みを膝に置き、ヴィヴをじっと見た。「いいえ」

「なぜなのか訊いてもいいか？」

「なぜなら、わたくしの得た情報からは、さまざまな解釈が可能だからですよ。手に入れたからといって利益が得られるという確信がないのでね」

ヴィヴは考え込むように眉を寄せた。

マドリガルは続けた。「ところで、月々の支払いについてですが」

ヴィヴは深く息を吸った。「申し訳ないが、奥方。できれば払いたくないんだ」

マドリガルは鉤針編みを再開した。「いいですか、あなたとわたくしはそう違わないのですよ」口の片端がくいっとあがる。「まあ、もちろんあなたのほうが背は高いですがね」と皮肉まじりに言う。「ですが、どちらも期待を実現するために極端な手段をとってきました。わたくしはたんに反対方向に行っただけです。あなたのような野心にはある種の親しみを感じますよ」

マドリガルが先を続けるまで、ヴィヴは礼儀正しく沈黙を守った。

「とはいえ、維持すべき先例というものもありますからね。さて、提案があります」

「続けてくれ」

マドリガルがその提案をしたあと、ヴィヴは笑顔になって同意すると、握手の手をさしだした。

19

「スカルヴァートの石？」タンドリはヴィヴの鍵を返しながら問いかけた。

翌朝、シンブルがやってくる時間のずっと前に、ふたりは大テーブルで向かい合って座っていた。タンドリは未明に扉の鍵をあけて中にすべりこんできたのだ。もっとも、ヴィヴは眠っていたわけではなかった。そういうわけで、約束どおり会談のことをなにひとつ省略せずに話しているところだった。「やつらについて聞いたことがあるか？」

「いいえ。まあ、スカルヴァートがなにかは知っていると思うわ。ほとんどは子ども向けのおとぎ話からだけれど」

「大きくて醜くて卑劣な連中だ。目がやたら多い。いやになるほど歯がたくさんある。殺しにくい。そして、巣の女王は石を生やす、ここにな」ヴィヴは額を軽く叩いてみせた。

「なにか価値があるの？」

「たいていのやつにとってはない。だが、私はいくつか伝説に出くわした。信じられるか、最初は歌で耳にしたんだ」

ヴィヴはポケットから羊皮紙の切れ端を探り出してテーブル越しに押しやり、タンドリがひらいて読んだ。

眉があがる。「レイラインね。ヘミントンが触れるたびにあなたがびくっとしてたのも不思議はないわ」

「なるほど、そのことには気づいていたか」

「〝幸運の輪《リング》を引き寄せる、心からの望みの一面を……〟」タンドリはこちらを見あげた。「じゃあ、これはなに、幸運のお守り？」

「ずっと昔に死んだ連中が何人か、そう考えていた。正確にそういう意味なのかどうかはわからないが、その発想は繰り返し出てくる。スカルヴァートの石にまつわる古い伝承は山ほどあるが、近ごろはあまり耳にしない。おそらく、スカルヴァートの女王の数が多くないのと、進んで殺そうというやつはもっと少ないせいだろうな」

「まあ、たしかに好奇心はそそられたわ。魔力があるかもしれない幸運の石って、どこに隠すものかしら？」

ヴィヴはベンチから立ちあがると、タンドリにも立つよう合図し、大テーブルを数フィートずらした。しゃがみこんで例の敷石の周囲から砂を掘り出し、指先でぐいっと持ちあげる。

慎重に土をかきのけると、濡れたように光る石があらわになった。

「最初の日からここにあった」と告げる。

タンドリはかがみこんで石を観察した。「正直なところ、もう少し目をみはるようなものを想像していたわ。それで、あなたはこれ全部の原因がこの石だと思っているの？」まわりを囲む建物を示す。

建物よりずっとたくさんのことの原因かもしれない、とヴィヴは思ったものの、くわしくは言わなかった。

「個人的には疑問もあるが、マドリガルはどう見てもそう考えているようだったな」

「でも、あなたをそのまま帰らせたのね。どうしてすでに奪っていないのかしら？」タンドリの表情は疑わしげだった。「実際、たったいま手下がここにいて、手あたり次第にひっかきまわしていないのはなぜ？」

ヴィヴは注意深く敷石をもとの場所に置き、まわりに砂を撒いた。「これからそこを話す」テーブルをずるずると動かして戻し、再度ふたりとも腰をおろす。「フェンナスを憶えているか？」

「忘れるのは難しいわ。それに……」タンドリはテーブルに載った詩の断片に目をやり、眉を寄せながら思い返した。「いまとなっては、あなたが石を持っているのを知っていたのは明白ね」

「ああ。そしてどうやら、マドリガルに入れ知恵したらしい」

「でも、どうして？　純粋に悪意から？　あなたたち、そんなに仲の悪い状態で別れたの？」

ヴィヴは溜息をついた。「思うに、最後の仕事のとき、ほしいのはあれだけだと伝えたのがばかげた間違いだった。そもそも、あの依頼を探すのに一枚かんだのは私だったからな。おそらくフェンナスはあとで疑いを持って、自分で少し調査してみたんだろう。私がでかい仕事から仲間を外そうと試みていると考えたに違いない。いや、むしろあいつを外そうとしているのが重要だった」

「スカルヴァートの石がほしいなら、どうして興味を持った別の関係者に密告するのか、理解できないわ」

「なぜじかに対決する必要がある？　すでにやりあっている相手にまかせられるなら、そのほうが楽だ。正直、一歩さがってほかのやつに血を流させるというのは、まったくあいつらしいよ。ひょっとしたら、狼狽《ろうばい》して石を移動させているところを押さえられるかもしれないしな。そうすれば探す手間が省ける。それがだめでも、先に敵同士を戦わせて力をそいでおくのは常道だ。埃が落ち着くのを待って、灰をかきまわすのさ。髪ひとすじ乱さずに望むものが手に入る可能性があるだろう」

「そうかもね、でも、それならなぜマドリガルがその話に乗らなかったのか説明がつかないわ」

ヴィヴはしかたなさそうに笑った。「まあ、唯一の理由かどうかは自信がないが、どうもあいつがマドリガルの神経を逆なでしたように聞こえたな」

「そうなの？」

「つまり、フェンナスが実にいやな野郎だということさ」

「でも、そんなに簡単にあきらめるような性格には見えなかったけれど、違う？」

ヴィヴは眉をひそめた。「間違いない。それどころか、いまのほうがずっと危険になっているだろうな」戸口に目をやり、フェンナスが鍵穴に耳を押しつけているところを想像せずにはいられなかった。

　長い沈黙が流れ、そのあいだタンドリはゆったりと尻尾を巻いて下唇をそっと叩いていた。やがて口をひらく。「その話はとりあえず置きましょう。上納金のことはどうなったの？　マドリガルのちょっとした用心棒集団は？」

　ヴィヴは両手を広げた。「取り決めをすることで合意した。あちらの発案だ」

「取り決め？」

「そうだな、ある種の支払いはすることになる。なんと毎週だ」

　タンドリは驚いて眉を寄せた。

「マドリガルはどうやら、シンブルのシナモンロールがお気に入りらしい」


　いつもの時間に到着したシンブルは、苦労しながら長さ二フィート、幅一フィートほどの木箱を運んでいた。ヴィヴが手からとりあげると、前足で食料品置き場を示されたので、そこにおろして蓋を外した。その中に藁と一緒につめてあったのは……

「氷？」とたずねる。

　ラットキンは卵の入った籠《かご》やクリームを置いてある冷蔵用の穴を指さした。「もっと冷える。長く持つ」

「だが、どこで手に入れてきた？」

「ノームのガス工場でしょうね？」とタンドリ。

シンブルは熱心にうなずいた。

「それがなんなのか知らないんだが？」

「川沿いの大きな建物よ。蒸気と水力で動いているの。仕組みはよく知らないけれど、どうにかして氷が作れるのよ」

「ほう」ヴィヴは珈琲《コーヒー》抽出機のほうを見やった。「あまり驚きはしないな。いくらかかった、シンブル？」

ラットキンは肩をすくめた。

「ともかく、これからはこちらで払う。いいな？」

シンブルはこころよくうなずくと、とけかけた氷のかたまりを冷蔵穴に移しはじめた。

ヴィヴは部屋を見渡した。「実のところ……これで思いついたことがある」


ヴィヴが向かい側の仕切り席にすべりこむと、ヘミントンは上の空で研究から顔をあげた。マグカップをひとつ、そちらへ押しやる。

ヘミントンは蒼ざめてから、あわてて笑顔を作った。「ああ、すみません。しかし、前にも言ったとおり、僕はあまり――」

「ああ、知っている。熱い飲み物は飲まない、だな」ヴィヴはカップをさらに近づけた。

自分の前に引き寄せたヘミントンは、中身を観察して勢いよく眉をあげた。「冷たい？」ちっぽけな氷のかたまりがいくつかコーヒーにぷかぷか浮いており、マグカップの外側が汗をかいている。ヘミントンはおそるおそるひと口すすり、唇をなめて、検討するような視線を向けた。「なんというか、悪くないですね」

「よかった」ヴィヴは言い、指を組み合わせてテーブルに身を乗り出した。「ちょっと頼みがあるんだが」

たちまち相手の目つきが疑り深くなった。飲み物を押し戻そうとしたものの、そこでさっともうひと口飲む。「頼み？」

「意外と、あんたの役に立つかもしれないぞ。もう例の結界は張ったんだろう？」

「ええ。でも、保証しますよ、あれは――」

ヴィヴは片手をふってみせた。「問題なさそうなのはわかっている。まるで気づかなかった。私が知りたいのは、もうひとつ設置できるか、ということだ」

「もうひとつ？」

「ああ。人に対してだ。特定の人物に」

ヘミントンは口をすぼめた。「そりゃ、もちろんですよ。ただ、おわかりでしょうが、そうするにはきわめて正確な情報と、材料が必要なんです。でも、そう、可能なことではありますね。誰か頭にあるんですか？」

「ある」とヴィヴ。

話を終えるころには、ヘミントンはマグカップの中身を飲みほし、氷をガリガリかみくだいていた。

ヴィヴは機械の後ろにいたタンドリに合流した。「そういうわけで。メニューに加える新しい飲み物ができたのはほぼ確実だ。しかし、それには定期的に氷を届けてもらう必要があると思う」

タンドリが笑いかけてきた。「まだあの板には隙間があるわ」

それから、笑顔がはがれおちた。

ヴィヴが戸口に目をやると、例によって殴りつけたくなる表情を浮かべたケリンが立っていた。

のんびりカウンターに近寄ってくると、ぞわぞわするほどなれなれしい態度でもたれかかる。

「やあ、タンドリ」

タンドリは反応しなかった。介入してほしいのかどうかよくわからなかったので、ヴィヴは待った。

タンドリに冷たくにらまれていることに気づいたふうもなく——あるいは気にしていないのか——ケリンは一本の指でカウンターの上に円を描きながら続けた。「いつでも好きなときに会えるのは実にいいな。ほんとうに、もっとふたりで会いたいんだ。思うんだが、もう——」

「お願い、出ていって」タンドリが硬い口調で言った。

相手はさえぎられて苛立ったようだった。「なにも失礼な態度を取らなくてもいいだろう。僕はただ友好的にふるまっているだけだ。今晩暇なら、僕が――」

「出ていってくれと頼まれただろう」とヴィヴ。「今度は私が言い渡すぞ」

若者は嫌悪の色を隠しもせずにらみつけてきた。「おまえごときがおれに命令できるもんか」と吐き捨てる。「指一本でも触れてみろ、マドリガルが――」

「ああ、知らなかったのか」ヴィヴは口をはさんだ。「マドリガルと私はささやかな会談をおこなった。あのご婦人とはそれなりの合意に至ったよ。誰も教えてくれなかったのか?」

ケリンは笑い声をあげたものの、とくに〝ご婦人〟という単語をわざとらしく強調されて、少々おぼつかない響きを帯びるのは――顔つきもだ――避けられなかった。

「そうだ」ヴィヴは言葉を継いだ。「われわれのちょっとした雑談の中で、一点とりわけよく憶えているのは、マドリガルがどんなに愚か者を嫌っているかということだ。さて、あんな商売をしていると、マドリガルの手下の誰だろうと愚か者扱いして反発する人もいるだろうな。だが私はそんなふうに思わないぞ」壁の〈黒き血〉を身ぶりで示す。「目的を果たすために手を汚さざるを得ない人々には敬意を持っている。それはたんなる仕事だからな。いや、真の意味での愚か者はもっと特殊な存在だ。そしておそらく、マドリガルと私は同意見だと思う」

相手の視線を受け止めると、腕を組む。

「おまえは愚か者ではないだろう、ケリン? もしそうだったら、マドリガルがずいぶんがっかりするだろうな」

ケリンは何度か口をぱくぱくさせ、威厳を取り戻そうとしたあと、向きを変えてぎくしゃくと店を出ていった。

ヴィヴはタンドリに声をかけず、そのまま自分の仕事に戻ったが、視界の隅で、サキュバスの唇がほんのわずか弧を描いたのが見えた。


閉店のとき、ふたりはまたメニューをおろし、タンドリが修正した。

伝説とカフェラテ

メニュー

珈琲　異国情緒あふれる香りとゆたかなこくの焙煎　半銅貨一枚
カフェラテ　洗練されたクリーミーな変化形　銅貨一枚
どの飲み物もアイスで　しゃれた工夫をひとつ　半銅貨一枚追加

シナモンロール　至福のアイシングがけシナモン菓子パン　銅貨四枚
シンブレット　歯ごたえのいい木の実と果物の珍味　銅貨二枚

より魅力的な味を、働く紳士淑女へ

タンドリがあざやかにチョークを動かして雪片をいくつか描き足すのを見ていたとき、覚えのある悪寒が背筋に走り、思わず肩越しに視線を投げかけた。窓辺にフェンナスの乾いた笑みが映っているのではないかと予期したほどだ。

ふっと古いことわざが頭に浮かんだ。

（毒杯は毒刃の先触れとなる）

20

買ってきた呼び売り本をめくりながら昼休憩から戻ってきたヴィヴは、外のテーブルのそばで立ち止まった。片側しかいない進行中のチェスの対戦を見やってから、盤面を検討している老ノームをながめる。「この席には人がいるか？」とたずねた。

「いやいや！」老人はにっこりしてみせ、椅子に座るようにと招いた。

ヴィヴは椅子をずらして腰をおろし、テーブルの上に本を置いた。駒を倒さないよう注意しながら、チェス盤越しに片手をさしだす。「ヴィヴだ」

「ドゥリアスじゃ」老人は答え、節くれだったちっぽけな手でヴィヴの人差し指を握ってふった。目の前の飲み物を慎重にすする。「実際、わしゃこのすばらしい店を楽しんどるとも。本物のノームの珈琲《コーヒー》じゃと？　また味わうことがあろうとは夢にも思わなんだ。わしの若いころには、そうやすやすと手に入るもんではなくてな。ラディウスだのファゾムだのという大きめの街であってもじゃ。それをここで見つけるとは？　いやはや。めったにない楽しみじゃよ」

「そう聞いてうれしいよ」とヴィヴ。「合格したようでよかった」

「うむ、まさしく。しかもこの菓子類じゃろ？」ノームはシンプルの菓子のひとつに向かって手をふった。「みごとな組み合わせじゃ」

「そっちは私の手柄にするわけにはいかないが、褒め言葉は伝えておこう」ドゥリアスはシンブレットにかじりつき、うっとりと目を閉じた。

「ところで」ヴィヴは椅子の上で座り直して言った。「答える必要はないが、あそこにいる友人があんたのチェスの勝負に夢中なんだ」カウンターの奥から探るようなまなざしを向けてきているタンドリを指さす。

「ほほう?」

「あんたが敵側の駒をまったく動かしていないと言うんだ。動かすところをずっと見ようとしているが、一度も成功したことがないそうだ」

「おお、むろん動かすとも」ノームはうなずいた。

「そうなのか?」

「当然じゃ。しかし、動かしたのははるか昔じゃな」と答える。まるでその言葉がきちんと意味をなしているかのようだ。

「なんだって?」

「ところで」ドゥリアスはいっさい説明しようとせずに続けた。「わしはかつて、おまえさんのような傭兵の冒険家じゃった。いまではやはり引退しとるがの」

「私は、その……」

「おまえさんはここにたいそう心安らぐ地を見出した。特別な場所じゃな。そうして植えたものが、いまや花ひらきつつある。実にいいことじゃ。休むにはうってつけの場所じゃよ。おまえさんが育てた木の枝の陰で老いぼれをくつろがせてくれて、礼を言うぞ」

ヴィヴはぽかんと口をあけた。この発言にどう反応すべきか、見当もつかなかった。

その瞬間が過ぎ去ると、ドゥリアスが声をあげた。「おや、そこにいたかの！」

アミティがのそのそとかどをまわってきて、巨大な耳をノームにさすらせてやった。脅すようにヴィヴをみすえると、テーブルの下にまるくなる。ノームがその背に乗せた足は、もしゃもしゃの煤《すす》けた毛皮に埋もれてしまった。「なんとたぐいまれな動物じゃ」と心からの称讃をこめて言う。

「たしかに」ヴィヴはつぶやいた。「えー、さて、あんたの対戦の邪魔をするつもりはなかった。どうぞ続けてくれ」

「いやいや！」とドゥリアス。「さあ、おまえさんが育てているものの世話をしてくるといい」

本を持ってカウンターに戻ると、タンドリが満足げに本を見てから、小声で言った。「それで……あのチェスの対戦はどういうことなの？　あの人は話してくれた？」

「話してはくれたな。だが、あれが答えだったのかどうか」ヴィヴは返事をした。


昼ごろ、シンブルがヴィヴにもタンドリにも読み取れない一連のしぐさをしたあと、ちょこちょこと出ていった。なにか用があるのは明白だったので、ヴィヴは手をふって行かせた。

やがて戻ってきたときには、より糸で縛った小さな包みを持っており、店頭が少し落ち着いたとき、カウンターに置いて器用に糸をほどいた。紙をひらくと、でこぼこした黒い厚切りと、蠟《ろう》のようになめらかな光沢のあるなにか褐色のかたまりが何個か出てきた。

「それはなに、シンブル？」タンドリがたずねた。

パン職人はひとかけ割って口の中にほうりこみ、同じことをするようにと手ぶりでふたりにうながした。

ヴィヴとタンドリはそれぞれ小さなかけらを折り取った。ヴィヴは自分の分を嗅いでみた。土くさいにおいはかすかに甘く――珈琲に似ているといえるほどだ。舌にそのかけらを乗せ、唇を閉じると、とろりととけて口じゅうに広がった。濃い苦みを感じたが、より繊細《せんさい》なバニラと柑橘《かんきつ》類の風味もあり、ずっと奥のほうでワインを思い出させるなにかがほんのりと香った。なめらかでありながら強烈で、大胆だが甘美だ。

正直なところ、それほど量が食べられる気はしなかった。この苦みに圧倒されてしまう。だが、あの年寄りの香料商人は正しかった。この少年はまさに天才だ。なにを計画しているのか見てみるのが待ちきれない。

タンドリは考え深げに口の中で味わっていた。「わかった、もう一度訊くわ、訊かずにはいられないもの。これはなに？」

シンブルは身を乗り出し、ひげをふるわせた。「チョコレート」

「なにか考えがあるのか？」ヴィヴは問いかけた。

ラットキンはうなずくと、また別の一覧表を取り出した。前より短いが、希望する鍋や天板がいくつか載っている。

ヴィヴはしゃがんでその瞳をのぞきこんだ。「シンブル、おまえがなにかすごいことを思いついたら、いつでも私は賛成するぞ、いいな？」

ビロードのような顔がうれしげにほころび、瞼《まぶた》がほぼ閉じてしまうほどくしゃくしゃになった。

シンブルに頼まれた品物を集めるのにそれほど時間はかからなかった。店に帰ってきたとき、ヴィヴは片腕に袋をかけたまま敷居でぴたりと立ち止まった。

ケリンが戻ってきて、カウンターの前にぎこちない態度で立っていたのだ。

ヴィヴは表情をけわしくした。袋をおろし、首根っこをつかんで持ちあげ、そのまま通りへほうりだしてやろうと身構える。

だが、タンドリがその視線を捉え、小さく首をふった。

サキュバスが口を折った蠟紙《ろうし》の袋をカウンター越しに渡すと、若者はひったくろうと動きかけたものの、自制してそっと手をのばした。

「マドリガルへ」タンドリが言う。

ケリンは操り人形のようにぎくしゃくとうなずき、押し殺した声で応じた。「ありがとう、タ——お嬢さん」

袋を手にして向きを変えたところで、ヴィヴを目にしてぎょっとする。しかし、すばやく立ち直り、急いで戸口から出ていった。

「いや」その後ろ姿を見送ってヴィヴは言った。「本気でたまげたな」

戸締まりの準備をしているとき、タンドリが食料品置き場に入っていって、亜麻布《あまぬの》で覆った手提げ籠《かご》を持って戻ってきた。ヴィヴがまだ気づいていなかったものだ。

「それはなんだ?」

タンドリは話そうと口をひらいてから、そわそわと籠を反対側の腕に持ち替え、ようやく言った。「今晩……なにか予定がある?」

「予定? いや。たいていはくたくたで、早く寝ている。先に軽く食べることもあるが」

「ああ、よかった。あの。つまりね……思ったの、問題がうまく片付いたわけだから……お祝いするべきじゃないかしら? もしよかったら」

タンドリがガチガチに緊張しているところなど、見たことがあっただろうか。正直、かわいらしかった。

「お祝い? それは考えていなかったな。たしかにマドリガルはもう大きな懸念ではなくなったが、思うに、そう遠くないうち、フェンナスが別の角度から――」タンドリの表情が悲しそうになるのが目に入り、はっと言葉を切る。急にひどく間の抜けた気分になった。「いや。つまり、そうだな。祝うのはよさそうだ。どういうことを考えていた?」

「別に派手なことをするわけじゃなくて」とタンドリ。「川の上手に小さな公園があるの、アッカーズの西側にね。ときどき夕方に行くのよ。以前は、ということだけれど。景色がきれいだし、それにわたし、あのね、ちょっとしたものを包んできたの。そういうわけ。ピクニックみたいなものかしら。いやね、子どもっぽく聞こえるわ」顔をしかめる。「ぜんぜんお祝いらしくないし」

「とても楽しそうだ」ヴィヴは言った。

タンドリは笑顔をいくらか取り戻した。

たしかに景色はよかった。その場所は公園というより、手入れの行き届いた区画という雰囲気で、中央には長いローブをまとったアッカーズの卒業生の像があった。生前より石像のほうが威厳ある顔立ちをしているに違いない。桜の木立と生垣に囲まれて、川の上の小高い丘に君臨している。小高いので、夕焼けを背にして大学の銅の尖塔《せんとう》が林立する美しい光景が見渡せた。屋上から細い煙が幾筋かくるくるとたちのぼり、消したばかりの蠟燭《ろうそく》のようだった。

ふたりは芝の上に腰をおろし、タンドリが包みをひらいて、パンとチーズ、小さな壺入りのジャム、硬いソーセージ、それにブランデーの瓶を一本取り出した。

「グラスを忘れたわ」と言う。

「あんたが気にしなければ、私はかまわないが」ヴィヴは答えた。

「ほんとうに……たいしたものじゃないし」

ヴィヴはブランデーをあけ、ぐいっとあおり、瓶をタンドリに渡した。「私は祝っている気分だ」

タンドリもごくごく飲み、そのあいだにヴィヴはソーセージを切ってパンにジャムをたっぷりと塗りつけた。

食べたり飲んだりしながらたわいないことを話していると、小鳥が何羽か桜の木に止まりにきた。太陽が沈み、肌寒い川の冷気が波のようにゆっくりと這い寄ってくる。

薄れゆく光の中で、ふたりは心地よい沈黙を分かち合った。やがてヴィヴは問いかけた。

「なんで大学を辞めたんだ？」

タンドリはこちらを見た。「〝そもそもなぜ行ったんだ〟とは訊かないの？」

ヴィヴは肩をすくめた。「それはまったく不思議に思わなかった」

サキュバスはふたたび大学の尖塔をながめやり、しばらく考えた。

答えないつもりだろうと推測して、ヴィヴはたずねたことを後悔した。

「わたしはここの生まれじゃないの。ここに逃げてきたのよ」

つい口をひらきそうになったものの、その先を待つ。

「誰かに追いかけられていたわけじゃないわ、もしそう考えているのならね。逃げてきたのは……自分自身に囚われていたからよ。これ」タンドリは片方の角の先に触れ、尻尾をさっと動かした。「わたしは思ったの。大学？　そこはいろいろな考え方に挑戦するところだって。出身や出自じゃなくて、なにをするかが重要なところ。論理と数学と科学によって、生まれついた自分以上のものだと証明するところ。でも、どこへ行っても、わたしという存在がまとわりついてくるようだったわ」

「それでも通ったんだろう」

タンドリはきびしい顔でうなずいた。「ええ。節約して授業料をかきあつめて、入学を許可されたもの。誰にも止められなかった。大学は無条件でわたしのお金を受け取ったわ。わたしみたいな人を排除する規定はなかったの」

「でも?」

「でも……どうでもいいのよ、ほんとうに。なんてことわざだったかしら? 〝法の文言には従うが、その精神には添わない〟?」溜息をつく。「精神のほうは啓蒙されていなかったってことよ」

ヴィヴはケリンのことを思ってうなずいた。

「だから、逃げたの。もう一度」

ふたたび沈黙が落ち、ヴィヴはタンドリにブランデーを渡した。

タンドリはさっきより長々と飲み、口をぬぐうときに視線をよこした。「賢明な忠告はないの?」

「ないな」

相手の眉があがった。

「だが、私が言うとしたら……」ヴィヴはちらりと目をやり、まじめな顔でタンドリを見つめた。「そんなくそ野郎どもなんかくそ食らえだ」

　驚いたタンドリの笑い声で、小鳥たちが桜の木からぱっと飛び立った。

◆　◆　◆

　タンドリを家まで送る道中、ヴィヴは籠を持ってやった。今回は部屋につくまでだ。どちらも千鳥足ではなかったが――ブランデーの瓶は飲み終わらなかった――ふたりともアルコールのせいで心地よくぽかぽかしていた。

　タンドリが階段のてっぺんの扉をあけ、一瞬ためらってから、ヴィヴを中に招き入れた。

　ヴィヴは低い天井に頭をぶつけないよう腰をかがめた。共同住宅のせまい一室には、きちんと整えた折りたたみ式ベッドと本でいっぱいの棚がいくつか、房つきの絨毯《じゅうたん》、それに小さな化粧台があった。

「アッカーズに行っていたとき、ここに住んでいたの」タンドリは部屋に向かって片手をふった。ヴィヴから籠を受け取って化粧台の上に置く。「ただ……わざわざ引っ越さなかっただけ」

　こちらを見あげた顔から、いちばん気を抜いているときにちらりとのぞく温かな幸福感が伝わってきた。だが、体のより深いところで燃えているぴりぴりとした熱のせいだとは思わなかった。きっと犯人はブランデーだろう。

「ヴィヴ」タンドリは言いかけたが、視線が下に落ち、口にしようとしていた言葉を失った。

ヴィヴはもう一度見つける隙を与えなかった。

「おやすみ、タンドリ」自分の手の大きさや荒れ具合を強く意識しつつ、腕をのばしてタンドリの肩を握る。「それと、ありがとう。私のせいで逃げるようなことがないといいが」

そして、友人がなにも言えないうちに、部屋を出て静かに扉を閉めた。

21

ヴィヴとタンドリは小声で会話を交わしながらそっと動きまわり、お互いに触れないように気をつけながら朝の日課をこなした。どちらも相手の占める空間を猛烈に意識していた。ヴィヴは珈琲《コーヒー》を淹れて客に出し、挨拶して、なにも考えず効率的に動いたが、自分がなにをしているかほとんど認識していなかった。

シンブルが新しい料理道具と材料でせっせと働いていることにふたりが気づいたのは、とけたチョコレートのにおいが店内に充満してからだった。

シャツをひっぱられて下を見たヴィヴは、店のパン職人がそわそわと粉だらけの両手を握りしめていることに気づいた。「ああ、どうした、シンブル」

奥の調理台に置いた何枚かの網に、黄金色の三日月が整然と並べられ、冷ましてあった。シンブルが一個選んでさしだしてくる。ヴィヴはうなずいて受け取った。さくさくした黄色い菓子パンは、バター入りの生地が何層も重なってゆるやかな弧を描いている。香りは極上だった。

ひと口かじると、あっという間に口の中でとけてしまった。バターのこくがありながら、信じられないほど軽い。これをパンのかたまりと比べるのは、絹を粗い麻布と比べるようなものだ。

「こいつは……とてつもないな」ようやくそう言う。実際、あまりに美味だったので、おずおずと続けるしかなかった。「しかし、これがあれのはずはないだろう……なんといったか」

「うーん。チョコレートよ」別のかどをちぎりとって口の中にほうりこみながら、タンドリが補った。かみながら喉の奥で小さな音をたて、目を閉じる。

シンブルはじれったそうに両手でもっと食べろというしぐさをした。ヴィヴは肩をすくめ、もうひと口、さっきより大きくかぶりついて、中心にとろけたチョコレートが入っていることを発見した。きのう味見したものとはまるっきり違う――もっと甘く、深みがあって濃厚だった。クリーミーで贅沢《ぜいたく》で、香料がほのかに効いている。

「なんてことだ、シンブル！」かろうじて言葉を押し出す。ゆたかな味わいが口いっぱいに広がった。「どうやったらこんな真似を続けられるんだ？」驚愕して菓子パンを見つめ、すぐさまもうひと口かじりつく。

ちらりと見やると、タンドリはチョコレートで唇を汚したまま、完全に動きを止め、目をみひらいて爛々《らんらん》と光らせていた。

「シンブル。あなたは知らないかもしれないけれど、わたし、つまり、わたしたちは――」タンドリの尻尾がくねくねと大きく動いた。「――わたしたちはあらゆる種類の感覚に強く反応するの。味覚を含めてね。だから、その」

ヴィヴはあの温かな脈動をまた感じた。シンブルもそうだったに違いない。まばたきしてぶるっとふるえたからだ。

「これがなんだとしても……ほぼ動けなくなるわ」サキュバスはほうっと吐息をもらした。

「この前言ったことは正しかったな、シンプル」とヴィヴ。「もっと広い厨房《ちゅうぼう》を用意しないとだめだ」

タンドリが空いている場所を考慮した。「ストーブ二台？　壁を押し出す？」

「カルに訊いてみよう」ヴィヴはパン職人に視線を戻した。「ところで、これはなんという名前なんだ？」手にした分をすばやく平らげ、指からごく薄いかけらやチョコレートの汚れを最後まできれいになめとる。

ラットキンは肩をすくめると、自分も一個取り、ぎゅっと押して試し、一方の端をちびちびかじった。

「わたしにまかせて」また口いっぱいにほおばりながらタンドリが言った。

伝説とカフェラテ

メニュー

珈琲　異国情緒あふれる香りとゆたかなこくの焙煎　半銅貨一枚

カフェラテ　洗練されたクリーミーな変化形　銅貨一枚

どの飲み物もアイスで　しゃれた工夫をひとつ　半銅貨一枚追加

シナモンロール　至福のアイシングがけシナモン菓子パン　銅貨四枚
シンブレット　歯ごたえのいい木の実と果物の珍味　銅貨二枚
真夜中の三日月《ミッドナイト・クレセント》　バターの入った層の中心に罪深い味わい　銅貨二枚

より魅力的な味を、働く紳士淑女へ

タンドリとのあいだのひそかな緊張は霧散し、朝ふたりがなんとなく避け合っていたのは気のせいだったのかと思うところだった。シンブルのクレセントは予想どおり一時間で売り切れ、本人はすでに新しいひと焼き分にかかっていた。

ヴィヴはせまい厨房の不便さに気をとられた。意見を訊く機会ができたら、カルはなにを提案してくれるだろう？　つい頭上の自動循環装置をちらちら見ては、予想もしないような答えがくるのではないかと考えてしまう。

「いつものか、ヘム？」ヘミントンがカウンターまで歩いてきたのでたずねる。

ヘミントンは身を乗り出した。「ほんとうにそう呼ぶのはやめてくれませんか」と抑えた声で言う。

ヴィヴは作業から目を離さずほほえんだ。「ふむ。つまり、いつものということだな?」

「僕が言いたかったのは、結界をほぼ張り終わったということですよ。それから、そう、アイスコーヒーひとつください」

「ああ、そうなのか? つまり、この建物にか」

「敷地内を覆い、さらに数フィートはみだして大雑把《おおざっぱ》な円を描いているはずです」

「結界が……作動したら、どうやってわかる?」

「それが最後の部分です」ヘミントンは左手をカウンターの上に出した。「あなたの手もお願いできますか?」

ヴィヴは躊躇《ちゅうちょ》せず、真似をしてはるかに大きな手をカウンターに置いた。ヘミントンは右手の人差し指と中指で左手の上をトントン叩き、何度か円を描くしぐさや複雑にねじる動きをした。蒼い光がひらめいた。その輝きが薄れる前に、ヴィヴと手のひらを合わせる。するとつかのま、唇にビールの泡が触れるときのような、シューシューはじける感覚があった。

「これで終わりか?」ヘミントンが手を離したので、ヴィヴは訊いた。

「これで終わりです。結界が発動したら、その手が軽くひっぱられるような感じがするはずです。寝ていても目が覚めるぐらいに」

「軽くひっぱられる、ねえ?」

「あと、憶えておいてください。結界が働くのは一度だけです。もし発動したら、張り直さなければなりませんが……まあ、そういうことです」

「一回で充分なはずだ」ヴィヴは飲み物をそちらへ押し出した。「助かるよ、ヘム」

ヘミントンは抗議しようと口をひらいたものの、かわりに頭をふった。「どういたしまして、ヴィヴ」うなずくと、飲み物を持って自分のテーブルへ戻っていく。

「あれはどういうこと？」タンドリがたずねた。

「たんなるちょっとした保険だ」

翌日の午後、ペンドリーがふたたび店に現れた。今度は前の奇妙なリュートを持っている。ヴィヴはその姿を見て満足し、はげますようにうなずいてみせた。

「それで。あの」とペンドリー。「あなたのお気に召さなかったらやめます。あるいはもし……もし誰か文句を言ったら」殴られるのを覚悟して身構えているかのように、歯のあいだから息を吸い込む。

「大丈夫さ、坊主。まずこれを一個どうだ」ヴィヴがミッドナイト・クレセントを渡すと、ペンドリーはとまどった顔で受け取った。楽器を示してヴィヴは言った。「それから、訊かずにはいられないんだが。いったい、そいつはなんなんだ？」

「ああ。これですか？　その、ええと、これは……これは奇力リュートです？　これは……つまり、なんというか……新型なんです」弦の下にある銀のピンを埋め込んだ灰色の平たい板を指さす。「ほら、この音響ピックアップが音を集めるような感じで……えー……弦が振動すると、ある……その……実のところ、どういう仕組みかは知らなくて」ペンドリーは力なく言った。

「いいさ」ヴィヴは答え、手をふって入るようにうながした。「客を叩きのめしてやれ。比喩的にだぞ」

ペンドリーは目をぱちくりさせると、こわごわ菓子パンをかじりつつ食堂区画へ入っていった。ヴィヴは微笑《びしょう》した。

数分間なんの音もしなかったため、食べているのだろうと判断する。それから、客の列がカウンターの前に並びはじめたので、ペンドリーのことは忘れた。

ようやく演奏が始まったとき、ヴィヴは驚いて顔をあげた。

むせぶように鳴り響く不規則で耳ざわりなリュートの調子は同じだったが、弾いている旋律は前より繊細《せんさい》だった——ゆったりとしたバラッドをたくみに奏でている。まるで音がもっと広い空間でこだましているかのように、厚みとぬくもりを感じさせ、ひときわ存在感を与えていた。しかも、結果としては、中断した最初の試みよりあきらかに静かだった。

音楽のことはたいして知らないが、この若者がときおり訪れるのに慣れてみると、こんなふうに現代的で大胆な音へと変化しても、もはやそれほど極端に感じなかった。ペンドリーはいままでずっとそのずれを埋めていて、明確に次の一歩を踏み出したのだ。この意外すぎるスタイルは……ふさわしかった。とくにここでは。

ヴィヴとタンドリはとまどった笑みを交わした。サキュバスの背後で尻尾がさりげなく一定の間隔でゆれているのが目にとまる。

あれは支持しているということだろう、とヴィヴは判断した。


ヴィヴはその週、右の手のひらがひっぱられる幻の感覚が訪れるのではないかと、たえず気にしながら過ごしていた。ヘミントンは軽いと説明したが、釣り針が皮膚に食い込んで手がぐいっと強く引かれることを想定していた。

だが、なにも起こらなかった。

想像すると肌がぴりぴりしたものの、やがて危険を待ち受ける感覚は薄れた。


レイニーはますます頻繁に立ち寄るようになり、店のパン職人とレシピを交換しようと何度も提案していった。ヴィヴはいつでもシンブルにまかせた。ラットキンの身ぶりや心配そうなまばたきに小柄な老婆が苛立つ様子を見ると、愉快でもあり、シンブルに押しつけていることに少々罪悪感をおぼえもした。もっとも、あの手真似はレイニーと対峙したときだけことさらに不可解になる、という気もした。

とはいえ、老婆は必ずなにか買っていった。

恐猫《きょうびょう》は前より定期的に現れるようになった。ときたまアミティの視線をちくちくと感じてふりむくと、煤《すす》けたガーゴイルさながらに屋根裏に座り、尊大に食事客を見おろしている姿が目についた。

タンドリはふたりで作ってやった寝床にご褒美で猫をおびき寄せようとしたが、アミティはさしだされたものを食べ、はっきりとした意図をもって目を合わせると、尻尾を高くもたげて悠然と立ち去った。

警戒を怠らない怪物がそばにいることは悪くない、とヴィヴは気づいた。むしろありがたい。

ヴィヴとタンドリは居心地のいい安定した関係に戻った。あれからピクニックや家へ送っていくことはなかった。せつない思いはあったが、ヴィヴはそれ以上分析せず、タンドリが公園での夕べに言及しなかったことに、臆病なほど安堵を感じていた。

店はずっと忙しかった。いいにおいや意外性のある音楽、うちとけた雰囲気の作業でいっぱいの日々が過ぎていく。この店に関しては、あらゆる点で期待をうわまわる結果が出ている。それで充分だ……そうではないだろうか？

タンドリがインク瓶、細い筆、マグカップなど、自分の画材の一部をテーブルに置いたので、ヴィヴはびっくりした。

「思いついたことがあるの」とタンドリ。

ヴィヴは機械を拭きあげる作業から顔をあげた。「続けてくれ」

「つまりね、こういうことをよく考えるのよ。わたしのはじめての珈琲――あれを最初に飲んだのは仕事の途中だったわ。好きなときにひと口すすって、その一杯を午前中ずっと持たせたの。すごくよかった」

ヴィヴはうなずいた。「ああ、わかる。私もそうしている」

「あなたのお客は……そういうわけにいかないでしょう」

「私たちの客だろう」ヴィヴは言ったものの、またうなずいた。「そうだな。同感だ」

「じゃあ、持ち帰れるとしたらどう？」

「前にそれができたらと思ったことがあるが……」ヴィヴは肩をすくめた。「手段を考えつかなかった。だから、もしあんたが思いついたのなら……」

「お客にマグカップを一個売るの。それから……」カップをくるりとまわす。タンドリの流麗《りゅうれい》な筆跡で〝ヴィヴ〟と書いてあった。「本人の名前を書き足すのよ。そうしたければこのカウンターの裏に置いていってもいいけれど、マグカップ自体はその人のもの。いつでも好きなときに飲み物を持って出られるわ。必要なのはここに返すことだけよ」

「そいつは完璧だと思う」ヴィヴは首筋をさすった。「正直、自分で思いつかなかったのはいささか抜けていた気がする」

「きっとそのうち考えついていたわ」またあの温かな脈動を感じた。どんどん識別できるようになってきている。

ヴィヴはとつぜん、未来がかかっているというおなじみの感覚に襲われた。刃の動き、片足の置き方でこの先が変わる、決定的な瞬間。信頼するかしないかの分かれ道。行動しないということは、どんな行動にもおとらず、ひとつの決断だ。

「なあ、タンドリ、この店は……ほんとうに、私のものだというのと同じぐらい、あんたのものになりつつあるな。あんたが自分のものにしている、いるんだ」

タンドリは狼狽《ろうばい》したようだった。「ごめんなさい、わたし――」

ヴィヴはたじろぎ、あわてて説明しようとした。「そういう意味じゃない！　私が言いたいのは、あんたなしではこんなふうにならなかったということだ。あんたのものになってきてうれしいんだ。だから、知ってほしかった、その……その……」言葉を探して黙り込む。

混乱して口をつぐんでいるあいだに、タンドリがささやいた。「心配しなくても大丈夫よ。わたしはどこにも行かないわ」

ヴィヴはふいに、ここまで導いてくれたものがなんにしろ、その光に置き去りにされ、ひとり暗い道で迷っていることに気がついた。「私は……それは……よかった。だが、私が言いたかったのは……」

まったく、なにを言いたかったのだろう？

伝説の石とやらを信じてこの会話の結末をまかせるほど、ひとりよがりな状態になっていたのだろうか？　タンドリはもっと大切な存在ではないのか？　曖昧《あいまい》な態度ではなく、本心からの言葉を求められていたのではなかったか？

暗がりには危険が満ちている。その中にはひょっとしたら、思い切って手に入れる価値のあるものさえあるかもしれない。

タンドリが背筋をのばし、さっと笑顔を作った。「そういうことで。じゃあ、これを石板に追加するだけでいいかしら？」

「それは……ああ。間違いなくそうするべきだな」ヴィヴは力なく答えた。

タンドリがひきさがったのは双方のためだ。自分がほっとしたのかがっかりしたのか、ヴィヴには決められなかった。

22

シンブルはノームのカタログに載っている木版画を指さし、キーキー声を出して強調した。ヴィヴがカウンターの上に広げたカタログがちゃんと見えるよう、腰掛けに立っている。

広告に描かれていたストーブは、店のストーブの二倍も横幅があり、特大オーブンがふたつと火室、温度調節用の計測器やつまみのついた背面パネルを備えていた。木版画からは細部が判別しにくかったが、外観はいかにも最新式で、ずらりと記載された特徴に、シンブルの目は憧れをこめてきらきらと光った。

「本気か？」ヴィヴはその値段に眉をあげた。

テューネにきたときにはかなりの貯蓄があったが、改築や設備の費用、高級食材の注文などで目減りしている。定期的にアジマスに注文している豆も高価だった。新しいストーブで、残りの資金はほぼなくなってしまうだろう。もっとも、シンブルの焼き菓子の人気ぶりからして、おそらく数か月で回収できるだろうが。

ラットキンはきっぱりとうなずいたものの、ヴィヴの表情を見てためらい、しぶしぶページの下のほうにあるもっと安いモデルを示した。

「いや、シンブル」ヴィヴは相手に指を向けて言った。「最高の職人には最高の道具がふさわしいし、おまえは最高だ。設置できるかカルに確認してもらってから、注文を出そう」

聞き覚えのある声がタンドリに話しかけているのが聞こえ、ぱっと目をあげる。

「ほら、今週の納入分だ。それと……そうだな、そのカフェラテというやつをひとつ頼もう、お嬢さん」ラックが向こうに立ち、鼻歌まじりにメニューの板をじっと見ていた。

タンドリが飲み物を淹れているあいだに、ヴィヴは予約済みのシナモンロールの袋をカウンターの下から引き出し、少し考えてからシンブルのクレセントもふたつ加えた。袋を渡しながら男に軽くうなずいてみせる。「マドリガルが今週の税をどう思うか知らせてくれ」

「そうしよう」ラックは会釈を返し、飲み物を受け取ってひっそりとその場を離れた。


「今日は音楽がありますか……ありそうですか？」

少女は若く、風に乱れた恰好で、やや息を切らしていた。

「確実なことはわからないんだ」ヴィヴは肩をすくめて言った。「ペンドリーはきたりこなかったりするからな」

「あら」少女はがっかりしたようだったが、すばやく隠した。

「なにか注文があるか？」

「えーと、いいえ、ありがとう。じゃあ……いつ戻ってくるかはわからないんですね？」

質問の答えにたいして興味がないふりをしているようだ——かなり失敗しているとはいえ。

「残念ながら」

少女が立ち去ったあと、タンドリが片方の眉をあげてみせた。「あれ、今週三人目よ」

ヴィヴは思案げにペンドリーのファンを見送った。「あんたも私と同じことを考えているのか？」

「あなたがペンドリーを捕まえて。わたしは看板を作るわ」

次にペンドリーがやってきたとき、態度にいくらか自信がついてきたな、とヴィヴは考えた。快活に会釈してきて、許しを得ずに即席の舞台へ向かうほどゆとりがあったからだ。

「おい、ペンドリー」かどをまわって見えなくなる前に声をかける。「ちょっといいか？」

「えー……もちろん」

相手の表情に以前の不安がじわじわと戻ってきたので、ヴィヴは急いで続けた。「硬貨を入れてもらう帽子をまだ持ってきていないだろう？」

「まあ……そうですね。おれはただ……ただ弾くのが好きなんです。そういう真似をすると、なんていうか……物乞いみたいな？　金をくれって頼むのは？　万が一うちの親父がおれの噂を耳にしたら――」言葉を切って盛大に顔をしかめる。

「私が金を払ったらどうだ？　それなら賃金に近いんじゃないか」

ペンドリーは意表を衝かれたようだった。「でも……どうしてあなたが？　おれ……おれは……いまでも……」

「そうだな、もちろんもう少し定期的にきてもらう必要があるが」

「定期的に？」

「たとえば、週に四回というのは？　二日に一回だ。それと、毎回同じ時間にな。夕方五時とか？　一回につき銅貨六枚。そんなところでどうだ？」

ペンドリーは信じられないという顔つきだった。「ええ、そんな……ほんとにおれに金を払うんですか？　演奏するのに？」

「ああ。だいたいそんなところだ」片手をさしだす。

「諒解しました」ペンドリーは答え、その手を握って勢いよく上下にふった。

「ああ、それから、ペンドリー……？　だとしても帽子は出すべきだと思うぞ」

その日の終わりまでに、店の外にはタンドリの優美な筆遣いで記した新たな看板がさがっていた。

生演奏

月日、火日、木日、金日
夕方五時

右の手のひらが裂かれ、皮膚がひきはがされるような痛みを感じて、ヴィヴははっと目を覚ました。一瞬のうちに寝袋をぱっとひらいて起きあがり、そこにあるはずの傷を探して手を見る。

肌は無傷でなめらかだった。

だが、その感覚はしつこく続き、前腕を上ってきた。何か月も放置されていたにもかかわらず、本能は完全に消えてはいなかった。ヴィヴは〈黒き血〉の定位置である寝袋の隣にとびついた。もちろん、剣はそこにはなく、飾り綱にからまってむなしく厨房《ちゅうぼう》の壁にかかっていた。

〈ミントンの結界だ。

フェンナス。

寝袋を押しのけたとき床板がきしんだのをエルフに聞かれたに違いない。きっと。

ともかく梯子《はしご》を這いおりた。背をまるめ、はだしの足から足へと体重を慎重に移動していく。

手がひっぱられて裂かれる感覚が弱まった。下からはなにも聞こえない。端からのぞくと、細い月光が一条のび、食堂区画を蒼く染めていた。

シャンデリアがほぼ目の前にぬっと迫っている。その下に、大テーブルのぼやけた影と周囲の仕切り席の黒っぽい板、床石の漠然とした輪郭《りんかく》が見えた。とくに夜目が利くほうではなかったが、息を殺し、ちらりとでも動きはないかと目をこらす。

一分が過ぎた。

また一分。

そのとき、あたりに充満している珈琲《コーヒー》のにおいの下から、なにか異質な香りがほんのりと漂ってきた。かすかだが覚えのある香水だ——古風な花の香り。

マントと頭巾を身につけているが、間違いない。

存在を明かす衣擦れの音さえなかったとしても、フェンナスは昔からありえないほど人目を盗むのが得意だったし、それはたいてい仲間に有利に働いていた。いま相手側になってみると、あの忍び足には驚嘆を禁じ得ない。ヴィヴは陰鬱《いんうつ》な気持ちで尊敬の念を新たにした。

フェンナスの動きを追うのに目を細めなければならなかったが、大テーブルの端で立ち止まるのが見えた。一本の白い手がぼんやりと現れ、テーブルの表面にそっと載る。スカルヴァートの石はあの真下にひそんでいるのだ。フェンナスは頭巾の内側で首をかしげた。耳をすましているか、ヴィヴにはないエルフの感覚でも使っているのか。

いつまで待っていても無意味だ。

ヴィヴはとびあがり、ドスンと勢いよく着地した。

足音を忍ばせたところで、やはり意味がない。

「どうした、フェンナス」と声をかける。

いまいましいことに、相手はぎょっとした反応さえ見せなかった。なめらかな動きでふりかえり、頭巾《ずきん》を折り返す。すると、まるめた左手からぱっと淡い黄色の光がひらめいた。下から照らされた顔はあいかわらず、腹が立つほどおだやかだった。

エルフはまるで自分の玄関口で挨拶しているかのようにうなずきかけた。「ヴィヴ。私の音を聞きつけたとは、興味深いな」まったく関心のなさそうな口調で言う。恥ずかしいと思っている様子もまるでなかった。

「ちょっとした手助けがあった」ヴィヴは肩をすくめた。「なぜここにいるのか、訊いても無駄だろうな？」

「当然だ。それに、君はさぞ罪悪感に苦しめられていることだろうと思うが」

「罪悪感？」ヴィヴは信じられないという気分で問い返した。「いったいぜんたいどういう意味だ、罪悪感だと？」

君の愚鈍さにはがっかりした、と言わんばかりにエルフは溜息をついた。「君はわれわれを公正に扱わなかった、ヴィヴ。私は最初から疑いを持っていたよ。あのときひどく曖昧な態度だったからね」

「あれは正当な取り分だった」ヴィヴは冷静に言った。「煎《せん》じつめれば噂や偶然にすぎないものに対してはなおさらだ。スカルヴァートの宝の山で充分に相殺されたはずだが」

「私は同意しないな」フェンナスは猫なで声で答えた。

その辛抱《しんぼう》強く理性的な声音は、信じられないほど癪《しゃく》にさわった。

それから、フェンナスの唇がめずらしく苛立ちにゆがんだ。ひややかな無関心の仮面がはじめてすべりおちる。「あれではとうていさりげなくやったとは言えない。それだけ筋肉があるのに、その半分もずる賢さがないときている。あれこれ企てたりもくろんだりするのは骨が折れたかい？　利口なヴィヴ、伝説の謎を解いてのけるとは！　いや、きっと自分が最初だと思ったことだろうな！　実に愉快だ。そして、問題の石を手に入れると、ぐずぐずしていたらうっかり秘密をもらしてしまうのではないかと不安になり、あわてて全速力で走り去ったわけだ。それとも、恥ずかしくて逃げ出したのかい？」

「恥ずかしい？」ヴィヴは笑った。「くだらないことばかり言っているぞ、フェンナス」

「そうかな？　では教えてくれ、ほかの連中は知っているのかい？」

「ある歌のたった数行を根拠に、ばかげた賭けをしたことか？　いいや。だが、私が恥ずかしいと思ったからじゃないさ、フェンナス。ばつが悪かったというほうが真実に近いな」

エルフは建物全体を身ぶりで示した。「ばかげた賭け？　そうは見えないが」

ヴィヴは歯ぎしりした。「取り決めは取り決めだ、私は自分の責任を果たした。ほんとうにおまえに石が必要なのか、フェンナス？　あれがなにをしてくれると思っているんだ？　それとも、夜中にこそこそ動きまわって、私のものを奪おうとすることで信条でも守っているのか？」

「ふむ、信条？　そんなところだ」フェンナスはつぶやいた。壁のグレートソードに視線がさっと飛ぶ。「君があの剣を置いたとき、罪の意識に駆られたなどと信じたことはなかったよ」

「もう充分話しただろう。ここへきた目的を実行してみろ、どうなるかわかるぞ」

「ああ、ヴィヴ、残念だよ――」

とつぜん、フェンナスがぶざまな恰好でとびのいた。巨大な黒っぽい影がテーブルを躍り越える。おそるべき鉤爪《かぎづめ》のひとふりが、ぎりぎりのところで外れた。アミティは肉食獣の優雅さでさっとエルフをふりかえり、とぎれとぎれにうなり声をあげた。

「呪われた化け物め！」フェンナスが吐き捨てた。

恐猫《きょうびょう》はわざとゆっくりした足どりでのしのしと近づいた。みごとな牙の上で鼻づらがふくれあがる。この獣が建物の中にいることさえ知らなかった。どうして気づかなかったのだろう？

アミティのうなり声が高まった。次の刹那《せつな》、フェンナスが猫さえ太刀打ちできないほどのすばやさで脇を走り抜けた。一瞬のうちに戸口を出て、夜の中に姿を消す。

恐猫はつかのまその姿を見送り、ばかでかい緑の目をけだるくしばたたいた。枕と毛布を敷いた奥の隅へ戻ると、周囲を一巡し、爪で踏んでから、ふたたび横になって眠りにつく。

ヴィヴは用心深く膝をつき、大きな猫の毛をなでた。喉を鳴らす振動が肩まで伝わってきた。

「いったいいつから、ここで寝るようになったんだ？」疑問を声に出す。（それに、どうしてさっきは気づかなかった？）

どちらにしても、余分なクリームを手もとに置いておくようにしよう。それに、たぶんすてきな骨つきの牛肉も。

フェンナスがスカルヴァートの石を動かしたはずはないと承知していても——時間がなかったのはあきらかだ——確かめずにはいられなかった。

店の前の通りを端から端まで確認してから、正面の扉を閉めてもう一度鍵をかける。テーブルを横にずらしてしゃがみこみ、敷石をひっくり返して、置いてあるスカルヴァートの石にそっと触れた。

店、タンドリ、シンブル、カル……そしていまやアミティ。一週ごとに新たな幸運が訪れ、それまで知らなかった不足が満たされていくように見える。この瞬間まで、自分の幸運がスカルヴァートの石のおかげかもしれないという推測は、ほぼ理論上のものだった。そもそも、運のよさを詳細に調べる必要などなかったからだ。

いまや、以前から必要だった問いかけが生まれていた……石を失ったらどうなる？　もしほんとうにこれが自分の育てたものすべての根だとすれば、切り取られたとき、植物はしおれて枯れるのか、それともそのまま育ち続けるのか？　そのままだとしたら、いつまで？

この数か月のことを思い返す。とりわけタンドリと、殺風景な上の部屋のことを考えた。

もしかしたら、友人の言うとおりだったのではないだろうか。店が人生というわけではないのかもしれない。失う覚悟をしておくべきなのかもしれない。

だが、店がなければ、実際、ヴィヴはなんなのだろう？

たどりついた答えはひとつしかなかった。

ひ、と、り、ぼっちだ。

23

「ここ、にきた？」タンドリが訊き返した。「夜中、に？」

開店は遅くなった。タンドリが主張したのだ。ヴィヴは最初口をつぐんでいたが、相手はなにかおかしいとすぐさま感づき——生まれつきの素質を働かせて——どうしたのか教えるよう要求した。

「じゃあ、石を盗みにきたのね。盗っていった？」

「いや」

サキュバスはくわしい説明を待ったが、ヴィヴが提供しないでいると、一方の手のひらでカウンターをバンと叩いた。「なにがあったの？　今回はすっかり話して、お願い」

そこで、ヴィヴは思い出せるかぎりの詳細を語った。

「あの猫を雇う方法を見つけるべきね」話が終わったとき、タンドリがぼそっと言った。

「顔を出したときのために、冷蔵箱に子羊の脚が入っている」ヴィヴはかすかにほほえんで言った。「今朝になったらいなくなっていた。どうやって出ていったのか見当もつかないが」

「じゃあ、ヘミントンが設置したその結界。もう使い切ったのね。また張ってもらわないと」

「無駄だ」とヴィヴ。「フェンナスは同じことを二度やったりしない。別の手を使うだろう。

なにかはわからないが、警戒するしかない。用心することなら得意なほうだ……少なくとも、得意だった」

「あの男、石を手に入れるためにどこまでやると思う？」タンドリは目をきゅっと細めて問いかけた。

「正直なところか？　わからないな。しかし、さらにひどくなるだろう」

タンドリは尻尾をぴしぴしと左右にふり、顎を指で叩きながら室内を歩きまわった。「スカルヴァートの石ね。もしほんとうになくなったら、なにが起こるのかしら？」

「私も同じことを問い続けていた。どうやら、あの石に効果があるとみなす段階だと思う。ものごとがあまりにもうまく行ったし、マドリガルもかなり確信がありそうだった。比較の基準があるわけじゃないが、それでもだ」

「あなたが失ういちばん大事なものはなに？」

ヴィヴはタンドリを見つめ、最初に思い浮かんだことは口にしなかった。

かわりに言葉をにごす。「さあ。なにもかも、だろうか？　なにひとつない、ということもありうる。真実を知るためだけに、石をどこか別の場所へしまうべきかもしれないな。それとも、川へ投げ込んで忘れるか」苛立って吐息をもらす。「あるいは、また隣に剣を置いて寝るべきか」

「やめて」タンドリが鋭く言った。「自分を憐れむなんてあなたには似合わないわ」

ヴィヴは顔をしかめた。「すまない」

タンドリは歩きまわるのをやめ、ふいに落ち着かない顔つきになった。「それに、どちらにしても、処分するのはとくによくない案かもしれないと思うし」

「どういう意味だ？」

サキュバスは答えたくないかのように口ごもったが、それから折れた。「そうね……奇力術にはある概念があるの。それは……神秘交換作用と呼ばれているわ。だから奇力術はあれほど厳格に管理されていて、戦争行為、少なくとも殺すためには使われないのよ」溜息をつく。「痛みを薬で治療する場合、実際には遅らせているだけだという考え方は知っている？　治療が終わったあと、急にその先送りされた苦痛を一気に感じるの。まるであとのために取っておいたみたいに」

「聞いたことがあるが、信じるかどうかは疑問だな。私自身これまでずいぶん痛みを感じてきた」ヴィヴは苦笑して言った。

「つまりね」タンドリは続けた。「奇力術でも似通った感じだけれど、ただ測定できるの。神秘の力で生じた効果は、相互交換の結果をもたらして……その力が除去されたときに発現する。あらゆるものは釣り合わなければならないから。いったん力が止まると、なにかが押し返すのよ。上級奇力術はすべて、反作用の方向を変えることにつきるの」

「すると、石が取り除かれたら、なんらかの……反動があるかもしれないというわけか。たとえば運が悪くなるというような？」

「はっきりとはわからないわ」とタンドリ。「スカルヴァートの石はそもそも奇力術なの？

同じ原理があてはまるかしら?」そこでひるむ。「いまのは、ひょっとしたらそうかもしれないというだけよ。でも、もし事実だったら、あなた……わたしたちがほんとうに考えなければならないのは、失うものがどれだけあるかということでしょうね。そのあとにどれだけのものが残るかということ」

ヴィヴはタンドリを凝視し、歯を食いしばった。

「あきらめたくない程度にはあるさ」

ヴィヴは建物内に石を保管しておくほかの場所——もう一か所安全なところ——を考えようとしたが、最終的に、たいして意味はないという事実を受け入れた。最初の場所が嗅ぎつけられてしまったのなら、新しい隠し場所もすぐに秘密ではなくなるはずだ。一度フェンナスを驚かせてやった以上、向こうは侵入しても見つかると思うだろうから、もう一度夜に忍び込むとは思いがたい。次にどう攻撃してくるか突き止める必要がある。

相手の攻撃を待つことには慣れていなかった。これまでの人生を費やしてきたのは、出現しないうちに脅威を処理することであり、背中からぐさっとやられるのに備えて身構えることではない。たえず警戒していると神経がすり減り、ヴィヴはどんどん苛立ってぴりぴりするようになった。

最初の週が最悪で、一度ならずタンドリとシンブルにつっけんどんな態度を謝るはめになった。幾度か自覚のないまま威圧するように客をにらみつけていたとき、タンドリにやんわりと脇に移動させられ、カウンターを引き継いだこともあった。ヴィヴはばつが悪かったが、ありがたくも感じた。

だが、徐々に警戒心は薄れた。そのうち夜に音が聞こえたと思い込んでぎょっとしたり、日中石の置き場所にこっそり視線をやったりする程度におさまってきた。

一方で、ペンドリーの定期的な演奏はうれしい悲鳴状態になっていた。出演するさいには決まった聴衆が集まりつつあった。実のところ、聴き手の多くはなにも買っていかなかったが、ファンの一部が本物の客になってきたのはほぼ確実だとヴィヴは思っていた。

聴衆の人数になんとか対処するために編み出したのが、あふれた客の席を増やすという手段だった。テーブルをさらに購入して路地に保管しておき、演奏の日には通りに設置して、大扉を開放するようにした。ペンドリー自身について言えば、前かがみになることが減り、笑顔が増え、大柄な体がようやく本来の空間を占めるようになったようだった。

一度か二度、通りを渡ってきたレイニーが騒音について手きびしく文句をつけてきたものの、お小言のときにはたいていシンプルの菓子パンを口いっぱいにほおばっており、棘《とげ》の鋭さも多少緩和された。

アミティは演奏の最中にさえ現れた。ぎょっとした客のあいだをぬって歩き、架台式の大テーブルの下に体を落ち着ける。通りすがりに放置された菓子パンを平気でまるのみしていくので、常連は自分のおやつを守ることを学んだ。鞭のようにしなう尻尾はマグカップへの脅威だった。

だが、ヴィヴは一度たりとも追い払おうとは考えなかった。


フェンナスの夜間の侵入から三週間がたった。危険が去ったふりこそできなかったにしろ、ヴィヴが緊張を解いて日常の生活に戻ったのはたしかだ。不機嫌な態度は改善し、二週間は短気な発言を謝っていなかった。

カルは以前より定期的に立ち寄るようになり、一、二度タンドリと身を寄せ合って協議しているのを見かけた。錠前の品質に関して、大声で聞こえよがしに辛辣な意見を述べられ、ヴィヴは交換を検討しているとうけあった。

マドリガルがずかずかと店に入ってきたときには、一瞬、ぽかんと口をあけたまま立ちつくしてしまった。

「こんばんは」老婦人は言った。

「どうも、えー……奥方」なんとか声を出す。「なにかご用でも？」ともかく名前を口にしないだけの分別はあったが、しかし〝奥方〟とは？　内心で身を縮める。

マドリガルの服装はひかえめながら優雅で、片腕にハンドバッグをかかえていた。目立たないようについてきている手下を少なくともひとりは通りに発見した。ひとりいるなら、見えないところにふたりはひそんでいるだろう。

老婦人の瞳が好奇心をたたえて冷たくきらめいた。

（まったく、もしこれが敵にまわっていたら）とヴィヴは考えた。あのとき面と向かってあれほど無遠慮に話したとは信じがたい。

「この店に関してはさんざん聞いていますよ」マドリガルは言った。「わたくしの年では、昔ほど外出しないのですがね、たまたま機会が訪れたもので、寄らずにはいられなかったのですよ」

「まあ、店員一同、なるべくよき隣人でいようとつとめてはいる」ヴィヴは答えた。なにか過失があったのかどうか、できるかぎりさりげなく確認したのだ。

「ええ、きっとそうでしょうね。でも、誰もがそれほど隣人らしいわけではないのですよ、残念ながら。そして、時としてその分子がたいそうしつこいということもあるものでね」

わざとヴィヴの視線を捉えてから、きびきびとハンドバッグをあけて中に手を入れる。「ああ、そう、あのクレセントとやらの菓子パンをいただきましょうかね」

ヴィヴはぼんやりと硬貨を受け取り、蠟紙《ろうし》に包んだ層状の菓子パンを渡した。声を低める。

「しつこい？」

マドリガルは、ひどく期待外れなことばかりだと言いたげに溜息をついた。「これほどすぐれた隣人になにか不都合なことが起きたりしたら、非常に残念ですからね。この先二、三日は少々警戒が必要でしょう。そうした懸念が見当外れならいいと切に願っていますよ、なにしろ――」三日月形のパンを上品にかじる。「――これはほんとうに絶品ですからね。おやすみなさい」

威厳たっぷりにうなずき、背を向けると、灰色の絹をさらさらと鳴らして店を出ていった。配下の男も視界から消えた。

暗黙のやりとりを目にしたタンドリが、立ち去った老婦人に疑いのまなざしを向けた。わかっていると言わんばかりに目配せしてきたので、ヴィヴは答えてわずかに首をふった。むかむかする感覚が胃に湧いてきた。


閉店後、とうとうタンドリが問いかけてきた。「あれがその人？　マドリガル？」

「ああ」

「なにか伝えていったでしょう」

「ああ。むしろ警告だな。なぜわざわざ知らせてくれたのかわからないが、フェンナスがまもなく動くらしい」

「それで、どうするつもりなの？」

「まあ、殺すという手はあるな」とヴィヴ。

タンドリはじっとこちらを見つめただけだった。

「冗談だ」ヴィヴはもごもごと言った。

だが、そうだろうか？

「問題は、わたしも実は検討してみたということなのよ」タンドリが白状した。「ほんとうに頭にくるやつよね」

「ひと月前にあれだけご高説をたれたあとでか？」

「ええ、まあね。完璧な人なんていないわ」

ヴィヴは嘆息した。「さて、これで出発点に戻った。あいつが次になにをするか、推測しようとしているわけだ」

「いいえ、違うわ。だっていまでは、あいつが自分でここにくるほど石をほしがっていると知っているもの」

「同じ動きをするかどうかはわからない。実際、そんな真似はしないとうけあえるほどだ」

「とにかく」タンドリが言った。「はっきりしていることがひとつあるわ」

「なんだ？」

「あなたが夜ひとりでここにいたりしないということよ」


「どうしてまだ反対しているのかしらね」タンドリは錠前を再確認しながら言った。

ヴィヴは石鹼水に肘まで手を突っ込み、腹いせのようにマグカップをごしごしこすった。

「なんの意味もないというだけだ。あんたが一緒にいたところで、なんの違いがあるというんだ？」とぶつぶつ言う。

タンドリがランタンを消しはじめるにつれて、あたりが薄暗くなった。「あなたの言うとおりよ。ヘミントンの結界がなくなったいま、いったいわたしがいたところでどんな違いがあって？　たんにわたしが、隠された感情を信じられないほど広範囲で察知する力を授かっているというだけよね。まったく、それがなんの役に立つというのかしら？」

ヴィヴは意図した以上に強くマグカップを置いてしまった。側面にひびが入り、歯を食いしばる。「それでも気に入らない」

「こっちの主張に反論できない以上、気にしないことにするわ」

ヴィヴはくるりとふりむいて相手をみすえ、むっつりと腕組みした。

「そんな子どもっぽい真似をしないで。協定を結びましょう。命にかかわる危険の恐れがあったら、あなたの後ろに隠れると約束するわ。それでいい？」

ヴィヴはどんどんばかげた気分になりながら見つめ返し、やがて溜息をついて降参した。

「わかった」

へとへとになったふたりは、梯子《はしご》の上に並んで立った。

「ベッドを買うように言ったと思ったけれど」タンドリはけわしい表情でいまだに殺風景な屋根裏を見渡した。

ヴィヴが片腕にかかえているのは、アミティのめったに使われない毛布と枕だった。「まあ、少々気を取られていたからな。夜間の侵入者だの、いろいろと」

タンドリはあきれた顔をした。「それをちょうだい」

寝具をつかんで毛布と枕から恐猫《きょうびょう》の毛をふりおとし、かいがいしくヴィヴの寝袋を広げて、もっと広いところで眠れるように整える。

ヴィヴは困惑と不安が高まるのを感じつつ、その様子を見守った。

「さあ」タンドリは腰に両手をあてて言った。「少なくとも、ストーブがついているから、そんなに寒くないはずよ。あなたがこんなふうに暮らしているなんて信じられないわ」

「ひとりで大丈夫だ、ほんとうに。あんたが自分の寝床で眠ってはいけない理由なんかないぞ」

「黙って。もうその話はすんだでしょう」タンドリは一瞬ためらってから、服を脱いで下着姿になり、すばやく毛布の下にすべりこんで反対向きになった。

ヴィヴはランタンを消したあと同じことをしたものの、タンドリがすでに眠っているかのようにそうっと動いてから、自分のまぬけさに鼻を鳴らした。毛布を――まだ恐猫のにおいがぷんぷんしている――一方の肩の上にひきあげる。背を向けていてさえ、タンドリのぬくもりが感じられた。

「おやすみ、タンドリ」そう言った声は大きすぎた。

「おやすみなさい」

ヴィヴは目の前の暗がりを凝視した。

「これはあんたの尻尾か?」

「ただ寝心地よくしているだけよ」タンドリの返事はつっけんどんだった。もぞもぞと位置を調整したあと、動かなくなる。

長い沈黙が流れた。

ヴィヴは咳払いした。「あんたがいてくれてよかった」

タンドリの息遣いはゆるやかで規則正しく、もう寝てしまったのかもしれないとヴィヴは思った。しかし、そのときつぶやくような答えが返ってきた。「そうでしょう」

そのあと、ずいぶんひさしぶりに、ヴィヴはほとんど間をおかずに眠りに落ち、朝まで目を覚まさなかった。

24

瞼《まぶた》がひらいたとき、背後の冷たさでタンドリがすでに起きたことがわかった。サキュバスが抜け出したときに目が覚めなかったのは驚異的だ。そんなことが可能だとは思ってもみなかった。

淹れたての珈琲《コーヒー》のにおいを嗅ぎつつ、不必要に時間をかけてのろのろと着替える。それから、そのためらいに苛立った。タンドリと会うまでは、気おくれしたことなど一度もなかった。本気でいまになってそんな癖をつけるつもりなのか？　ヴィヴはわざとらしく悠然と梯子《はしご》をおりていった。

タンドリは大テーブルの前に腰かけ、マグカップの上でくるくると渦巻く湯気の向こうを見つめていた。ヴィヴがベンチに合流すると、まだ熱い別のマグカップを押してよこす。

「ありがとう」ヴィヴはもごもごと言った。

タンドリはうなずき、ゆっくりと自分の分をすすった。

その背はゆったりと弧を描いており、背後では尻尾がのんびりとくつろいだ動きをしていた。緊張が解け、ヴィヴは贅沢《ぜいたく》な熱い飲み物を少し飲んだ。ぬくもりが全身になじんでいく。店の壁のおかげで、テューネの街が目覚めていくにぎやかな物音が抑えられ、あたりは平穏に包まれていた。

ふたりは静かにじっくりと珈琲を楽しんだ。ヴィヴは物思いにふけりながら共有している沈黙を破りたくなかったが、屋根裏で臆病者のようにぐすぐずしてしまったあとでは、決断力を示す必要を感じた。

「よく眠れたか?」大胆な会話の糸口としては、いささか物足りなかったことは否めない。

「眠れたわ。床でもね」

ヴィヴはにっこりした。「いつか、あんたの言うベッドを手に入れる時間を見つけるさ」


珈琲を飲み終わると、ヴィヴは冷蔵箱をかきまわしてチーズを見つけ、食料品置き場から布にくるんだ菓子パンを何個か取ってきた。タンドリが厨房《ちゅうぼう》で合流し、ふたりはおなじみの朝の日課に従事した――ストーブの火をつけ、ランタンとシャンデリアをともし、機械の油溜めをいっぱいにする。クリームを点検し、マグカップを並べる。食べ物をつつきながら、お互いに調子を合わせてゆっくりと動きまわった。

そのあとヴィヴが扉をあけると、おだやかな魔法は石鹸の泡のように消え失せた。

日中の騒音がどっと襲ってくる。フェンナスの曖昧《あいまい》な脅威は遠ざかり、朝のあいだずっと共有していたあの温かな別世界がますます夢のように思われてきた。ふたりで常連客に挨拶していると、シンプルがパンを焼くにおいやガチャガチャと陽気に働く音が厨房を満たした。食堂区画からおしゃべりの声がざわざわと響いてきて、その下ではマグカップや皿がカチャカチャ鳴っている。

カルが店に寄ったので、ヴィヴはシンブル用に注文しようと考えているストーブを見せた。ホブは大きさの数値を注意深く読み、シンブルが食料品置き場をあさっているあいだに、壁とストーブをにらんだ。

「ふむ」と、親指で顎をさすりながら言う。「まあ、あそこにおさまるだろうが、おそろしくぎゅうぎゅうにはなるぞ。いまあるもので間に合わせるのがいちばんかもなあ。いまは自動循環装置ががんばってるが、火室がふたつあると、さて？　出発点に戻って、そうしたくもねえのに汗まみれになるのがおちだろう。どうしても買うなら、もっと広い場所を探して、ここを離れるべきなんじゃねえか？」

これには失望したし、もちろん移転は選択肢にはならない。ヴィヴはまだシンブルが出てきていない奥の部屋を見やった。この話をしたときのがっかりした顔を見たくない。「そいつはほんとうに残念だ。だが、もうひとつあんたに助けてもらえそうなことがある」

カルを食堂区画へ連れていく。「店に通ってきて、あの後ろで演奏する吟唱詩人がひとりいるんだが」仕切り席にはさまれた奥の壁を身ぶりで示す。「思っていたのは、たぶん小さな……舞台か？　もっと高くして、段差をつけるんだ」

「ああ。できるぞ」今度は同意できてうれしそうなカルが言った。

ふたりは詳細を話し合い、カルはマグカップをかたむけて飲みほすと、持ち帰り用の熱いマグカップとシンブレットを一枚持って立ち去った。


その日はあっという間に終わってしまった。

「寝る場所の手配についてまた言い争うわけじゃないでしょうね?」タンドリがいたずらっぽくたずねた。

「私があやまちから学ばないとは絶対に言わせないぞ」

タンドリはふうん、と言った。

「もっとも、今回は尻尾を引き寄せておいてくれてもいいいな」ヴィヴは背を向けたままほほえみ、マグカップの最後の一個を片付けた。

タンドリは軽い笑い声をたてた。「夕ごはんは?」と、しょっちゅう夕食を一緒にとっているかのように問いかける。

ヴィヴは架台式テーブルの下にまるくなっているアミティを見やった。驚くべきことに、まる一日店にいたのだ。心強かった。「シンブルの焼いたもの以外になにか食べるべきなのはたしかだな」と言い、腹をぴしゃりと叩く。「最近、服が少々きつく感じるようになってきた」

タンドリは鼻を鳴らすと、扉をあけた。

ふたりは戸締まりして本通りをぶらぶらと歩き、どちらも行ったことのない店を見つけて食事を共にした。シンブルをおだててレシピを引き出そうとするレイニーの最新の試みや、オーブンの計画を断念するという知らせを店のパン職人にどう切り出すか、それにペンドリーとひときわ熱心なファン数名のことなど、話に花が咲く。

「最大のファンがまたきのうきた。いい席が取れるように早い時間にな」ヴィヴは述べた。

「あの髪の子?」タンドリが風に乱れた巻き毛を真似たしぐさをした。

「その子だ。まだペンドリーは気づいていないと思う」

「ふうん。まあ、ありがちよね、はねとばされそうになるまで目の前にあるものに気づかないって」

ヴィヴはとっさに気の利いた言葉で返そうとしていたが、タンドリの表情を見て考え直した。

結局、かろうじてこう言った。「そうかもしれないな」

会話は別の話題に移った。


夕食後は店に戻り、ランタンと蠟燭《ろうそく》を消した。アミティがごろごろと喉を鳴らす音がテーブルの下から響いてきた。

「あの猫がまだここにいるなんて信じられないわ」とタンドリ。

「夜明け前にはいなくなるだろうさ」

とはいえ、ヴィヴはいてくれることを期待していた。

「もしかしたら、あしたはカルも泊まりにくると言うんじゃないか? ただ、毛布が足りないが」タンドリが先に梯子を上るのを待つ。

その朝つかのま分かち合ったやさしくおだやかな静寂がふたたび訪れ、隣り合って服を脱ぐ。気がつくと、ヴィヴはタンドリが脱いでいるときに目をそらしていた。

ふたりは背中合わせになり、ぬくぬくと心地よい眠りに落ちた。


長く尾を引く甲高い鳴き声と、腹部への重い衝撃で、ヴィヴはぎょっとして目を覚ました。アミティの巨大な頭がもう一度ぶつかり、瞼《まぶた》がぱっとひらく。

「な、なに？」タンドリがもごもごとつぶやいた。

「起きろ！」ヴィヴはとびあがって深く息を吸い込んだ。空気によく判別できないにおいが漂っている。刺激臭だが、まだかすかだ。

恐猫《きょうびょう》は尻尾をひとふりし、そわそわと梯子のてっぺんへ向かった。一瞬、どんなにみごとな跳躍だったのだろうと考える。それから、この獣がこんなにはっきり見えるはずはない、と気づいた。最初はそのほのかな光が月明かりだと思ったが、色がまるで違った。

鬼火めいた淡い緑。しかも、どんどん明るくなっていく。

「あのにおいはなんなの？」服をひっつかんで胸もとにかかえながら、タンドリが言った。

ヴィヴは服など気にしなかった。「よくないものだ」梯子に突進すると、恐猫が先にとびおりた。ヴィヴは垂木をつかんで身を乗り出し、幽霊じみた緑の火が両開きの大扉の枠をちろちろとなめ、またたく間に広がっていくのを見て顔をしかめた。奇妙なことに、ほとんど煙はなかった。やがて、炎の波がぱちぱちと鈍い音をたて、逆流する滝さながらに扉を覆いつくした。

「くそ！　急げ！　火事だ！　あの野郎、建物に火をかけやがった！」

「消さないと！」タンドリが叫んだ。

ヴィヴはサキュバスを抱きあげた。反対側の腕でその両脚をすくいあげ、下の床へと身を躍らせる。タンドリは驚いて息をのみ、あやうく服を取り落としそうになった。

ドスンと衝撃を受け、タンドリの口から低い声がもれた。

ヴィヴはかかえた体をおろし、かどの向こうの厨房を見た。その扉も燃えあがっていた。細い火の帯が幾筋もストーブの後ろの壁を這いあがり、上から食料品置き場へ向かっている。

部屋の圧力が変化し、頭上で耳をつんざくようなぴしっという音が響いたかと思うと、血が刃を流れるように緑の火が天井を走った。屋根瓦《がわら》がポップコーンのようにはじけ、鋭く砕ける音が響く。

「あれは普通の火じゃないわ」燃え盛る炎越しに通るように声を高め、タンドリが言った。みひらいた瞳は恐怖に満ちていた。

普通の火は煙を出すが、この炎はすっきりと燃えており、香のように鼻をつんと刺した。

「そうだな。あんたをここから出さないと。いますぐに」

「わたし？　わたしたちじゃなくて？」

アミティが悲しげな鳴き声をあげてから、やかんのようにシューシューうなった。大テーブルの近くにうずくまり、雨あられと降りかかる火花から身をかわしている。

もう長く待ちすぎた。これ以上ぐずぐずしていれば、選択肢はなくなる。この不自然な火がどう燃えるか、なにで消せるのか、見当もつかない。そもそも、実際に消せるとしての話だ。

ヴィヴは厨房の水樽まで走っていった。いまでさえ燃えている壁からの熱はすさまじかった。ストーブの金属が真っ赤に脈打ちはじめる。樽からもうもうと蒸気があがった。通常の炎よりずっと熱い。

シンブルのこね鉢をいくつか拾いあげ、一杯ずつ樽の水をすくっては、いまや一面炎に包まれている正面の扉に浴びせかける。

水にはこれっぽっちも効果がなかった。すでに焦げてオレンジ色の線が蜘蛛《くも》の巣状に広がっている木材に届くことさえなく、シューシュー音をたてて蒸発してしまう。

「くそ！」

向きを変えたとき、服を捨てて腕いっぱいにマグカップをかかえたタンドリが目に入った。一個ずつ正面の窓に投げつけて割ろうとしている――しかし、カップのほうが衝撃で砕け、ガラスは無傷で残った。

タンドリはふりかえった。「どうやって外に出るの？」

「こっちだ」

ヴィヴは食堂区画と両開きの大扉のほうへ駆け戻った。分厚い木の大梁《はり》はまだ持ちこたえている。その全長を緑の火が蛇のように這いまわり、上から落ちてくる炎の幕が床から立ちあがる火とまじりあう。

ヴィヴは大きなベンチのひとつに両腕を巻きつけて持ちあげ、猛烈な熱気に目を細めながら戸口まで運んでいった。ベンチの片側を燃える大梁の下にひっかけ、力いっぱい上に押す。梁はゆれたものの、取り付け用の金具にはねかえった。緑の火花が床に散り、フライパンに水をはねかしたようにぱちぱち鳴る。いくつかはむきだしの足や腕にあたり、雀蜂《すずめばち》に刺されたようにひりひりした。痛みは強烈で、自分の肉が焦げるにおいがした。

ヴィヴはもう一度ぐっと上に押した。一回、二回、三回目の試みで大梁は勢いよく外れ、またもや緑の火花を盛大に撒き散らしながら敷石に激突した。

「さがれ！」と叫ぶ。ベンチの中央部をつかみなおし、床から完全に持ちあげると、落ちた梁を躍り越えて突進した。右手の扉をぶちぬき、そのまま戸口を通り抜ける。涼しい夜気が押し寄せてきた。勢いにまかせて店の外へ出たところで、ベンチをほうりだす。ガタガタと転がっていった先の街路には、早くも隣人たちの影が集まってきたのが見えた。

ふりかえると、タンドリの姿が地獄のような緑の窓に縁取られていた。落ちた大梁からの炎がさっきより高く燃えあがっている。

タンドリの右に影が現れ、炎を越えて身を躍らせた。アミティは煙をあげながら四肢をのばして石畳に着地した。つかのま、おびえた目でこちらを見ると、路地の奥へ逃げていく。

ヴィヴの視線はすぐさまタンドリに戻った。サキュバスは片腕をかかえて苦痛に顔をゆがめており、涙が頬を流れ落ちていた。

ヴィヴは深々と息を吸い、建物の中へ駆け戻った。通りすがりにとびこえていく炎はほとんど液体のようで、煮えたぎる熱湯を思わせた。ようやく内側にたどりつく。ふたたびタンドリをかかえあげ、灼熱の緑の壁を越えて突き進んだ。

「ここにいろ」と声をかけて通りにおろす。

向き直ると、建物全体が火に包まれており、炎は超自然的な速さであらゆる表面に広がっていった。さらに多くの屋根瓦が破裂した鋭い音に身をすくめる。粘土のかけらがばらばらと降ってきて、見物人に破片と塵をふりまいた。

「中に戻っちゃだめよ！」タンドリがごうごうと燃え盛る炎越しにどなった。

ヴィヴは肺いっぱいに空気を吸い込み、建物に駆け戻った。

内部に入っていくにつれ、自分の髪がくすぶるにおいが鼻をついた。テーブルの下の敷石にちらりと目をやる。どこかおかしいようだ——かたむいて外れていないか？

確認する余裕はない。いまは無理だ。

カウンターの上に手をついてとびこし、厨房へ急いだ。背後の食料品置き場で炎が踊り狂い、熱が形ある存在のように迫ってくる。金庫を引き出し、どさっとカウンターに載せる。また躍り越え、一動作で金庫をかかえこむと、扉をめざして走った。雄たけびをあげ、なるべくタンドリが立っていそうな場所を外して通りへほうりなげる。金庫は不吉なバキッという音とともに建物のかどにぶつかって転がったものの、さいわい壊れなかった。

全速力で厨房へ戻る。

壁の〈黒き血〉を一瞥《いちべつ》すると、すでに飾り綱は赤く光る燃えがらと化していた。次に珈琲抽出機を両手でカウンターからひきずりおろし、ひらいた戸口へ慎重に運んでいく。頭上からの火花が肩にも髪にも舞い落ち、小さな雷撃の痛みが点々と散った。三つ編みの一部に火がついたものの、片手で叩き消す余裕もない。かさばった荷物の重みに筋肉を痛めつつ、けわしいおももちで前に進んだ。炎をあげる大梁の前で立ち止まる。あのベンチで押しのけて道をあけておくだけの冷静さがあればよかったのに。だが、それももう手遅れだ。いまさらほかの道はない。

機械を正面にかかえ、燃える梁の上に大股で一歩踏み出す。火が太腿をなめ、皮膚を焼き、どちらの脚にも激しい痛みが走ったが、次の瞬間大梁を乗り越えていた。

ヴィヴはよろよろと通りに出ると、機械をそっとおろしてうめいた。背中が苦悶の叫びをあげている。こんなに痛むのは数週間ぶりだ。

建物のほうへふりむいたとき、大扉の上のまぐさ石が崩れ落ちた。扉そのものが巨大な緑のかたまりとなって内側に折れまがり、ドーンと爆発音をあげてひしゃげた。中枠のある窓が外側へ砕け散り、ガラスのかたまりや細片がはじけ飛ぶ。誰もが両腕で顔をかばった。

みんな茫然として通りに立ちつくし、建物から波のように広がる熱にあぶられていた。屋根がぎしぎしときしんで折れ、振動しながら崩壊して山を築いた。瓦が下の部屋に流れ込み、緑の炎の海で真っ赤に光る。

タンドリの手がヴィヴの手を見つけ、ぎゅっと握りしめた。ふたりは珈琲抽出機とひっくり返った金庫の脇に下着姿で立っていた。サキュバスは目から涙を流しながら咳き込んだ。

ヴィヴはこわばった顔で店の中を見つめた。あかあかと輝く瓦になかば埋もれた大テーブルが片側にたわみはじめ、スカルヴァートの石が横たわる場所の上に崩れていった。

タンドリの手を握り返す。「少なくとも、すべてを失ってはいない」

相手は機械と金庫に悄然《しょうぜん》としたまなざしを向けた。「あんな危険を冒すべきじゃなかったのに」

その視線を追って、ヴィヴはタンドリと正面から向き合った。まるめた肩に喪失と恐怖と疲労の重みを背負い、かがみこんで額と額を合わせる。

ささやきかけた声は低く、炎のうなりと高まる人々の声、時鐘の響きの中で、タンドリの耳に届いたはずはなかった。「そういう意味で言ったわけじゃない」

25

火災が始まってまもなく、ランタンを手にした門衛が現れ、あたりに増えてきた野次馬に向かって大声をはりあげた。ヴィヴはぼんやりとしかその存在を認識していなかったが、やがて隣人の誰かがこちらを示し、門衛のひとりが近づいてきた。麻痺《まひ》したようにその質問に答え、なにを答えたかはほとんどその場で忘れてしまった。相手がいなくなると、残った建物に注意を戻す。

アッカーズからきた炎使いたちが——ローブと飾りピンと、学者然とした苛立たしげな態度で見分けがついた——怪火を封じ込めることに成功し、隣接した建物に燃え広がることを防いだ。しかし、店自体の結末はどうやっても変えられなかったので、焼け落ちるままに放置された。

炎は未明近くまで荒れ狂い、ヴィヴとタンドリは通りにとどまって店が灰燼《かいじん》に帰すのを見守った。壁が倒れ、断続的にゆっくりとつぶれていったかと思うと、とつぜん材木が火花を螺旋《らせん》状に巻きあげて内側に転がり落ち、一気に倒壊する。

タンドリはヴィヴの隣に身を寄せた。まるで砂漠の風にさらされたかのように、どちらも熱風でからからだった。ヴィヴの顔の皮膚はすりむけており、両腿のやけどが赤く腫れてずきずきした。途中でレイニーがよたよたと近寄ってきて、体にかける毛布を渡してくれた。暑すぎてヴィヴはほぼ即座にはぎとってしまったが、タンドリは肩に巻きつけ、片手で前を握って押さえていた。

消耗しきったサキュバスは少しずつヴィヴの腕にもたれかかった。立ち去ろうとは提案しなかったものの、どこかの段階で「よかったら、わたしのところに行きましょう」とつぶやいたのはたしかだ。

ヴィヴはどうしてもその申し出を受け入れる気になれなかった。

皮膚への熱にもかかわらず、頭から足の裏まで冷気がおりてきた。テューネで過ごした日々のすべてが濾《こ》し取られ、じわじわと広がる空白だけが残っていくような気がした。いまだかつて絶望がここまではっきりと形を取ったことはない。

タンドリが言っていたのはこのことだったのだろうか？　なんと呼んでいただろう……〝神秘交換作用〟？　これがその感覚か？　それとも、ごくありふれた無力感にすぎないのだろうか。

わからなかった。それに、そんなことは問題ではないだろうとも思った。

タンドリはあと一回、なおも遠まわしに試みた。「疲れていないの？」声がしゃがれている。怪火からあがる煙はわずかでも、喉をひりひりさせる効果はあったからだ。

「行けない」とヴィヴ。「いまはまだ」

その目は勢いがおとろえつつある破壊の中心に向けられていた。スカルヴァートの石が置いてあった場所に。

まだそこにあるのかどうか確かめずにはいられない。

空が白みはじめると、現実の燃料ばかりか夜によっても燃え続けていたかのように、緑の炎はぱちぱち音をたてながら消えた。それでもまだ耐えられないほど熱く、真っ黒な丸太や焦げて赤く光る瓦《かわら》に近づくことは不可能だった。

結局、タンドリはヴィヴを説き伏せてレイニーのポーチに座らせ、完全に夜が明ける光景をふたりでながめた。いまや黒焦げの木材からは、確実にさっきより自然な煙があがっていた。それまで焼いていたのはやはり妖火だったかのようだ。煤《すす》の有毒な黒煙がたちのぼり、螺旋を描いて空へ向かったあと、ばらばらにほどけて川からの風に吹き散らされた。

レイニーが箒《ほうき》によりかかってふたりの前に立った。しばらくして、ヴィヴはがさがさした声で問いかけた。「レイニー、貸してもらえるような桶がひとつふたつないか？」

老婆が持っていたので、ヴィヴは両手にひとつずつかかえた。下着と亜麻布《あまぬの》の短いズボン下という恰好のまま、はだしで井戸へ歩いていくと、桶をふたつとも満杯にし、けわしい表情で大扉があった場所の灰に水をかける。落ちる前に蒸発させた緑の炎はもう消えていたので、水はぴしゃりと飛び散り、シューシュー音をたてた。

桶を持って井戸に戻り、水を入れ、また同じようにする。そしてもう一度。その行動を繰り返し、かつて大テーブルだった残骸のほうへじりじりと進んでいった。

何度往復したかは数えていない。石畳には血まみれの足跡が残った。脚に灰がこびりつき、ひりひり痛む太腿までべっとりと覆った。

タンドリはポーチで待っていた。ヴィヴを思いとどまらせようとはしなかった。試みたところで無駄だっただろう。

まだひどく熱かったので、桶の水をかぶってから戻ることもあった。水をかけて目印をつけた通り道を幾度横切っても、水分はすぐ飛んでしまった。水を撒くたびに灰が一瞬ぬかるんだが、黒いどろどろはたちまちまた乾いてひびができた。

通りでは野次馬がいくらか減ってきた。もっとも、ざわつきながら残っている見物人たちは、決然と中へ進んでいくヴィヴに近づかないようにしていた。

無感覚なはてしない繰り返しのどこかで、タンドリが短いあいだ姿を消し、カルと一緒に頑丈な小馬の牽《ひ》く荷車を連れて戻ってきた。ふたりは近くにいた人々の助けを借りて珈琲《コーヒー》抽出機と金庫を荷車に積み込み、カルがそれを運び去った。

ヴィヴはほとんど気にとめなかった。

ようやく目的の場所に到達した。テーブルの木材はほとんど残っておらず、燃えつきて粉になった灰がまだらに積もっているだけだった。一杯目の水をかけると、塩のようにしぼんで崩れ去った。

ヴィヴは膝をついて燃えがらを手でどかし、下に隠れていた熾《おき》で指をやけどした。立ちあがって血だらけの足で灰を蹴飛ばすと、ようやく下の敷石が見えてきた。

煙を吸い込んで荒々しく咳き込み、ぜいぜい息をつきながらそこを見つめる。もう一回桶を運ぶと、灰の山がいくらか洗い流され、敷石の表面が冷えた。ねじれて黒くなった金属を拾ってへりにさしこみ、粉々の残骸になったテーブルの上にひっくり返す。灰色の煙がもうもうとあがった。

ヴィヴはひざまずき、驚くほど熱い地面を焦げた指先でかきわけた。

当然のことながら、そこにはなにもなかった。

＊＊＊

通りへ戻っていくときには、水中にいるような動き方になっていた。重さを感じず、音はひずんではるか遠い。ヴィヴは暗澹《あんたん》とタンドリを見つめてから、ふらふらと近づいた。

レイニーのポーチに行き着かないうちに、通りを取り巻く人々を押しのけてくるラックが目に入って驚いた。たたんだ服と布靴を二足持っている。包みをヴィヴとタンドリに渡したときには無言だったが、背後にいる数人の隙間に上品な灰色の服がひらめくのが見えた。マドリガルはヴィヴの視線を捉え、厳粛なおもちでうなずくと、急ぐことなく堂々と通りの先へ歩み去った。

「ありがとう」タンドリはなんとかしゃがれた声を出したが、ヴィヴにできたのは、手をのばしてさしだされたものを落とさずに受け取ることだけだった。

ラックがぼそぼそとなにか言ったが、記憶には残らなかった。それから、ふと気がつくと、ぼんやりとした状態で服をながめて立ちつくしていた。

そのあと腰をおろしたのは憶えていないが、どこかの時点でそうしたに違いない。うつろに前方を見つめたが、煙でにじんだ涙のせいで視界は曇っていた。

聞き覚えのある声がささやいた。「嘘だ……」

ヴィヴは誰なのか気づいてまばたきした。首をめぐらし、焦点のぼやけたシンブルの姿に目をこらす。レイニーの毛布を地面にひきずったタンドリがその前に膝をつき、静かに話し合っていた。

目を閉じて、次にひらいたときにはシンブルはいなくなっていた。どのぐらい時間がたったのかはわからない。

ふいにタンドリがまた隣にいた。「きたわ」ヴィヴの肩にそっと片手をかけ、向きを変えさせる。カルがふたたび小馬と荷車を連れてやってきていた。タンドリが荷車まで先導し、後ろに乗るよう静かにうながした。ヴィヴは荷台に横たわり、板からはみだした両足をぶらぶらさせ、空を二等分する煙の黒い筋をじっと見あげていた。

荷車がガタゴトと石畳を走っているとき、カルとタンドリがその上でしゃべっているのが遠く聞こえた。焼けた店の臭気がやや薄れる――だが、決して完全に消えることはなかった。自分の体からにおってきたからだ。道中の風で、体にはりついた灰が吹きあげられた雪のようにひらひらと舞った。

とうとう荷車は止まった。誰かに導かれてどこかの階段を上っていくと、タンドリの部屋の中にいた。腰かけさせられた木の椅子は、ヴィヴの重みにきしんだ。サキュバスは姿を消し、すぐに濡れたタオルを持って戻ってきた。できるかぎりやさしく拭いてくれたが、やけどの部分に布のけばがあたると、紙やすりでこすられているようだった。しかも、ほぼ全身やけどだらけなのだ。

それが終わると、タンドリはどうにかヴィヴの服を脱がせ、ラックが提供してくれた清潔な服を着せて、部屋の唯一のベッドに寝かしつけた。

ヴィヴは目をつぶることにも、意識を手放すことにも抵抗したが、次にまばたきしたときには、夢も見ない暗黒の中へ沈んでいった。

ゆっくりと目覚めると、多少自分の体に戻ってきた気がしたものの、暗澹とした気持ちはいっそう増した。瞼《まぶた》がぴくりとひらく。タンドリのベッドの毛布が肌にこすれてやけどがひりひりした。はじめは無意識の眠りを求めてもう一度目を閉じたが、睡眠は訪れてくれなかった。

「起きたのね」タンドリが言った。

横を向くと、首の筋肉が痛んだ。体じゅうがずきずきする。足が焼けつくようだ。

タンドリは椅子に座って顎まで毛布をひきあげていた。目もとに隈《くま》が浮かび、髪が焦げている。汚れた頰にはまだくっきりと涙の痕が残っていた。

火事のにおいが室内に満ちている。ふたりとも依然として焦げくさかった。

「ああ」ヴィヴはささやいた。それ以上言葉が出せる気がしなかった。喉がからからなのに気づく。これは現実だ。水がほしい。

タンドリはその望みを察知したらしい。毛布をかぶったまま立ちあがり、よたよた化粧台に近づくと、満杯の水差しを持ってきてくれた。

ヴィヴはなんとか上半身を起こし、わずか二、三口でがぶがぶと飲みほした。

「ありがとう」と、濡れた顎をぬぐいもせずに言う。ひりつく肌に冷たい水は気持ちよかった。それから、口にしなくてはと思ったので、「すまない」と言った。

「なにに対して?」タンドリは疲れたように眉をひそめてみせた。「火事から助けてくれたこと?　その火事を防ぐのに、わたしはなんの役にも立たなかったんじゃなかった?」

「ふたりとも、あの猫に感謝するべきだろうな」

それを聞いて、タンドリは音をたてずに笑ったが、むしろ傷ついているように見えた。

「戻らなければいけないんだ」とヴィヴ。

「いま?　どうして?　なんだか知らないけれど、あとでいいでしょう。回収するものはなにもないわ」

「どうしてもほかに確認しないといけないものがある」

タンドリはこちらを見つめると、溜息をついて肩をすくめた。「じゃあ、行きましょう」

「あんたは寝たほうがいい。私がベッドを取ってしまったんだろう」

「どうせ、あなたの居場所がわかっていないと眠れないもの」タンドリは答えた。「あとでいいのは眠るのも同じでしょうね」

ヴィヴはうめきながらまっすぐ身を起こし、立ちあがると、マドリガルのくれた布靴を見つけて履いた。足の裏に抗議されて鋭く息を吐いたが、どうにかこらえた。

部屋を出ると夕方前で、黄昏が近かった。七、八時間眠っていたに違いない。数時間前には軽くあしらっていた痛みが鋭く強烈になっている。たった一日前にタンドリが言った交換作用について思いをはせた。苦痛を無視すれば、戻ってきたときには悪化しているのだ。

店は完全な廃墟だった。

まだ不快なほど温かかったが、昼間のうちに熱はずいぶんおさまっていた。立っている壁はない。小高く盛りあがった灰と円材の燃えさし、ひっくり返った石が外周を示している。灰色と煤色の崩れた山は、かつて室内だった場所の不鮮明な地図を描いているようだった。

ヴィヴはタンドリを通りに残し、慎重に足場を選びながら進んだ。以前カウンターがあったところの奥へ向かい、焼け跡を見渡す。

やっと見つかった。熱が残っているかもしれないとおそるおそる手をのばしたが、予想より冷えていた。

燃えがらの山から〈黒き血〉をひっぱりだすと、炎に痛めつけられてゆがんだ全長から、黒い粒がぼろぼろと落ちた。握りに巻いてあった革は、もちろん茎《なかご》まで焼きつくされている。鍔《つば》は湾曲して熔け、刃はねじれて、真珠《しんじゅ》貝の光沢が油のように広がっていた。異常な火のとてつもない高温で鋼鉄が破壊され、片側から刃の溝までずっとひびが入っている。

ヴィヴは両手で剣を持ち、頭をたれた。

昔の暮らしをやめると誓い、新たな土地への橋を渡り、いまやその残骸の中に膝をついている。

これがその橋だ。背後で焼け落ち、自分を廃墟に置き去りにした。

ヴィヴは剣を灰の中に投げ返し、残った唯一の道を選んだ。

26

タンドリの部屋で眠り、とぎれとぎれに目を覚ましては、最低限のことを済ませる日々が続いた。とはいえ、毛布を一枚使って床で寝るとは主張した。どうせそういう生活には慣れている。タンドリの出入りは、なんとなく認識している程度だった。

たぶん三日目だと思うが、扉を叩く音がした。タンドリがあけに行くのが聞こえ、ひそひそと言葉が交わされたあと、誰かが入ってきた。床板を踏む足音が耳に届いた。

「ふむ」

ヴィヴは目をあけて半分寝返りを打った。カルが腕組みして見おろしていた。とつぜん、こんなところに寝転んで弱さをさらしているとはばかげている……そして腹立たしい……という気分になった。数年前なら、敵をそれほど優位に立たせた自分の愚かさを罵《ののし》っていたことだろう。こんなに気がゆるんでいれば、百回殺されていてもおかしくない。

だが、カルは敵ではなかった。

ホブは椅子を引き寄せて腰をおろした。脚が短すぎて床に届かない。膝のあいだで手を組むと、一瞬顔をそむけた。ヴィヴに座った姿勢を取る余裕を与えるためだ。

「カル」ヴィヴはがらがら声を出し、うなずいた。まったく寝た気がしなかった。

「まず対処すべきなのは、片付けだな」カルは前置きなしに切り出した。「次に資材。それから人手か。今回はおれとあんた以外にも必要だろう」

「なんの話をしている？」ヴィヴは苛立ちにとがった声で問いかけた。

「建て直しじゃねえか、当然。灰は冷えた。移動させるぞ。ごみの山まで往復八回、十回かそこらか。ひとりふたり雇えば、もっとはかどる」

「建て直し？」ヴィヴはまじまじと相手を見た。「カル、そんな金はないんだ。たとえあったとしても、そんなことは関係ない」

「ふむ。タンドリが話してくれたよ。石のことさ」カルは肩をすくめた。「多少分が悪くなったかもしれねえが、あんたはあんなことで弱音を吐くようなやつじゃねえだろう」

ヴィヴがちらりと目をやると、タンドリは無表情に見返してきた。

「それでも状況は変わらない」ヴィヴは言った。ぼろぼろの金庫が脇に置いてある。寝ているあいだにふたりが持ち込んだに違いない。大きな手を片方のばし、金庫を引き寄せた。首にかけた鍵を外して開錠し、蓋をパタンとあける。中には金貨が七枚ほど、銀貨がひと握り、それに銅貨がばらばらと散らばっていた。プラチナ貨はずっと前に使い果たしている。

「私は何年も金を貯めてきた」と、陰鬱《いんうつ》に言う。「懸賞金。血なまぐさい仕事。いまではそのおおかたが消えてしまった」険悪な目つきでにらみつける。「店と、ほかのあらゆるものと一緒にな。もうほとんどなにも残っていない。始めたときより少ないんだ、はるかに」

その口調にひるんだタンドリを見やる。「あんたはなんと言った……〝神秘交換作用〟？

そら、こういうことだ。これがその反動だぞ」歯がむきだされ、顎から牙がにょっきりと突き出しているのを感じた。やけどが治りかけた顔の皮膚がひっぱられ、頭がひりひりする。

心のどこかでは相手を傷つけているとわかっていた。友人であるこのふたりの胸をえぐっているのだ。昔の、より残酷なあの自分が、生まれ変わったはずのヴィヴの残骸から這い出してくる。ずたずたになったばかりのヴィヴは、やめろ、いまはほうっておけと叫んだが、残酷なほうの自分が優勢だった。対抗するほうはあまりにも弱り、力を失いすぎて、介入することができなかった。

「いいか、もうないんだ」とすごむ。「私は幸運を使い果たした。取り戻すことはできない」タンドリの視線を受け止め、わざと言った。「だからやけくそになった連中が訴える手段に出るつもりだ。私はここで逃げ出すさ」

タンドリは打たれたかのように身をこわばらせた。

荒々しい満足感が身の内を焼いたかと思うと、すぐさま吐き気がつきあげた。

「時間をやれ」カルがいつもの辛抱《しんぼう》強いしゃがれ声で言った。

「いったいそれでどんな違いがある？」ヴィヴは咆哮《ほうこう》した。

次の瞬間、がっくりと肩を落とし、力なく膝の上に乗った両手を見おろす。「帰ったほうがいい」とかすれた声でささやいた。

カルが静かに立ちあがり、立ち去ったのが聞こえた。

しばらくはタンドリもいなくなったと思っていたが、やがて近寄ってきたのを感じた。目の前にしゃがみこみ、やけどした頬をなでてくる。

数日前のしぐさを繰り返すように、額と額が触れ合った。「外であなたが言ったことを憶えている？ 火事のあとで？」タンドリが小声でつぶやくと、鼻と唇にふわりと吐息がかかった。

「いや」ヴィヴは嘘をついた。

「こう言ったのよ。〝少なくとも、すべてを失ってはいない〟」

タンドリは間をおいた。

「そしてわたしは、救い出したもののために、あんなに危険を冒す必要はなかったと言ったわ」と続ける。

ふたたび、もっと長い間があった。タンドリの息遣いはゆったりとして甘美だった。

「でも、ほんとうは、あなたがどういうつもりで言ったか知っているの」

タンドリの唇が濡れた頬をかすめるまで、ヴィヴは自分の涙に気づかなかった。

目をあけて、近々と迫っているタンドリの瞳をのぞきこむ。

サキュバスはしっかりとその視線を受け止めた。表情は落ち着いていたが、瞳がうるんでいる。

ヴィヴは体の中心に温かな重みを感じ、ふたりはつかのま、いつか分かち合った、あのおだやかな理想の空間に包み込まれた。

そのとき、昔の獰猛《どうもう》なヴィヴが前面に這い出てきてささやいた。（この女はこういう存在《もの》だ。おまえは前にもこれを感じたことがある。力が必要になるまでランタンのように覆っておいて、

それから解き放つ。するとおまえはあっさり呪縛されてしまう）

しかし、その暗い考えは、あの怪火のように広がったかと思うと、暁《あかつき》の光におとらずぱっと消え失せた。

タンドリの温かく脈打つオーラ、何度かほんの一瞬触れたあの力はいま感じなかった。

神秘でも力でもごまかしでもない。

なんの魔法も使われなかった。

使われたことなどないのだ。一度たりとも。

タンドリの顔を見ると、落ち着いてはいても、なんらかの審判を待っているのがわかった。攻撃されるか、無視されるか、それとも受け入れてもらえるか、身構えている。

そして、その三つすべてにおびえていた。

ヴィヴは手をあげ、タンドリの焦げた髪を注意深く片耳の後ろにかけてやった。

鋭く息を吸い込むと、頭を前にかたむけ、ささやきのように軽く、唇を触れ合わせる。

それから、相手の体に両腕をまわし、力を入れすぎないように気をつけて抱きしめた。

タンドリは抱き返してきた。


カルは間違っていた。燃えかすを片付けるには、ごみの山まで十三回往復する必要があった。

小馬と荷車をどこで借りてきたのかは知らなかったし、恥ずかしくて訊けなかった。灰や瓦礫《がれき》をシャベルですくって荷車に乗せるのは一週間がかりの仕事だった。

オーブンはつぶれた金《かな》くその残骸と化しており、燃えがらの中から引き出そうとするとばらばらになった。カルは使えそうな石と煉瓦《れんが》を何個か取りのけ、敷地内の空いた一角に積んでおいた。

ヴィヴは前腕で眉をぬぐいながらホブを見おろした。「建て直すのに人を雇うどころか、石と木を買う金さえ、どうやったら手に入るかまだわからないんだが。ほんとうに全部片付ける意味があるのか？」その声からとげとげしさは消え、冷静で平坦な調子になっていた。

カルはハンチング帽を後ろにかしげ、長い耳の片方をひっぱった。「ふむ。あんたは波止場でおれになんと言った？　〝やめておいたほうが賢いと言われそうな状況にあってさえ、その仕事ぶりを続けている〟だったか？　さて。こう言っとくか……あとちょっとだけ賢くない行動をするさ」

これに対してどう反応するか思いつかなかったので、ヴィヴはごみ運びに戻り、きつい肉体労働に没頭した。

二日目にペンドリーが現れたときには面食らった。リュートはどこにも見あたらなかった。若者は不安げに軽くうなずいてから、せっせと手伝いにかかった。その荒れた大きな手は、たしかに石を運ぶ作業がいたって自然に見えた。ヴィヴが金を払うと提案しはじめたとき、ペンドリーは制止した。

「いいえ」と言い、首をふる。それでおしまいだった。

タンドリは仕事の合間に水やパンとチーズを持って行き来していた。ヴィヴは後ろ姿をついじっと見つめてしまわないよう努力した。あるいは、あのたった一回のひそかなキスについて、深く考えすぎないようにも。

カルは煉瓦と川の石を荷車いっぱい積んでやってきた。

「これはどこからきたんだ?」ホブが荷車からおりたとき、ヴィヴは横目でそちらを見た。

「さて。こっちは石切り場からだな。そんでこっちは川からだ。おろすのはあんたらふたりにまかせねえとな。おれがやるには背が足りねえ」

ヴィヴとペンドリーは石を敷地内に移して積みあげた。

カルは煉瓦と厚板を重ねて即席のテーブルを作り、尖筆と定規を持って、巻いた紙の上にかがみこんだ。タンドリが身を寄せて一緒にのぞきこむ。

ヴィヴがふうふう言いながらふたりに近づくと、カルが顔をあげた。「どうせ一から建て直すんだったら、前よりよくなったほうがいいだろうが、ふむ? 厨房《ちゅうぼう》が広がりゃ、オーブンを二台置いても問題ねえはずだと思ってな。そういうわけさ。見てみろや」

ヴィヴは几帳面《きちょうめん》に描かれた設計図を見おろした。

「あの子に水を一杯あげないと」タンドリが片手を目の上にかざし、敷地の向こうにいるペンドリーを見やって言った。「すぐ戻るから」

サキュバスがいなくなると、ヴィヴはカルに視線を戻して紙を指さした。「ここが屋根裏か?」

「そうだ」

「もうひとつ変えたいところがある」と言う。それからためらった。「もし……あんたにその気があるなら?」

「続けていいぞ」

そこで、ヴィヴは伝えた。


カルが材木と釘の入った袋を持ってふたたび現れたとき、ヴィヴは残っている資金の大部分をむりやり受け取らせた。抗議はされなかったものの、資材のどれにしても、いままでどうやって金を払っていたのだろうと不思議になった。ある時点であきらめて気にしないことにしたが、その決断は不安をかきたてるとともに解放感ももたらした。

建築が始まると、食料の袋をかかえたシンブルが昼に加わるのが習慣になった——さくさくした生地の二つ折りミートパイ、大きくたっぷりしたパンのかたまり、そして一度はあのシナモンロールまで。誰もが仕事の手を止め、徐々に積み重なっていく低い煉瓦の壁に腰をおろして、気さくに差し入れを食べた。

ときおりレイニーがよたよたと通りを渡ってきて助言をよこした。火事のことで舌打ちし、たいていはうまいことパンを一個せしめていった。

ペンドリーはなかなかの石工だと判明した。もっとも、ヴィヴ以外は誰もとくに驚いていないようだった。「ああ、もちろん」若者は頬を赤らめ、後頭部をかいて言った。「家業なんで」

煉瓦の低い壁を川の石で覆っていたとき、本の鞄を道具袋に替えたヘミントンが注意深く敷地内へ入ってきた。

「こんにちは」と、少々気恥ずかしそうに言う。

「ヘム」その姿を見て驚きながら、ヴィヴは応じた。

「思ったんですが……その、土台にちょっとした結界を張ったら喜んでもらえるのでは、と」ヘミントンはぎこちなく笑った。「そうですね、耐火性を付加する結界の銘なんか、役に立ちませんか？」

「そんなことができるとは知らなかった。断るなどと言ったら、ここにいる全員にまぬけと罵《ののし》られるだろうな」ヴィヴは答えた。

「ほんとうよ、そうするわ」タンドリが漆喰《しっくい》を混ぜていた場所から立ちあがって言った。ヘミントンに笑いかけると、ヴィヴに片眉をあげてみせる。その頬には灰色の筋がついており、いつものセーターではなく、きめの粗い作業用のシャツを着ていた。まばゆいばかりだ、とヴィヴは思った。

「さて、それじゃ」とヘミントン。「さっそく始めましょうか」袋から道具類をひっぱりだすと、まず土台の四隅に、続いてそれぞれの外壁の中間点に行き、せっせと彫ったり刻んだり、そのほかさまざまな作業にはげんだ。まあ、おそらく詳細はあとでタンドリに訊けるだろう。スカルヴァートの石がこの場所に実際なにかを引き寄せたのだとしたら、それがまだ残っているのではないだろうか、とヴィヴは考えた。

27

次の一週間で建物の枠組みができた。

その途中で、粘土の瓦《かわら》を満載した荷車が建築中の店に到着した。ヴィヴが見やると、カルは肩をすくめた。

ヴィヴは近づいていって駁者にうなずきかけた。「これはなんだ？」

駁者はひげもじゃのがっしりした大男だった。その隣にいる男は筋肉質でひきしまった体つきだ。どこかで見た連中だという気がしたが、すぐには思い出せなかった。

「配達だ」駁者が助け舟を出した。

「ああ、だが誰から？」

「言えねえ」とりたてて敵意のこもっていない口調だった。

「それで、支払いは必要ないのか？」

男はうなずくと、相棒と一緒に荷車からおりた。ふたりは敷地の正面に瓦を積みあげにかかった。

そのとき、記憶がよみがえった。何週間も前、ラックのごろつきどもの中にこのふたりを見かけていたのだ。ヴィヴは意外な気分でにやっと笑い、上品な灰色の服のことを思った。それから、頭をふって仕事に戻った。

屋根を覆うのは骨の折れる仕事だったが、カルが滑車装置をとりつけたので、ヴィヴは黙々と瓦の入った桶をひきあげた。すっかり屋根を葺《ふ》くには一週間かかり、一同はそのあといくらかほっとして壁の作業にかかった。ペンドリーはまだ二日おきぐらいに顔を見せたし、タンドリは木槌と釘をたくみに使った。

ほかの手伝いも出入りしていたが、どこからきているのか確信を持てたためしがなかった。カルが雇ったのか、マドリガルが送ってきたのか、それともたまたま通りかかって手を貸しているのか——ヴィヴは推測しようとするのをやめた。

店の骨組みが木と石で肉付けされていくのが見えた。いまや屋根裏には本物の階段があり、食料品置き場は移動し、前面にもっと窓が増えている。

オーブン用に空けてある東の壁沿いの場所に、ペンドリーが煉瓦《れんが》できちんとした二重煙突を立ててくれた。新しい地下の冷蔵箱の内張りも引き受けた。

シンブルは毎日なにかしら、焼きたての差し入れをかかえてやってきた。前より広くなった厨房《ちゅうぼう》の区画をたびたびのぞいているのをヴィヴは見かけた。

アミティさえたまに姿を現した。誰もがほっとしたことに、あの経験のあとでも、どこもなんともなさそうだった。もっとも、年じゅう煤《すす》けた毛皮のせいで判断しにくかったが。巨大な灰色の幽霊のようにむきだしの間柱のあいだをぬって歩き、わがもの顔であたりを見まわしてから、ふたたび姿を消すのが常だった。

壁が仕上がって漆喰《しっくい》と水漆喰で塗装され、階段と手すりが完成して、カウンターと仕切り席とテーブルが作り直されたのは三週間後だった。夏が終わりに近づき、朝な夕なに秋の肌寒さが身に迫るようになってきていた。

材木や資材がどこからか届くことは続いた。これが終わったらカルから出どころを探り出して、金の余裕ができしだい後援者たちに返済しよう、とヴィヴは自分に言い聞かせた。

寝袋と枕は加わったものの、眠るのはあいかわらずタンドリの部屋の床だった。泊まらせてもらっていることに罪悪感をおぼえつつも、出ていくのは気が進まなかった。とぼしい資金の残りで宿屋に移るか、部屋を借りようかと何度かためらいがちに申し出たが、そのたびにばかなことを言わないで、とタンドリに叱られたし、わざわざ言い争う気にもなれなかった。

また一日重労働をしたあと、ヴィヴは薄れゆく光のもとでタンドリやカルと一緒に立ち、店の表側に並ぶガラスのない窓の暗い枠を見あげていた。ひとまず布を張っておくべきか、と熟考していたとき、誰かが近づいてくるのを感じた。

見おろすと、チェスをしていた老ノームのドゥリアスがうなずいて挨拶してきた。アミティがその後ろに歩み寄り、老人の一・五倍の高さで歩哨《ほしょう》よろしく立ちはだかったときも、ヴィヴは驚かなかった。

「残ることにしてくれてよかったのう」ノームはこちらを見あげてにっこりした。「あれほど上等の珈琲《コーヒー》が飲めなくなったら、実に残念なことじゃった」

「私が決めたわけじゃない」ヴィヴは答えた。片腕でそっとタンドリをつつくと、ほんの少し身を寄せてきた気がした。「そうさせたのはこのふたりだ」友人の両方をさししめす。

タンドリは考え深げに店をながめ続けた。「もしかしたら、あの石がなにかしたことなんてなかったのかもね」とつぶやく。

「ふむ」カルが賛同した。

「石？」ドゥリアスがふさふさした白い眉を額の上に高くあげてたずねた。

言葉をにごす理由はないだろう。「スカルヴァートの石だ。あれに関してはとてつもなく愚かな真似をした気がするが、いつか話を聞いたことがあって――」

「ああ、そうじゃな」老ノームがうなずいて割り込んだ。「よく知っとるとも。近ごろではあれほど数が少なくなった理由があるんじゃよ――スカルヴァートがの。残念なことじゃ。ほぼ絶滅するまで狩りつくされてしまったわい」

「ほんとうか？」その台詞にヴィヴはすっかり注意を引かれた。

「もう何年もそんなもんじゃが、あまりにも多くの昔の伝説だの歌だのに祭りあげられてしまったからの。〃幸運の輪《リング》〃だの、あの愚かな噂じゃよ」ノームは悲しげにかぶりをふった。「まるで幸運か富かを引きつける磁石とでも言わんばかりじゃ。ともかく、大勢がそう信じとった」

「つまり、違うということ?」タンドリが問いかけた。

「まあ」ノームは口ひげをしごいて答えた。「人が期待するような形とは違うのう」

「じゃあ……まさに無駄だったのか」ヴィヴは苦々しく頭をふった。「まったく、やってのけたのはこの店を焼きつくすことだけとはな。ここに置いておかなければ、フェンナスは手を出さずほうっておいただろうさ。こんなことは全部避けられたわけだ」

ドゥリアスは首をかしげ、思索にふけるように顔をしかめた。「わしならそれほど確信はせんがの」

「だが、たったいま言っただろう――」

「〃人が期待するような形とは違う〃と言ったんじゃ。まるで効果がないとは言っとらん」

「だったらあの石はなにをしたんだ?」カルが訊いた。

「あの古い歌は少しばかり誤解を招くものでな。石が幸運を与えたことはないが……いわば点数を集めることはしとったかもしれん。最近では知っとる者もほとんどおらんがの、〃幸運の輪《リング》〃とは海妖精《シーフェイ》の言いまわしじゃ。意味は……〃中枢たるべき集団〃とでもなるかの。類は友を呼び、ひとりひとりが引き寄せられて集まる。むろん、幸運にもなりうるとも。時として、それほど幸運なことなどないからのう！　しかし、たいていの者が求めとるものではなかったんじゃ。とはいえ、求めるべきじゃったかもしれんがのう？」

ヴィヴはつぶやいた。「幸運の輪《リング》を引き寄せる、心からの望みの一面を」

ノームの探るようなまなざしが鋭くなった。「うむ……さて……うまくいったように思うが の、ここでは」

ヴィヴはタンドリからカルへと目を移し、また店へと戻した。

「遅くなった！」ドゥリアスが声をあげた。小さな袋形の帽子をひょいと持ちあげる。「もう行かねばならん、寒くなってきたからの。夕暮れまでに暖炉の前におらんと、老骨が愚痴《ぐち》をこぼすんじゃ。じゃが、祝いの言葉を述べるのに早すぎはせんじゃろ？ いや、まだ早いかもしれんの、わしはどうも時宜をはかるのに混乱しがちなんじゃ」

「祝いの言葉？ 建て直しの？」

「それもじゃよ！ それもじゃ。いや、わしが言っとったのは……まあいい。気にせんでくれ。時としてこれが何巡目かわからなくなっての。ひょっとすると、削る前に石をみがいとるのかもしれん！ ではみな、よい夜を！」

老ノームは背を向け、通りの先へ消えていった。一拍おいて、巨大な恐猫《きょうびょう》が大きすぎる影のようにこそこそとついていった。


数日後、扉と窓がとりつけられたあと、大きな荷馬車でばかでかい木箱がふたつ届き、それと一緒に思いがけない客が訪れた。

荷馬車に肩を並べて座っていたのは、ルーンとガリーナだった。

「それは私が思っているものか？」ヴィヴはたずねた。ノームの活字がへりに沿って印刷されている。新しいオーブン二台を納めているのにふさわしい大きさなのはたしかだ。

「そうとも言えんな」ルーンが答え、少しずつおりてきて、最後の一歩で石畳を踏みしめた。

ヴィヴはガリーナに手を貸しに行ったが、ノームはきっとこちらをにらみ、なんとも優雅な動きで通りにとびおりた。

「裏で手をまわしたのはあんたの恋人だよ」ガリーナがタンドリのほうをちらりと見て言った。

店から出てきたタンドリは、まだこの会話を耳にするには遠いところにいた。

「私の恋人？」ヴィヴは声を低めて繰り返した。

ガリーナは肩をすくめ、満足げな顔をした。

「持ってきてくれたのね！」タンドリが言った。ヴィヴの顔を見て、ちょっと躊躇《ちゅうちょ》し、足どりが急におぼつかなくなる。

「あんたがこれを注文したのか？　タンドリ、いったいどこからそれだけの――！」

「わしらふたりからの寄付さ」ルーンがさえぎり、ガリーナのほうへ顎をしゃくった。片方の馬の脇腹をぽんぽんと叩く。

「タンドリが手紙をよこしてさ。なにが起こったか知らせてくれたよ」とガリーナ。

ヴィヴは石のことを考えながらタンドリを見た。「なにもかも？」

タンドリは息を吸い、ようやく言った。「なにもかも」

「すると、あんたたちふたりとも、スカルヴァートの石について知っているのか？」ヴィヴは昔の仲間にたずねた。

「誰がそんなこと気にするのさ？」ガリーナはどうでもいいと言いたげに片手をふった。

まあ、どうでもいいのだろう。

「フェンナスめ」ルーンがふいに荒々しく吐き捨てた。

「ということは、あいつに会ったのか？」ヴィヴは訊いた。

「何週間も会ってないよ」ガリーナが答えた。「すごくいい関係で別れたわけじゃないし。あいつは前からいやなやつだったけど、それにしてもこれ？」ノームは腹立たしげに頭をふった。

「約束を守らんやつには耐えられん」ルーンがひきとった。「ともかく、こいつらをひきずりおろすのに手を貸してくれや、なあ？」

ヴィヴとルーンは木箱を両方とも荷馬車からおろし、翌朝カルが出せるようにそのままにしておいた。

ルーンは荷馬車を厩《うまや》に置きに行った。ここは古い厩の前なのにと考えて、ヴィヴは愉快にならずにはいられなかった。

「で」ガリーナが切り出した。ヴィヴが呼吸を整えるあいだ、三人は木箱によりかかっていた。小柄なノームは無数の隠し場所のひとつから短剣を引き出し、手持ち無沙汰にもてあそんだ。

「フェンナスだけど。前はあんたが手を汚したがらなかったのは知ってるし、まあ認めるよ、それでうまくいってたみたいだって。ある意味ね。今回のことを別にしたら。でも」ヴィヴ越しに身を乗り出し、タンドリに刃をふってみせる。「あんたたちがみんな……暴力を使わないのは知ってるけど、ちょこっと指をつめてやるぐらいはいい考えだと思わない？　違う？」

タンドリは鼻を鳴らし、背中をのばすふりをした。「わたしに訊かないで。客観的に答えるには体がつらすぎて」

ヴィヴは顎をなでた。「いや、あの年寄りの言ったことが正しければ、その必要はないかもしれないぞ」

「年寄り？」ガリーナがふたりに向かって眉をひそめた。

「気のよさそうなノームのじいさんだ。いるだろう、そういうやつが。ひどく謎めいているような。あの石に私が思っていたような効果はないと言われたんだ。あれについてなんと言っていたかな……？」

「類は友を呼ぶ」タンドリが繰り返した。

「そうだ。まあ、フェンナスが持っていれば、あいつにも同じことが起こるかもしれない」

「一か所にフェンナスがひとりじゃ済まないってこと？」ガリーナが顔をしかめた。

ヴィヴは肩をすくめた。「むしろ飢えた狼の群れを檻に閉じ込めるようなものだろうな。遅かれ早かれ、どれかがいちばん弱いのを食らう。そして最終的には、一匹残らず殺し合うことになりそうだ」

「けど、指をつめてやれないのはやっぱり残念だな」とガリーナ。

「店を再開したとき、埋め合わせをしてやれないか見てみよう」

「あのシナモンロール一個とか」ガリーナは声に出して思案した。

ヴィヴは指の節で木箱の蓋を叩いた。「ガリーナ、袋いっぱいでも渡せると思うぞ」

28

秋が深まり、再開の日が近づいてきた。もっとも、最後の二週間はのろのろと過ぎていった。毎日がありえないほど時間のかかる些細《ささい》な仕事でいっぱいだった——ランタンをかけなおし、かわりのシャンデリアをつるし、テーブルやカウンターの表面を塗装して仕上げ、オーブンを据えつけ、新しい自動循環装置を二台設置する。

ヴィヴはまた、ガリーナから金を借りていくつか特別な注文を出した。二か月後に返さなかったらナイフで脅してやる、という半分冗談の約束も引き出した。この時点になると、ありとあらゆる知り合いに対し、全方面で友情の限界を突破したように感じていたものの、その状況をどうやって正すかということに関しては、二、三考えがあった。

新しい二台のオーブン、大きくなった食料品置き場と冷蔵箱、前より広がったカウンター奥の作業場を目にしたとき、シンブルは有頂天になった。厨房《ちゅうぼう》の端から端までちょこちょこと走りまわり、タンドリが揃えた新しい調理器具をひとつ残らず調べ、オーブンの扉をのぞきこみ、いとおしげに両手でオーブンの上をなでた。

体の正面で手を組んでヴィヴの前に立ち、ぺこりと軽く頭をさげる。

「完璧だよ」とささやくと、油のしずくめいた瞳に涙があふれた。

ヴィヴはその前にしゃがみこんだ。「言っただろう、最高の職人には最高の道具がふさわしいと」

シンブルは両腕をヴィヴの二の腕にまわし、さっと抱きついて驚かせると、食料品置き場に姿を消した。

気がつくと、なぜか喉がつまっていた。


店が再開する前日の朝、ヴィヴが目を覚ますと、いつもと違ってタンドリはもう部屋からいなくなっていた。心臓が締めつけられたが、化粧台に残されたメモを見て不安はやわらいだ。

用事があります。のちほど店で

正直なところ、これほど都合のいいことはなかった。配達される荷物をいくつか、相手がいないうちに受け取りたかったからだ。

新しい〈伝説とカフェラテ〉の扉の鍵をあけると、内部はひとけがなく静かで、木材の塗装と仕上げのにおいがまだ強かった。秋の冷気が深まっていたので、ストーブのひとつに火を熾《おこ》し、自動循環装置がゆるゆると回転しはじめるのをぼんやりとながめる。なじみの珈琲抽出機《コーヒー》はテーブルの上でぴかぴか光っており、数か月前手荒に救出されたときの傷やへこみがいくつか残っているだけだった。

手すりに手を走らせながら階段を上っていく。できたばかりの部屋から部屋へと歩きまわると、まだ肌寒かったものの、下の厨房から床を通して熱があがってくるのが感じられた。新しい窓のいくつかから朝の光が射し込み、西の隅に日だまりを作っている。カルはまさに新たな境地に達したといっていいだろう。

店の戸口を叩く音におりていくと、やや若く、まだ顎ひげが短めのドワーフがふたりいて、冴えた空気の中で足踏みしながら両手をこすりあわせていた。

「配達ですが?」背の高いほうがマントのポケットから折りたたんだ紙をひっぱりだす。「それと……組み立てかな?」

「待っていた」とヴィヴ。「別の入口がある」

食堂区画へ続く両開きの大扉をひらくと、荷物をおろしてせまい階段を運びあげるのを手伝った。三人とも、ほんのちょっぴりしか罵《ののし》ったりうなったりせずに済んだ。

ドワーフたちは道具をほどいて、きびきびと手際よく持ってきたものを組み立てた。ヴィヴは配達の受け取りに署名し、暖かくするようにと告げて送り出した。

さらに一時間屋根裏で過ごし、そわそわと気をもんでいたが、とうとう、いいかげんにしないとなにか壊してしまうという結論に達した。

ヴィヴは一階におりて、階段の下に張った立入禁止の綱を切った。次に、食料品置き場から未使用の豆の袋と新しい陶器のマグカップをひとつ持ってくる。機械を準備し、豆を挽いて珈琲を淹れるというゆったりとした作業に没頭した。蒸気のシューシューという音と淹れたての珈琲の香りが店内を満たす。ストーブのぬくもりと、正面の窓のへりを縁取る霜のおかげで、火事以来はじめて、ずっと警戒をゆるめず胸の奥を締めつけていたなにかがほどけた。

買ったばかりの呼び売り本を手にしてカウンターにもたれる。珈琲を飲みながら、外の道を通りすぎていくぼやけた影をながめ、時が止まったような満ち足りた瞬間の喜びに浸った。

その魔法が解けたのは、正面の扉がバタンとひらいたときだった。冷たい風の渦が吹き込み、敷居に立ったカルの姿をあきらかにした。長い外套《がいとう》と手袋に身を固めている。その後ろで、早い雪の最初の薄片がひらひらと舞い落ちてくるのが見えた。

「ふむ。ここにいたか。よかった」

返事をする前に、カルは外に戻った。

「こっち側は持つ」通りにいる誰かに言ったのが聞こえた。また現れたときには、タンドリと手分けして、紙とより糸で巻いた、なにか大きくかさばるものの両端を持っていた。

ふたりはそれをカウンターに立てかけ、後ろにさがった。

寒さで顔を紅潮させたタンドリは、急いで背後の扉を閉めた。

「ストーブの前へ行くといい、ふたりとも。どうやら冬が早くきたらしいな」ヴィヴはカウンターをまわっていくと、腰に手をあてて大きな包みを見つめた。「で、これはいったいなんなんだ?」

「そうね」タンドリがせっせと手をこすりあわせながら言った。「これがなければ店がひらけないものよ」笑いかけてきたものの、その笑顔は少し心配そうだった。「あの……いまあけたほうがいいと思うわ」

カルもうなずき、手袋を外してポケットに突っ込んだ。

ヴィヴは膝をつき、より糸の結び目をしばらくいじくりまわしてから、ポケットナイフで切った。ざらざらした茶色い紙が中身からはがれる。

それは店の看板だった。

「火事で燃えたと思っていた」ささやくような声が出た。

「救い出したのさ」とカル。「まあ、おおかたは、だがな」

「待ってくれ……これは……?」

看板の対角線上、かつて剣の輪郭《りんかく》が浮き彫りにされていた位置に、金属の同じものがはめこまれていた。鋼鉄だ。独特の真珠《しんじゅ》貝めいた光沢には見覚えがあった。

「そうよ」移動して後ろに立ったタンドリが言った。体の前で緊張したように腕を組む。「わたし……あとで取ってきたの、あなたが……その、思ったのよ……もしかしたら、完全に処分してしまう必要はないかもしれないって。いまはまだ」それから、大急ぎでつけたした。「あなたが以前の自分を忘れる必要はないって気がしただけなの……だって、ここにきたのはそのおかげだから」

ヴィヴは新たな〈黒き血〉の生まれ変わりに指を走らせた。過去の自分の象徴として作り直されたもの。そして、ただじっと見つめた。

「どう……気に入った？」タンドリが問いかけた。「いやなら外せるわ――」

「完璧だ」と答える。「あんたがこれを取っておいてくれたのが信じられない」

ヴィヴは立ちあがると、まばたきして涙をこらえながら、ふたりいっぺんに抱きしめた。

再開の日には雪が根強く残っており、テューネは尖塔《せんとう》から石畳まで氷で覆われていた。灰色の空がほんのり赤みを帯び、その薄紅色が東の雲を縁取って、冬の前にもっと雪が降ることを予感させた。

改装された看板は、扉の上のゆれる横木から誇らしげにさがっており、あちこちのくぼみや隙間に雪が凍りついていた。

ヴィヴとタンドリは最初に到着し、ストーブに燃料をくべて新しい水桶をいっぱいにした。ランタンと蠟燭《ろうそく》に火をともすと、心地よい光が店内に満ちた。シンブルが戸口からそろりと入ってきたときには、すでに牛乳屋がクリームとバターと卵を運んできていた。ラットキンはさっそく混ぜたりこねたりしはじめ、生地をまるめて寝かせ、アイシング用に材料をまとめながら、ずっと鼻歌を口ずさんでいた。

カルが顔を出し、ブーツを踏み鳴らして雪を落とすと、寒さに洟をかんだので、タンドリが珈琲を一杯淹れてやった。ホブはそれを新しい大テーブルまで持っていき、ほっとした顔で温かいマグカップに指を巻きつけた。そのあいだに一同は開店客の数を推測し、菓子パンがどれだけ早く売り切れるか、冗談で賭けをした。

なにか不備はないかと厨房を検分していたヴィヴは、奥の壁に沿ってつけた手すりに目をとめた。「ああ、くそ！　忘れるところだった！」

食料品置き場に姿を消し、大きな四角い石板を持って戻ってくると、カウンターの上に押しやって、タンドリに新しい色つきチョークをひと揃い渡す。

一瞬考えてから、タンドリは作業にかかった。

ヴィヴとカルは見物しようと寄っていったが、横目でにらまれたので、あわててほかの仕事を見つけて精を出した。

タンドリは背筋をのばし、一歩さがって手仕事を観察した。「壁にかけるのを手伝って」と言う。

ヴィヴが持ちあげて設置した。

伝説とカフェラテ

再開　一三八六年十一月
新装開店

メニュー

珈琲　異国情緒あふれる香りとゆたかなこくの焙煎　半銅貨一枚
カフェラテ　洗練されたクリーミーな変化形　銅貨一枚

どの飲み物も**アイスで**　しゃれた工夫をひとつ　半銅貨一枚追加

シナモンロール　至福のアイシングがけシナモン菓子パン　銅貨四枚
シンブレット　歯ごたえのいい木の実と果物の珍味　銅貨二枚
真夜中の三日月《ミッドナイト・クレセント》　バターの入った層の中心に罪深い味わい　銅貨二枚

持ち帰り用マグカップについてお問い合わせを

炎で燃えなかったものは
決して失われることはない

扉をあけたときには、寒さにもかかわらず、すでに通りにずらりと列ができていた。全員を中に案内し、列をまげて食堂区画に入れると、店はたちまち暖かくなった。陽気な会話が機械のシューシューいう音をかき消す。頬を赤くして外套をゆるめた熱心な客たちは、温かい飲み物を受け取って祝いの言葉を述べ、ゆっくりと席を探しに行った。

「あんたにしては早いんじゃないか?」ヘミントンがカウンターに近づいたとき、ヴィヴは挨拶した。

「ええ、まあ」相手は答え、本気で感心した様子で店内を見まわした。「しかし、けっこうわくわくしますね。この店が恋しかったんですよ、実を言うと」

「というと、研究のためだけではなく?」

ヘミントンは溜息をついた。「ここで起きていた現象がなんだったのかわかりませんが、終わってしまいました。レイラインの動きは正常です。あの火事が関係しているんじゃないかと思わずにはいられませんよ。放火犯は見つかったんですか?」

「いや、あいにく」とヴィヴ。

「残念ですね。でもまあ、いまのほうがなにもかもずっと居心地がいいですよ」

ヴィヴはうなずいた。「それで、アイスコーヒーか?」

ヘミントンは一瞬考え込み、それから、ややばつが悪そうに言った。「あの、天気がこれですから……そうですね……熱いのを」

ヴィヴは片眉をあげてみせた。「あんたが、ヘム？」

ヘミントンは咳払いした。「えー。あと、あのシナモンロールをひとつ」

ヴィヴはにっこりして、それ以上追及しようとしなかった。


「いやあ！　外は寒いな」ペンドリーが入ってくると、扉を引き寄せて閉めた。指なしのミトンをはめ、片脇に布で巻いたリュートをかかえている。箱形の黒い装置が指から紐でぶらさがっていた。

「なにか熱い飲み物を作るわ」すでにカフェラテを淹れはじめながら、タンドリが言った。

「はい、よろしく！」ペンドリーは右側に歩いていって、食堂区画の奥にある舞台をはじめて目にした。高い腰掛けが若者を待ち構えており、その後ろの壁は黒い幕で覆われている。「うわ、すごい」と息をつく。「おれのために？」

「上るときにつまずくなよ」ヴィヴはからかった。「だが、そこに落ち着く前にどうしても知りたい。それはなんだ？」ペンドリーが持っている箱を身ぶりで示す。

「ああ。これですか！　ええと、これは、その……一般的な呼び方は……神秘増幅器？　これは、えー……音を……」

「……音を大きくする？」ヴィヴはひきとった。

「ときどきは……？」ペンドリーは困り切った顔になった。「窓のガラスが割れないようにしてくれ、頼むのはそれだけだ。ここはやっと作り直したばかりだからな」

相手はぎこちなくうなずき、飲み物を受け取ると、かどをまわって姿を消した。

ヴィヴは最初の機会を捉えて確認に行った。若者がその手で据えた石のそばにいるのを見て、微笑《びしょう》を浮かべる。

ペンドリーは肩慣らしに客に受けそうな節をつまびいた。例の箱は数フィート離れたところに置いてあり、存在感を持ちつつ邪魔にはならないような音楽が部屋を満たした——殴りつけるというよりくるみこむ感じだ。ペンドリーが哀調を帯びた美声で歌い出したとき、ヴィヴはほほえんでひっこんだ。

ふりむいたとたん、マドリガルと顔をつきあわせることになった。今回は毛皮のひだ襟のついた贅沢《ぜいたく》な冬物の赤いマントを羽織っている。

一瞬、不意をつかれて言葉が出なかった。

「おめでとう」マドリガルは言い、わずかに首をかたむけた。「ここでの進展を目にしてうれしいですよ。この店はほんとうにレッドストーン界隈の誇りです。最初の成功があれほど有望だったのに、店がなくなってしまったら、あまりにももったいないところでした」

ヴィヴはなんとかわれに返り、つっかえながら答えた。「あー、ありがとう、奥方」山ほど届いた荷物や思いがけない人手のことを考えて、相手に身を寄せる。「本気で言っているんだ、心から。感謝する」

マドリガルが意味ありげに見やったのは、珈琲抽出機と、何段も重ねた配膳トレイに盛られた菓子パンの山だった。ヴィヴはカウンターの横をまわっていき、一杯淹れはじめた。

タンドリがふりかえり、老婦人を見てぎょっとしてから、すぐさまシナモンロールとシンブレットを見つくろいはじめた。

「放火犯が捕まらなかったのは残念ですね」マドリガルが言った。「戻ってこないことを期待しますよ」

「戻らないと思う」マドリガルが視線を合わせてきたので、ヴィヴは口をすぼめた。「狙っていたものは手に入れたようだ。もう一度くる理由はない」

マドリガルはうなずき、飲み物と菓子パンでぱんぱんにふくれた袋を受け取って立ち去った。今回は金を払うと言わなかったので、正直なところほっとした。


その日の午後、ドゥリアスが姿を現したときには、寒さで頬が桃色に染まり、きちんと整えた白いひげは雪まみれで、チェス盤を持っていなかった。

「さて」両手を外套にしまいこんだまま言う。「まさに記憶にあるとおりじゃ」

「ともかく、ほぼ同じだ」とヴィヴ。「いくつか改善したところがあるが」

老ノームは意表を衝かれたようだった。「うむ、なるほど、おまえさんの側から見れば、そうなるかもしれんな」

「なにか飲み物でも？」

「やや、そうじゃな、頼む。それに、そちらもひとつ」と言い、爪先立ちになってチョコレートのクレセントを指さす。

「あの恐猫《きょうびょう》を見かけたか？」ヴィヴは飲み物を作りながらたずねた。

「あれは好きなように出入りするからのう」とノーム。「しかし、おそらく近いうちに会えるじゃろ」

ヴィヴが飲み物と菓子パンを押しやると、ドゥリアスは言った。「いいかの、ちゃんとうまくいくとも」

「いままでのところ」ヴィヴは忙しい店を見渡して小さな笑みを浮かべた。「そう見えるな」

「おお、むろん、店もじゃ」とノーム。「しかし、ほかのこともじゃよ」

「ほかのこと？」

「まさしく」そしてドゥリアスは注文した品を受け取り、食堂区画へよたよた歩いていった。

タンドリがヴィヴによりそってその後ろ姿を見送った。「あの人、わざともったいぶった言い方をしていると思う？」

ヴィヴは肩をすくめ、あの一方だけのチェスのゲームと、屋根裏に手配したあれこれのことを思った。「どうかな。まあ、絶対にあのじいさんとカード賭博《とばく》をやりたいとは思わないが」

29

その日の終わり、ヴィヴはきんと冷えた扉の外へ最後の客をそっと導いた。その後ろで鍵をかけると、店じゅうに散らばった友人たちをふりかえる。シンブルは焼き菓子を冷ましている台をあれこれいじり、タンドリは機械を拭きあげ、カルは大扉の枠の片方についている蝶番《ちょうつがい》を調べていた。

しばらく三人を見守る。ひっそりと静かに動きまわっている様子は、その日の大騒ぎとひどく対照的だった。煙突がカタカタ鳴り、軒下を寒風が吹き荒ぶ。

ヴィヴは階段に張った綱を静かに外すと、革の巻物入れを取りにあがっていって、カウンターに持ってきた。

タンドリがマグカップを洗っている途中で手を止め、横目でこちらを見た。

「インク入れを取ってもらえるか？」ヴィヴはたずねた。

「もちろん」タンドリは手を拭いてカウンターの下からインク入れを出した。巻物入れに探るような視線を向けてくる。

ヴィヴはいきなり緊張して咳払いした。「みんな、ちょっとだけここにきてくれないか？」やたらと大きな声で呼びかける。

集まった三人は不思議そうにこちらを見つめた。

ヴィヴは大きく息を吸った。

「私は……正直、あまり話がうまくない。だから、名演説をしようとは思わない。だが、あんたたちに感謝したいんだ。三人全員に」ふいに目がちくちくした。「これ……このすべてが……あんたたちのくれた贈り物だ。しかも私は……」カルに、続いてタンドリに向かって顔をしかめる。「私はこの店にふさわしくない。これまでの人生でやってきたことといったら……こんな幸運をもらえるような権利はないんだ。

だが、店以上に私にはもったいないのは、あんたたち三人だ。この世が公平なところなら会うこともなかっただろうし、ましてわずかでも気にとめてもらえるような身ではなかった。だから少しのあいだ……もしかしたら、運命をだましてあんたたちを自分に近づけたのかもしれないと思ったんだ。なにか規則をまげていて——ありえないような幸運の連続をむりやり引き寄せたんじゃないか——だから、いつなんどき正体に気づかれて見捨てられてしまうかわからないと」

ゆっくりと息を吐き出す。

「だが、なんとばかげた考えだ。あんたたちに対して不公平でしかない。それほど私は三人ともみくびっていたのか？　真の私を見抜けるはずがないと思っていたのか？　実物と異なる姿を見せることができると信じるほど愚かだったのか？」

つかのま、両手を見おろす。

「そういうわけだ。あんたたちは私にはもったいないかもしれない。ひょっとしたら、そっちが寛容すぎるのかもしれない。それでも、そばにいてくれてほんとうにありがたい」

あたりは静まり返り、ヴィヴはそれぞれの目を順ぐりに捉えた。

沈黙が長引き、どんどん気づまりになっていく。

「ふむ」とカル。「演説としては……そう悪くねえ」

タンドリが鼻を鳴らし、ヴィヴの緊張ははじめから存在しなかったかのように消え失せた。

「ああ。それはさておき……」ヴィヴは巻物入れをあけると、まるめたフールスキャップ紙を引き出した。「これは共同経営の書類だ。めいめい一枚ずつ。この店は私のものじゃない。あんたたちのでもある。あんたたちが建てて、うまくいくようにした。みんながいなければどうにもならない。ただ署名さえしてくれればいい」

タンドリが紙の一枚をとりあげ、無言で目を通した。「これは対等な立場の共同経営ね。いつ用意したの？」

「一週間前だ」ヴィヴは言い、うなじをさすった。「つまり……私が掲示した店員募集には、〝昇進機会あり〟とあっただろう、だから……」

「おれが署名するのは間違ってるぞ」とカル。

「まさか！」ヴィヴはびっくりして言った。「いったいどうしてだ？」

「ここで働いてねえんだ」ホブは続けた。「筋が通らねえ。ほかのふたりに不公平じゃねえか」

「カル」ヴィヴは紙をそちらへ押しやって言った。「みんながこの店を建てたと言ったが、あんたの場合、文字どおり建てたんだ。あんたほどふさわしい人はいない」

「署名しなさいな」とタンドリ。「もしあなたがそんなに細かいことにこだわりたいんだったら、なにか壊れたときにいくらでも迷惑をかけてあげるから」

「または、シンブルがこの台所でも小さすぎると決めたときにな」ヴィヴがつけたす。

シンブルが支持してキーキー声をたてた。

そして、本人がさんざんごね、残りの三人がしつこく粘ったあげく……ついにカルは名前を書いた。

● ● ●

「最後にあとひとつ」ヴィヴは言い、食料品置き場から小さなブランデーの瓶と上等なグラスを四つ取ってきた。一列に並べ、気をつけてそれぞれに同量を注ぐ。

「乾杯だ。この仲間全員に」

「炎で燃えなかったものに」タンドリがつぶやき、みんな厳粛にうなずいた。

四人は口をつけ……シンブルが咳き込んで、何度か背中を叩いてやるはめになった。

それから、一同は静かに荷物をまとめて帰る支度をした。

「タンドリ」ヴィヴはそっと声をかけた。「ちょっと残ってくれないか?」

カルがふたりを一瞥《いちべつ》し、ひとりうなずくと、シンブルのあとから出ていった。

ふたりは店の暖かい中心部に立った。冬がまわりから忍び込んできて、ブランデーが体内で熾《おき》のように燃えていた。

「あんたに……見せたいものがある」ヴィヴは聞き取れないほど低く言った。それから、さっと向きを変えて階段のところへ行き、タンドリについてくるよう手招きした。

階段の上に立つと、廊下が屋根裏を二分割しており、左にひとつ、右にひとつ扉があった。ヴィヴは左側にすたすたと歩いていって扉をひらき、中に踏み込んだ。

タンドリが後ろからのぞきこんで息をのんだ。「ベッドを買ったのね！」

「そうだ」とヴィヴ。

部屋には小さな鏡台とテーブル、衣装簞笥《だんす》があった。

「敷物まで！」タンドリは感心した様子でうなずいた。「まあ、これならたしかに、うちの床よりいいわ」

ヴィヴは目を閉じてゆっくりと息を吸った。「もうひとつ見せたいものがあるんだ」と告げ、冷たい恐怖に襲われる。

タンドリは苦笑してみせた。「あの猫用に部屋を作ったんじゃないでしょうね？」そう訊かれても、ヴィヴの緊張は解けなかった。むしろ正反対だ。

答える自信がなかったので、廊下の向かいの扉のほうへ歩いていき、同じようにあけた。中に入ったとき、タンドリの眉が寄った。この部屋にも、ベッドと化粧台と衣装箪笥がある。画材がひと揃い——インクとチョーク、型板と羊皮紙——化粧台の上に置いてあった。

タンドリは部屋の中央へのろのろと戻っていき、その場に立ちつくした。

沈黙が続き、ヴィヴは息ができなかった。

「この部屋は誰の、ヴィヴ?」静かに問いかけられる。タンドリの尻尾が背後でためらいがちにSの字を描いた。

「あんたのだ。もらってくれるなら」

すると、あの温かな脈動が伝わってきた。タンドリがもっとも無防備なときにだけ光を放つ、あの隠された自己が。

タンドリはふりかえった。

返事は口にせず、かわりにふたりの距離を縮めてきた。ヴィヴに両腕を投げかけ、胸に頬を寄せて、あらゆる抑制を解き放つ。

はじめてその本質と完全な形で向き合い、ヴィヴはあきらかになった雄弁さと繊細《せんさい》さに心打たれた。

なぜ人がサキュバスの性質を純粋に官能的なものだと勘違いするのか、どうして密にからみあって押し寄せる感情からもっとも求めるものだけを拾い出すのか、容易にわかる。

タンドリの本質は、普通の感情を標準語とするなら、いわば力強い方言だった。示唆に富んだ、そのこまやかさを熟知している相手にしか理解できない、特定の言語。

〝はい〟と答える必要はない。
言葉が通じたからだ。
タンドリの唇がヴィヴの唇を見出せば、どんな疑いも残るはずがなかった。

エピローグ

マント姿のフェンナスは、テューネ南部の入り組んだ路地を大股で歩いていた。ななめに傾いた頭上の屋根から、雪がふわふわと小さな渦を巻いて落ちてくる。

ひどく寒いうえ、ひどく苛立っていた。

あの火事以来――奇力術で創り出したもので、たいそう誇らしく思っている――この街には近寄らないようにしていた。ヴィヴが痛手を受けずに生きのびたので、多少ほっとしたほどだ。はっきりと傷つけたいとは思っていなかった。少なくとも、あまり度を越しては。

ルーンとタイヴァスとガリーナはこの件に関して寛大ではなかったが、そのうち見当違いの怒りも薄れるだろう。薄れなかったところで、総合的に考えれば、さほどの悲劇というわけでもない。

ここに戻ってきたのは、店が再開するという噂が聞こえてきたからだった。それに加えて、スカルヴァートの石を手に入れてからというもの、内心でどんどん疑念が強まってきていたこともある。どうしても調べてみずにはいられなかった。

店はたしかに再建され、以前をうわまわるとは言わないまでも、同程度には繁盛しているようだ。そうすると疑問が湧いてくる。はたして石に価値などあるのだろうか？　あれがヴィヴの幸運続きの原因ではなかったとすれば、自分にはなにを期待できる？

あれだけ力をつくしても、まるで無駄だったということか？

あの石を信じたヴィヴが愚かだったというなら、フェンナスはどうなる？　二重にだまされた愚か者か？

まったく癪《しゃく》にさわる。

石は小さなメダルにはめこみ、肌にじかに触れるようチュニックの下にしまいこんでいた。銀の台が皮膚にひんやりとあたっている。

波止場をめざしてかどをまがったとき、道の先が暗くなった。まがりくねったせまい路地に誰かが足を踏み入れたのだ。

さらに別の存在が背後に近づいたのを感じ、首筋がちくちくした。

「あんたが街に戻ってきたかもしれないと聞いていましたよ」ぼんやりと記憶にある声が言った。

ふりかえりながら、思い出した。マドリガルの例の子分《lackey》だ……ラック《Lack》とはなかなか愉快な一致だった。あのばかでかい帽子はほんとうに趣味が悪い。

フェンナスは薄く微笑《びしょう》した。「ほんの短いあいださ。あくまで礼儀として、なにかお役に立てるかと訊きたいところだが、残念ながら予定に余裕がなくてね。それに、いまはとりたてて礼儀正しくふるまう気分でもない」

「ああ、それほど時間は取らせませんよ」とラック。「しかし、あんたが親切に言及してくれたあの石について、マドリガルがおおいに興味を持っておりましてね。持ち主が替わったかもしれないと耳にしましたが。それがあんたでしょう、旦那？」

フェンナスの目が細まった。「送ってよこしたのがおまえだけなら、マドリガルは評価していたほど察しがよくないな」考えるより速く、脇からすらりと白い細身の剣を引き抜く。刃は奇力の光でぼうっと輝き、びっしりと網目状に青い葉模様が浮かびあがっていた。

ラックは平然と肩をすくめた。「ほかにも数人いますよ、あちこちにね。まあ、その全員を切り捨てることも可能かもしれないが——もちろん、そのほうがいいというわけではありませんがね。自分の首には愛着があるもので！　しかし、ひとつ見解を述べさせてもらいましょうか。マドリガルの察しがいいかどうかはともかく、粘り強い点は保証できますよ、旦那」

フェンナスは剣の切っ先をあげ、たしかな手つきでラックの喉に向けた。そのまま一瞬動きを止めて考える。

それから、溜息をつくと、すばやい動作で左手の壁に向かって身を躍らせた。ブーツを履いた片足で壁を蹴り、せまい路地の向かい側へ、また逆へと、弧を描いて横に跳躍しながらどんどん高く上っていく。とうとう、優美な手で庇をつかむなり、屋根の上にひらりととびのった。腹立たしげにマントをふり広げて頭巾《ずきん》をはねのけると、剣を鞘《さや》におさめ、頂上まできびきびと瓦《かわら》の上を歩いていく。下の街路が騒がしくなるのが聞こえてきた。建物を囲んだマドリガルの手下は、フェンナスが隣の屋根に移るか、それともおりてくるかと見守っている。

簡単に追跡する手段はないはずだ。そこでフェンナスは、波止場のほうまで冷たい街の景色をゆったりと見渡し、一時間以内に乗るはずの船の帆柱を確認した。

そのとき、ドスンと重い衝撃が響き、瓦がガタガタ鳴った。続いて、迫りつつある雪崩のような、低くとどろく喉声が次第に高まった。

ぱっとふりむくと、巨大な煤《すす》けた生き物と顔をつきあわせることになった。毛を逆立て、大きな牙をむき、緑の双眸《そうぼう》は悪意にぎらぎら光っている。

最後の瞬間、信じられない思いで（こいつはあの畜生猫か?）と考えるのがやっとだった。

アミティが躍りあがった。

出会い

「刃に気をつけろ！」ルーンが叫んだ。

一対の短剣が風を切って向かってくるなか、ヴィヴは横に跳んだ。だが、通りはせまく、まったくオークを念頭に置いて作られてはいなかった。煉瓦《れんが》に肩が激突し、身をまるめても両方の刃を避けることはできなかった。一方はなんの害も及ぼさずヒュッと通りすぎたものの、もう片方が二の腕を裂き、赤い筋を残していく。ヴィヴは鋭いうなり声をあげ、片手を傷に押しあてて歯をむきだした。

ルーンが後ろをちらりと見て、まだヴィヴが息をしているのを確かめてから、獲物の追跡を再開した。ありがたい。だがドワーフはすでにかなり遅れている。絶対に追いつけないだろう。

壁を押して体勢を立て直し、つまずきながらふたたび駆け出したとき、追っている対象が見えた。一目散に逃げているほっそりしたエルフは、弧を描く大通りを進みながら差を広げていく。短剣を投げても速度はまったく変わらなかった。数秒のうちに道のまがりかどで姿を消すだろうし、見失ったら最悪だ。ヴィヴは自分を叱咤《しった》して全力疾走へと移り、ほんの数歩でルーンを追い越した。

足音を響かせて近づくと、前方でノームがわっと散った。無力な村人をおびえさせる巨人になった気分だ。荒々しい笑い声がもれ、胸がぜいぜい鳴る。

「フェンナス！」とどなる。「あの女を見張ってくれ！」

傾斜した金属の屋根の上を優雅に跳躍していく姿が目に入った。フェンナスから返事はなかったが――声をはりあげるなどというぶざまな真似をするところは想像できない――逃亡中の女のあとぐらい尾けていけるだろう、とヴィヴは思った。

アジマスにきてからはじめて、威圧的すぎてグレートソードを街なかで持ち運べなかったことに感謝した。〈黒き血〉の重みに足をひっぱられていなかったおかげで、距離が縮まりはじめたのだ。

エルフは疲れを知らず走り続け、長い三つ編みを背後になびかせて人混みを駆け抜けていった。

十字路が視界に入り、ヴィヴはさらに足を駆り立てた。もしあの女が路地にでもひょっこり入ってしまったら……

そのとき、街かどから霧が湧いてくるように、タイヴァスが通りにとびこんできた。掲げた両手を金色の光が取り巻いている。どちらの手のひらにも小指印が輝いており、エルフはよろめいた。両足が縛りつけられたかのようにぴたりと互いに貼りつく。路面で皮膚をずたずたにしそうな勢いで前方に身を投げたものの、足首同士がくっついているにもかかわらず、しなやかに一回転して膝をついた。

タイヴァスの後ろから、両手に一本ずつナイフを持ったガリーナが現れ、ひざまずいた女に用心深く近づいた。

ほんの一瞬、全身が収縮し、ヴィヴの目にはエルフの筋肉が服の下でぼこぼことふくれあがったように見えた。

ヴィヴが先にたどりつき、ショートソードを引き抜いた。それまでにエルフの外見は、十字路をいくつか越えた先の市場で最初に発見したときと同じに戻っていた。怪我をしたかのように脇腹を押さえている。

相手の正体を考えると、袖口にあと何本か短剣を隠していても不思議はなかった。いや、もっとずっとたちの悪いものかもしれない。

「ボドキンか?」低く落ち着いた声で、そうたずねる。

女は身をこわばらせ、肩越しにこちらを見た。つかのま、その瞳孔は間違いなく山羊のように横長に見えた。

フェンナスが屋根からとびおりてふわりと着地し、肩越しに髪を払いのけ、そのまま白い細身の剣を抜き放った。まもなく番兵が駆けつけるだろうし、仲間は全員、不都合な事情をかかえている。

「われわれがどうしてここにいるか、わかっているだろう」ヴィヴは辛抱《しんぼう》強く理性的に言った。

手加減したいなら、フェンナスより自分のほうがいい。剣の向きを下にしつつも構えておく。「友人のタイヴァスが両手を縛ったら、立たせてやる。誰でもいつかは行きづまるものさ。これがおまえの道の終わりだったというだけだ。だが、なにもかも終わりにする必要はない。アジマスの法は公正だ」

エルフは笑った。予想より低くゆたかな声だった。「わたしのことを知っているような態度だけれど、そうじゃないのは火を見るよりあきらかね」

脇腹をつかんでいた手を引くなり、なにかを宙に投げ出し、頭をひっこめて両腕でかかえこむ。

そのなにかが頂点に達して落下しはじめたとき、緑の糸をぐるぐると巻きつけたちっぽけな銀の石が三つ、ちらりと見えた。

「くそ」ガリーナが吐き捨てた。

タイヴァスが動いたところだった。両手がふたたびあがり、ちかちかと光る。フェンナスが顔の前にマントを引き寄せてかがみこみ、ヴィヴは空いているほうの手をのばして躍りかかった。あれが地面に落ちる前にボドキンをつかみさえすれば……

そのとき、石が通りのタイルにあたり、白熱した光とともに爆発したかと思うと、不快な黒い煙が噴き出した。

まだとびおりている途中のヴィヴは、目をつぶって光をさえぎると、指をのばした。

その指はむきだしの石にぶつかった。

息をひそめ、固く目を閉じてショートソードを投げ捨てる。這いつくばって腕をふりまわし、エルフを捕まえられるようにと願いつつ煙の中を突き進んだ。

腕を一本つかむ。

甲高い声があがり、「あたしだよ!」とガリーナが肩をつかんできた。

冷たい空気がさっと流れるのを感じて目をひらくと、煙が吹き散らされていくところだった。タイヴァスの瞼《まぶた》は閉じており、手が蜘蛛《くも》のような動きをしている。ちぎれた黒煙の中から、ひややかな怒りの表情を浮かべたフェンナスがつかつかと出てきた。ヴィヴはさっとふりかえり、人混みにエルフの姿を探したが、不安は裏付けられた。

ボドキンは消え去っていた。

だが、さっきまでいた空間の敷石には、小さな革の袋が半分ひらいたまま転がっている。ヴィヴは袋を拾いあげた。

「さて」ふうふう息をつき、両手を膝にかけたルーンが、編んだ口ひげを吹き飛ばしながら言った。「少なくとも、あれがボドキンだったのはたしかだ」


これほど細部まできっちりと整備された街で、ここまで方向感覚を失うことがあるということが、いまだにヴィヴには信じられなかった。アジマスは徐々に大きくなる歯車のような同心円状に配置されており、中心からは番号のついた通りが何本ものびている。街は美しく整然としていたが、たいていの場合、ある地点と別の地点の見分けがつかなかった。一様に舗装された道に少しでも破損やぐらつきがあったなら、街なかに覚えやすい目印が存在してくれたなら、どんなものでもさしだしただろうに。

トンネルや塚の中で過ごした時間が長すぎて、ここでは閉所恐怖症にはなりようがない。それでも、ノームの街の尺度が小さいおかげで、やや息苦しい感覚をおぼえた。建造物の大部分は二階建て以上だったが、しばしば二階の窓からのぞきこめることも発見した。

一同はボドキンが消えた場所からさっさと退散していた。わざわざ疑り深い番兵を待って、山のような質問を受ける必要はない。もっとも、行く先々に血痕を残していく七フィートのオークを追跡するのに苦労するはずもなかったが。

みんなガリーナにくっついて第七環道に借りている部屋に戻った。当然のことながら、小柄なノームはまさに自宅にいるようにくつろいだ態度だ。

階段を上っていくとき、管理人が警戒のまなざしをよこしたので、怪我をした腕が見えない側でよかった、とヴィヴは感謝した。傷口をぎゅっと手で押さえ続け、床に血を落とさないよう最善をつくす。

天井は低すぎて居心地が悪かった。オークの身長に合った建物は尖塔《せんとう》区のほうが多かったが、貸間は少なかったし、フェンナスの要求する最低水準の贅沢《ぜいたく》を満たすところはひとつもなかった。そのときは不平を言わなかったものの、いまになって遅まきながら苛立ちを感じてきた。

とはいえ、たしかに床暖房や瞬時点灯ランタンは悪くない。

頭をひっこめ、ガリーナに続いて相部屋へ入っていく。後ろからほかの三人もぞろぞろついてきた。荷物の山の隣にベッドが並び、その一台の上でヴィヴのグレートソード〈黒き血〉がきらめいている。

フェンナスはたちまち批判を始めそうな勢いだったが、ルーンが先手を打って止めた。「座れ、ちょっと見せてみろ」ドワーフはヴィヴの片脚をぽんと叩いて言った。

ルーンが袋から包帯と透きとおったアルコールを出しているあいだに、ヴィヴは床にずるずると腰をおろした。背中が抗議したので顔をしかめる。正直なところ、新しい裂傷より痛みの増す背中のほうが心配だった。

フェンナスはそれ以上待てなかった。「一日の努力のわりに満足のいかない結果だ。全員が同意すると思うが」端麗《たんれい》な顔がこわばっている。「次回はタイヴァスも私も、これほど簡単に位置を突き止めることはできまい。しかも、ひとめで見分けることもできそうにないときている」

ルーンが上腕三頭筋に沿った深い切り傷を消毒し、ガーゼを巻きつけはじめたので、ヴィヴはうなり声をもらした。「そんなにきつくするな」

「きついほうがいい」とルーン。

「腕をまげたらはじけとぶぞ」

「だったら腕をまげんこった」ドワーフはぶつぶつ言った。「そっちを考えてみたか?」

黙りこくることでどんな発言より雄弁に語る、という方法をフェンナスは心得ていた。ルーンが嘆息し――こっそりとだが――ふたりともエルフに注意を向け直した。

にこりともしないまなざしが室内を見渡す。ガリーナは小さなベッドのひとつにあぐらをかいて座り、手持ち無沙汰に短剣をくるくるまわしていた。タイヴァスは奥の隅にぬっと立っている。ようやくフェンナスは口をひらいた。「懸賞金を受け取るつもりなら、これ以上のあやまちは許されない」

ガリーナが鼻を鳴らした。「いま話してるのはボドキンのことだよ。みんな噂は聞いてるだろ。そんな簡単に行くはずがなかったんだよ。あいつが伝説になってるのには、それなりの理由があるんだから――おまけに変身能力者だし！」画家の制作した標的の肖像画をベッド脇のテーブルからひっつかむと、鼻に皺《しわ》を寄せる。似顔絵はていねいに描かれていたが、そんなことに価値はない。「だいたい、どうしてわざわざこんなもの作るのさ？　二度とこんなふうには見えないと思うけど。そもそも、今回だってこんな顔じゃなかったよ」

「だからこそ最善をつくすべきだな」フェンナスがあてつけがましくヴィヴの腕に視線を向けた。

小さな怒りの火花が広がりはじめたものの、疲労感が襲ってきてすぐに消えた。ヴィヴは反駁《はんばく》をのみこみ、さっき回収した革袋をとりあげてふってみた。チリンとかすかな音がした。

「まるっきり成果がなかったわけでもない」袋の口をあけ、中身をより分けていく。

「もしかしたら、どっちにしても、依頼してきた技工連中がほしがってるものかもしれないよ」ガリーナが見ようと首をのばして言った。

「いや」とヴィヴ。出てきたのは、コルクと封蠟《ふうろう》で栓をした数本の小さなガラス瓶だった。さまざまな色合いのきらきらした液体が入っている。「ここに設計図はない」

「ペンキのようだな」ルーンが口をはさんだ。

ヴィヴは一本の封蠟を割ってコルクを外し、においを嗅いだ。「たしかにペンキだ。しかし、こんなに少ないとは。これで納屋を全部塗るわけでもないだろう」

「いや、すばらしい」とフェンナス。「少なくとも、これでわれわれは芸術や工芸品で楽しめるな」

「それでも、手がかりになるかもしれないぞ。わからないものだ」ヴィヴは応じた。コルクを戻し、窓越しに射し込むオレンジ色の薄明に瓶をかざす。

フェンナスは返答を考えているようだったが、タイヴァスが割り込んだ。「ひとつ意見を」

みんなびっくりしてそちらを見つめた。ストーンフェイはあまりにも灰色でひっそりしていたので、ついそこにいるのを忘れがちだった。

そんな反応に気づかなかったかのように、タイヴァスは続けた。「ラディウスとタンジェントが俺たちを雇ったのは、ボドキンを捕まえるため、そして盗まれた所有物を取り戻すためだ。後者のほうが成功するかもしれん。ひょっとすると、それだけでも金がもらえるのでは？」

「額は少なくなるけどね」とガリーナ。「でも、ないよりましか。あたしらは実際的なたちだし」あきらかにノームという種族全体を意図して、親指を自分に向けてみせる。「なによりも大事なのは、商売敵に売りさばかれないようにすることだからね」

「では、考慮する価値があるかもしれん」とタイヴァス。

フェンナスの唇が引き結ばれた。「あの女を見つけるか設計図を見つけるか——一方がもう一方につながる。設計図だけ追おうとしたところで現実には無意味だ。私としては、中途半端なやり方に甘んじる理由など見つからない。しかもボドキンほど有名な人物の捕縛に成功すれば、懸賞金だけを得るよりわれわれにとって価値があるはずだ」

ヴィヴは反論しようかと思ったが、そんなことをしても労力に見合わない。「わかった、だったら取り組むのはあしたになるぞ。この街は広いし、ボドキンがすぐに出ていくとは思わない。なぜそんな必要がある？　あの女は変身能力者だ。いまどの顔を使っているか誰にもわからないからな。まだ奇力術で追跡できると思うか？」フェンナスとタイヴァスを交互に見やる。

「時間があれば」タイヴァスが答えた。

「時間がかかりすぎるが、そのとおりだ」フェンナスがつけくわえた。「向こうも警戒しているだろうし、いまではこちらも顔を知られている。行く先々で秘光を放ちながらおおっぴらに街を歩きまわるわけにはいかない」

「まあ、あたしたちがなんにもしない理由はないけどね」とガリーナ。

「ああ」ヴィヴはペンキの瓶を一本掲げた。「それぞれ分かれてやるべきだ。どうやら探偵の仕事が必要になりそうだな」

フェンナスが片眉をあげてみせた。

おまけに、フェンナスの毒舌からつかのま逃れられるという利点もある。

ヴィヴは床に寝袋を広げて手足をのばしたが、ずきずきする腕のせいで眠りはとぎれがちだった。皮肉なことに、傷のある側しか下にしたくないのだ。通りからランタンの光が入ってきて、ガリーナの横顔と、寝ながら片手に握っているナイフの刃を照らしている。すぴすぴと甲高いいびきは通常なら眠気を誘われたが、今夜はいらいらさせられた。

〈黒き血〉を研いで心を静めようかと一瞬考えたものの、連れを起こしたくなかった。そこで静かに起きあがり、荷物をかきまわした。帳面をひっぱりだし、窓の下の壁に背をもたせかける。場所を示すのに紙片をはさんでおいたページがひらくと、淡い光がふりそそいだ。自分の書いた字をちらりと見る。

奇力線のほど近く、
スカルヴァートの石は燃え

反対側のページに記されたメモを指でたどっていく。カルダス北部の高地の噂。東領の踏みならされた農道に残る足跡。鉄の廃鉱の入口付近で、やたらと目の多い生き物が目撃されたこと。

まだ充分ではない。もどかしさ、行動しなければという切迫感がこみあげる――だが、確実でなければだめだ。スカルヴァートの女王でなければ意味はない。ふたたび試みるようフェンナスを説き伏せることは決してできないだろうから。

そして、もし成功したら？　まあ、その先の未来はまったくの空白だ。そこを埋めるなにかが見つかるだろう。もちろんそのはずだ。

眠っている友人を見やると、真実を隠している痛みに心がちくりとした。

そのあとは、寝袋に這い戻って天井を見つめた。ようやく眠りに落ちるまで、しっかりと帳面を胸に抱いていた。

「幸運を」ルーンが言い、ヴィヴとガリーナに敬礼してから、小走りでフェンナスとタイヴァスのあとを追った。腕力が必要になったときに備えてドワーフを連れていく、とフェンナスが言い張ったのだ。

「気をつけろよ！」ヴィヴは片手をあげてその後ろ姿に呼びかけた。

フェンナスは反応しなかったが、タイヴァスが同じしぐさを返してきた。

ガリーナが大口をあけて朝食にかじりついた。「あの瓶を一本貸してよ」と、口いっぱいにほおばりながらもぐもぐ言う。

自由の身になるために、ヴィヴは自分の食事をすばやく平らげた――この宿屋が玄関広間で温かいまま提供している、濃いとろとろの四角い卵焼きとハムだ。ここに対する評価がまた一段あがった。ズボンで指をぬぐい、革袋からペンキの瓶を一本取り出す。手をのばして渡したとき、腕の傷がぴりっと痛んだ。

ガリーナは瓶を手の上でほうりあげ、空中でつかんだ。「大書庫に行こうかと思ってるんだけど」

ヴィヴは眉を寄せた。「図書館か？　商業地区かどこかで聞き込みをするかと考えていたが。これはペンキだとわかっている。なぜ調べる必要がある？」

「あんた、ノームの大書庫に行ったことがないだろ？」ガリーナがにやっと笑って見あげてくる。

「まあ、ないが、しかし――」

「あたしを信じなって」

ふたりは北へ向かった。今度も喜んでガリーナを先に行かせたのは、アジマスがほんとうに広大だからだ。幾何学的な抽象芸術の巨大な像が並んでいるところを通りすぎたが、目で追うとくらくらしてきた。どこにでも長い蒸気の管がのび、整然と束ねられて通りを横切り、壁にきっちりと腕木でとりつけられている。その下を通ると、シューシュー音をたてているのが聞こえた。管の多くに飾り綱が巻きつけてあるし、整然と蔦を這わせた壁が大通りに沿ってジグザグに配置され、どの通りのながめもエメラルド色の市松模様になっている。その効果は、少なくともヴィヴにとっては圧倒的だった。

おそらく無駄だろうが、ボドキンがいる形跡はないかと雑踏を見まわす。アジマスがノームの大都市だとしても、ほかの種族の代表も不足してはいなかった。人間にエルフ、ストーンフェイにシーフェイ、ドワーフ、ホブがひとりふたり、さらには、なにやら修道衣らしきものをまとったラットキンの小集団さえちょこちょこと通りすぎた。

ボドキンの盗賊としての評判から判断して、通りで偶然出くわすことはありそうにない。あの生来の身を隠す才能を考えれば、さらに可能性は低くなる。それでも、警戒しておくに越したことはない。

ガリーナは積極的な観光ガイドで、人混みをぬって歩きながらつぎつぎと解説を続けた。ヴィヴは人の足を踏まないように気をつけながら、連れが見どころを指すたび、それにふさわしくうなずいたり同意のつぶやきを口にしたりした。

大書庫は到着するずっと前から目に入った。七つの塔が輪になって並び、そのあいだを縦横に走る壁つきの通路が結んでいる。目をみはるほど壮麗な建造物は角状の突起や表面に刻まれた複雑な線画で飾り立てられていた。街のおおかたの建物とは異なる尺度で建てられているのは明白だ。どの扉を入るときにもヴィヴが頭をひっこめずに済みそうだとここからでも見て取れた。

「そんなにたくさん本があるのか?」ヴィヴは本気で畏れ入ってささやいた。

「かなりたくさんね」ガリーナは目をきらめかせて答えた。「それに、本だけじゃなくてもっといっぱいあるよ。さっきも言ったけど、あたしを信じなって」

ふたりは塔のひとつへ入る階段を上り、真鍮《しんちゅう》でできた両開きの大扉を二組通り抜けた。ボタンにさわるとシュッと音をたててひらく。洞窟めいた内部の廊下に出てくると、その場所の広さに息をのんだ。どの壁面も巨大な作りつけの本棚になっており、書物がぎっしりつまっている。何段もの細い通路が塔を取り巻き、複数の階段で網目状につながっていた。調べ物用の机やテーブルがあちこちにかたまっている。濃い色のガラスがはまった背の高い窓からは薄暗い光しか入ってこなかったが、瞬時点灯ランタンが内部全体にむらなく黄色い光を投げかけていた。

「そもそも、ここでなにかが見つかるのか?」ヴィヴは小声で言った。

ガリーナは近くの棚についている金属の板一式に手をふってみせた。〝細胞小器官《ORGANELLE》〟〝卵子《OVA》〟〝梟の巣《OWLERY》〟などといったラベルがついている。それぞれの下に一続きの黒点がびっしり打ってあった。

「システムがあるんだよ」とガリーナ。「でも、本を探しにきたんじゃないからね」

ヴィヴは落胆に胸が痛むのを感じた。機会があれば、何日もここで過ごせるだろうに。いや、おそらく何週間でも。「質問は私にさせようとしているんだろう?」

「なにか知りたくて、しかも早く知りたいんだったら、七相の学者の誰かに訊くんだよ」ガリーナは答えた。意味ありげな笑みを投げてくる。「七相のことは知ってるだろ?」

ヴィヴはしらけた視線を向けた。「知らないのは承知しているはずだ」

「説明してほしい?」

「それは、まあ……だが、いますぐにではないな」

ガリーナは例の瓶をポケットから出して掲げた。「これは三相だと思う。つまり第三塔ってこと。そっちへ行って、第三学者がなにを教えてくれるか聞いてみようよ。誰かが昔知ってたことを調べたいなら、本を確認するじゃん。誰かがいま知ってることを調べたいときには、学者に訊くんだよ」

ヴィヴはもう一度あたりを見まわし、塔の中心に一段高くなった台があって、短い階段がまわりを囲んでいるのを見つけた。台の中央に配置されたノームと話そうとして、地元民――と、もっと背の高い種族数人――が列を作っている。親指をそちらに向け、眉をあげてみせる。

「第一学者だよ」ガリーナがうなずいて言った。「有機体。生物。あんた、あたしと第三塔へ行きたい？　それとも……」声が途切れ、ヴィヴの表情を見て少しほほえむ。

「ちょっとだけこのあたりを見てまわっていてもかまわないか？」ヴィヴはたずねた。そうしたくてたまらなかったが、うしろめたくもあった。「その、もし手伝えることがあるなら、もちろん喜んで――」

ガリーナは声をたてて笑い、その言葉をさえぎった。「その目つきは知ってるから。ここにいなよ。くたくたになるまでさ。お返しは、次にフェンナスに会ったとき、どんなにあたしの頭がいいか思い出させてやるだけでいいから」

「言葉をつくして天才ぶりを褒めそやそう」ヴィヴは重々しく言うと、微笑《びしょう》をひらめかせた。

ノームはまだくすくす笑いながら、その場を離れてヴィヴの好きなようにさせてくれた。

完全に書物だけで構築されているような殿堂にひとりきりになると、わくわくする気持ちが指先からうなじまでこみあげてきた。ちらりと第一学者まで続いている質問者の列に目をやってから、むしろ自分で答えを探したい、と決める。学者に訊く手続きを知らないし、ヴィヴの興味の対象に関して調べるなら、ここがふさわしい塔のようだ。ほとんど啓示のようなものではないか?

目下の仕事にあてるべき時間を無駄にしている、としつこく告げる声がしたが、ヴィヴは抑え込んだ。仕事に関してはガリーナが充分心得ている。

その階をざっとまわると、本を積み重ねた段にそれぞれアルファベット順の金属板がついているのに気づいた。なんらかの主題に基づいた整理方法も使われているらしい。たぶん小さな黒点がはっきり示しているのだろうが、ぶっつけ本番でいくことにした。

ノームに合わせた浅い段をどかどか踏みつけながら、おそろしく動作が鈍くなった気分で階段のひとつを上っていく。色とりどりの本の背に指をすべらせて、紙とインクのにおいを吸い込んだ。

試しに読んでみた最初の二、三冊は、西領の動物相に関する一般的な論説で、範囲が広すぎた。もっと風変わりな、おそらく古い時代のものが必要だ。ヴィヴは眉をひそめ、高いほうの段に目を向けた。ガリーナが戻ってくるまでにどれだけ時間があるかわからない。

とうとう、少々案内を頼んでもいいだろうと判断した。革表紙のついた続き物の二つ折り本をせっせと棚に戻しているノームの老人に近づくと、しゃがみこんで咳払いする。「えー、失礼？」

ノームは目をあげ、縁なし眼鏡越しにまばたきしてみせた。「なにかご用かな？」

「ああ、いま、その、探しているものがあって……」躊躇《ちゅうちょ》したものの、できるだけくわしく話そうと決意した。「……スカルヴァートについてなんだが」まるで物語の本でもせがんでいるように、ばかばかしいほど子どもっぽい気がした。

老人はこちらをじろじろと見てから口をすぼめた。「歴史かね、実用的な事柄かね？」

「両方なんだが」

ノームはうなずくと、近くの階段へ小走りで向かう。ヴィヴは驚いてついていった。

案内されたのは三つの別々の棚と、それぞれ違う七冊の本だった。訊いてよかったと胸をなでおろす。あてもなく何時間も歩きまわったところで、自力でこれだけ見つけ出せたとは思えない。

老ノームに感謝して、本の束を手近のテーブルに持っていく。椅子はまともに座るには低すぎたし、体重を支えてくれるかどうか疑問だったので、テーブルの上に片手をついてぱらぱらとめくりはじめた。数分後、帳面をひっぱりだして尖筆を手に取る。次第に没頭しながら、新たな調査結果でページを埋めていった。

腕の痛みが気にならなくなり、ヴィヴは内心で、踏みならされた道から顔をあげ、ぼやけてはいるが明るい地平線を見晴らしていた。

「いた！」

テーブルにペンキの瓶がカタンと置かれ、ヴィヴは読書から現実に引き戻された。本能的にメモを閉じたが、急ぎすぎて疑わしげに見えたことは否めない。

ガリーナはヴィヴの帳面と、守るように上から押さえた手を横目で見やった。微笑が一瞬ゆらぎ、探るような表情になったものの、笑顔が一段と明るさを増して戻ってきた。

「忙しくしてるのはわかってたよ」なにも気づかなかったかのように陽気な声を出す。

ヴィヴは無理に笑い声をあげたが、うまくごまかせたという気はしなかった。「で、第三学者はなんと言っていた？　あててみようか、その瓶を渡したら、ボドキンの住所と、卵料理の好みまで教えてくれたんだろう？」

ノームは舌を突き出してみせた。「へえ。おもしろいこと言うじゃん。違うよ、でも、これの正体はきっちり突き止めてきたからね。それに――」瓶をまたテーブルから持ちあげ、ゆすってみせる。「――いったいどこからきたのかも」

「ペンキだという点では、みんな一致したと思ったが？」

「まあ、そうだけど、ペンキの種類が大事なんだよ。これは金属の破片が入った油性塗料みたいだね。ほんとに細かいものに使われてて、筆もちっちゃいとか、混ぜ方についてもなにかあったな。すごく特殊な種類の木に最適なんだって。あんたも言ってたけど、誰もこれで納屋を塗ったりしないよ」

「ふーん。すると、ボドキンは実は画家だったのか？　なるほど、範囲を狭めるには役立つ情報だろう。だったら、アジマスでこれを売っている店はいくつある？」

「そこがいちばんいいところ」ガリーナの笑みが大きくなった。「ひとつしかないんだ」


店の内部は、整然とした外の通りとびっくりするほど対照的だった。亜麻仁油《あまにゆ》と松脂油《まつやにあぶら》のにおいが感覚を圧倒してくる。奥の壁は一面整理棚になっており、色とりどりの液体の入ったガラス瓶がつめこまれていた。垂木から垂木へ張りめぐらした針金には、まるで洗濯物を干すように画布が何枚もかけてある。片隅に画架がいくつも骸骨のように広げられ、高さの違うテーブル一式には大小さまざまの絵筆を立てた箱があふれていた。

ヴィヴは手の甲でぶらさがっている画布を持ちあげて下を通らなければならなかった。

カウンターの奥では、小鳥めいたノームが歯で舌を押さえて集中しながら、絵筆用に黒貂《くろてん》の毛の穂先を糸で縛り、ちっぽけな鋏で慎重に先端を切り揃えていた。

女ノームは筆の先から糸を外し、結果をじっくりと調べて、不揃いな毛をちょきんと切ったあと、ヴィヴとガリーナを見あげた。

「なにかご用、おふたりさん？」その声は繊細《せんさい》な指先におとらずかぼそかった。

「もちろん！」ガリーナは瓶をカウンターに置いた。低い位置につるされた瞬時点灯ランタンに照らされて、青い塗料がきらめく。「友だちの備品がちょっと足りなくなっちゃって、詰め替え分がないかどうか訊いてくれってさ」

カウンターの奥にいる女ノームは、眉をひそめてヴィヴを品定めした。外で待っているべきだっただろうか。

ほっとしたことに、店主は瓶に注意を戻し、とりあげて顔に近づけた。また歯のあいだに舌がのぞく。「ふむ。金属片。コバルト四七」

「それでよさそう」ガリーナが明るく同意した。「大型の案件がひかえてるらしいよ。間違いなくもっといるね」

「これを用意するには時間がかかるって、レイトンは知っているはずだがね」女ノームは非難がましく眉をひそめて答えた。「もちろん手もとには置いてないよ」

ヴィヴとガリーナは〝レイトン〟という名にすばやく目を見交わした。この特別な混合塗料を買う客がひとりしかいないと聞いて、ヴィヴはぱっと気持ちが昂揚するのを感じた。

ガリーナがわざとらしい笑い声をたてた。「エルフのことは知ってるだろ。あれだけ時間がたっぷりあるから、ほかのみんなも同じはずだと思ってるんだよ。とくに、本気でなにかに集中してるときにはさ」

「まあ、そうだね、時計というのはほんとうに――」店主は目をぱちくりさせた。「エ、エルフ？」

「ああ、その、エ、エルフみたいにっていうつもりだった」ガリーナはさっとでっちあげて続けた。

「まあとにかく、一回分混ぜてもらうまで、これはここに置いてくから。いま金を払ったほうがいい？」ポケットを探りはじめる。へまを取りつくろうのに金を見せるほど有効な手はない。

「いいや、大丈夫」店主の眉が晴れ、腰掛けに座り直した。「でも、午後いっぱいかかるね。あしたの朝きてもらうのがいちばんだよ」

カウンター越しに銀貨を数枚押しやって、ガリーナは主張した。「ちゃんと戻ってくるのがわかるように、念のため」

女ノームは硬貨を見て目をまるくし、ガリーナがいささかやりすぎたのではないかとヴィヴは思った。しかし、それ以上質問がこないうちに、ふたりは向きを変え、せかせかと戸口を出ていった。


「つまり、ボドキンがレイトンとして歩きまわってるか、あのペンキの袋が盗品で、ここで行きづまるか、どっちかだね。あたしの第一印象？　ボドキンは芸術家っぽく見えなかったってのが本音かな」ガリーナの先導で、ふたりは店から数百歩離れた、長い――ありがたいことに高さもある――日よけの下で正午の陽射しを避けていた。ガリーナはしぶい表情になった。「でも、フェンナスが正しかったとはあんまり思いたくないな」

ヴィヴは肩をすくめてから、上腕に走った痛みに顔をしかめた。「それでも、最大の手がかりには違いない。趣味でもおかしいことはないからな。時計作りか？　あるいは、少なくとも時計の色つけか。人が休みのときなにをしているかはまずわからないものだ」

「まあね」ガリーナは鋭い目を向けてくると、日よけの下の壁にもたれかかった。

ヴィヴは気づかないふりをした。「ともかく、名前は手に入った。しかも、この街にノームでない時計作りが何人いると思う？」

「いちばんいいのは尖塔区に行くことかな」ガリーナがいたずらっぽく笑った。「絶対にフェンナスより先にあいつを見つけないと」

「ほかの連中を待つほうが賢いかもしれないぞ」ヴィヴは包帯をいじりながら考えを声に出した。「この前はボドキンにうまく逃げられたし、いまでは用心しているだろうからな。それに、ルーンがのけ者にされたと感じそうだ」

「待たないほうがいい理由を残らず数えあげさせようってわけ？」

「そういう理由が存在すると言っているのか？」ヴィヴはにやっとして相手を見た。

「いくつかでっちあげられるよ」

ヴィヴはフェンナスのことを思った。

「いや。どうでもいいさ」


本来のアジマスと尖塔区と呼ばれる地域の境界線は、妙に現実離れしていた。建物の規模が唐突に変わり、ヴィヴが肩越しにふりかえると、すべてが鏡を使った手品のように見えた。通りは少しも広くなっていないのに、扉の枠が目の位置より高いだけで、縮こまった筋肉が急にほぐれたような気がする。

　尖塔区は環道の三つの区域しか占めておらず、アジマス全体の中では比較的せまかった。それでも、通りが弧を描いているおかげで、ちょっと歩いて小さい建物が視界から外れれば、領内のほかの街にいると想像するのはたやすかった。たとえ通常よりノームの数が多くてもだ。相手を追いつめようとしているいま、目撃されて標的が逃げ出す可能性はずっと大きくなっている。状況を考えれば、運が味方してくれるよう期待する以外、できることはたいしてない。ヴィヴはなるべく注意を引かないようにつとめたものの、アジマスに滞在している期間を通じて、目にしたオークの数はせいぜい四人だ。通りはほかの場所よりずっとすいていて、養鶏場にいる豚なみに目立たないでいるのは難しかった。

　レイトンの名前と、慇懃《いんぎん》な質問をいくつか、加えて銅貨数枚出すと、目的の仕事場への道順を教えてもらえた。気がつくと、ガリーナとヴィヴは意外なほど清潔な路地で、鉄階段の足もとに立っていた。

「時計作りの看板に見えるな。ちょっと外れたところだが、ここに違いない」とつぶやく。階段の上のせまいポーチの手すり越しに赤い扉が見え、その上に薄い金属の歯車一式と、時計の針二本が芸術的に埋め込まれていた。

　ふたり一組で道具箱を運んでいるドワーフたちが横を通りすぎ、かどをまがって大通りに出るのを待つ。そのあと路地は静まり返り、ヴィヴとガリーナ以外に人影はなくなった。

「留守なのを確かめてから、戸口を試してみるか?」とたずねる。

「あのさ、向こうは泥棒だよ。鍵がかかってるってば」ガリーナが答えた。

「いや、〝試す〟と言ったのは、つまり……」ヴィヴは両手で曖昧《あいまい》に錠前破りの動作をしてみせた。

ガリーナは鼻を鳴らした。「下で待ってな、このでかぶつ。なるべく体を縮めててよ」

ノームは階段を上り、扉の横にある細長い窓から中をのぞいた。

「誰もいないよ」と大きなささやき声で下に呼びかけてくる。「暗いのが好きなやつなら別だけど。向こう側の鎧戸《よろいど》が全部閉まってる」それから、ちっぽけなスパナと錐《きり》をひっぱりだし、把手《とって》の機構に取り組みはじめた。

数秒後、ガリーナが道具を小物袋に戻しておりてきたので、ヴィヴは驚いた。

「問題でも?」

「ううん、鍵はあけたよ。でも、ほら。ここは個人の家じゃないじゃん。誰かがこの場所を探して、ボドキンが戻ってきたときのために待ってなきゃ。もうひとりは近所で聞きまわって、もう少し探ってみたほうがいいし。あんたのことを背丈とかで判断したくないけど、もしどっちかが人にまぎれるとしたら……」

「わかったわかった。そのとおりだ。気をつけろ、いいな? それから、戸口に戻ってきたら、まず二回窓を叩いてくれ。入ってきたときに怪我をさせたくない」

ガリーナはくっくっと笑うと、短剣のひとつをほうりなげ、親指と人差し指で刃をつかんで受け止めた。「無視したくなるよ、あんたが自分で思ってるほど速いかどうか見るためだけにでもね」

ふたりはうなずきあった。それからヴィヴは階段を上り、そっと扉からすべりこんで、後ろ手に閉めた。


仕事場の中は薄暗く、足音が反響した。わずかな光の中で、瞬時点灯ランタンのガラスの覆いがかすかにきらめく。目が慣れてくると、室内の家具がぼんやりと形を取った。

ヴィヴは意表を衝かれ、ゆっくりと息を吐き出した。三部屋か四部屋あるに違いないが、この部屋の中央は完全に空っぽだった。最初はなにもないのかと思いかけたが、違った。隅にばかでかいものがごちゃごちゃと置いてある。

戸口の脇の小窓をふりかえり、危険を冒してみることにした。周囲の状況がはっきり見えたほうがいい。瞬時点灯ランタンのひとつに手をのばし、カチッと鋭い音がするまで土台についている小さなつまみをひねる。シュッ、ポンと音がしたあと、小さな青い炎が燃えあがったので、つまみをまわし、あたりが見える程度に光をなるべく小さく調節した。

部屋を区切っている壁にはアーチ形の出入口がついており、鎧戸のおりた窓がある別の区画がぼんやりとうかがえた。壁際に長い作業台が据えてあり、その上にきっちりと並べられた道具は驚くほど数が少なく、下には頑丈な腰掛けが置いてある。凝った装飾の時計が組み立てている途中の状態で広げられており、歯車だの歯や心棒だのが整然と配置されているのが見えた。表面は精緻《せいち》な彫刻を施した木で、なにか自然のモチーフで半分着色されている。細い筆や塗料の瓶がいつでも使える状態で待機していた。

四隅には貨物箱が高々と積みあげられ、山のひとつに巻いた敷物が立てかけられている。壁はむきだしだった。

足音をたてずアーチ形の入口に入っていくと、小さな台所になっていたが、やはりほとんどなにもない。盥《たらい》の近くに皿が数枚重ねてあり、部屋の広さと比べ、テーブルと二脚だけの椅子が小さく見えた。

もうひとつの出入口越しに、ベッドと鏡台が目に入った。下り階段は表口に通じているに違いない。なぜ玄関が路地に面しているのか、ふたたび首をひねったものの、必ずしも店頭というわけではないのだろう。

ヴィヴは両手を腰にあて、あっけにとられてあたりを見まわした。「いったいどういうことなんだ？　ここが泥棒名人の住まいか？」とつぶやく。

いやな疑いが湧いてきた。ガリーナともども、まぬけなふたり組だったことが判明するのではないだろうか。とはいうものの、すでにこれだけ手間をかけてしまった以上……

入口が二か所ある危険は冒したくない。正面の階段から椅子を一脚おろすと、いちばん下の段と扉の隙間にもたせかけ、ひらかないようにした。

二階に戻って、設計図らしき紙が見あたらなかったので、作業台から細い木工用の彫刻刀をとりあげ、貨物箱の蓋をつぎつぎとあけてみた。いくつかの箱にはぜんまい仕掛けがぎっしり載った小さな木の盆が収納されており、また、おがくずの山の中に完成した時計がそっとおさまっている箱もあった。

ヴィヴは頭をふった。間違いなく、趣味では済まないように見える。名高い盗賊の大御所にしては、ずいぶんと腕のいい精巧な機械仕掛けだ。もっとも、ボドキンはそれだけ器用な指を持っているだろうという気はする。

ほかの箱にはたたんだ布やマント、銀器類、小間物類がつめこまれていた。

「誰かが街を出ようとしているな」ヴィヴはひとりごちた。

もちろん、もしここがほんとうにボドキンの隠れ家なら、窓から見えるようなところに貴重なものを置いておいたりしないだろう。

潜伏できる場所はないかとすばやく作業台を調べ、台所を検分した。収納戸棚になっている壁をコツコツ叩き、あらゆる表面の裏側を探ってみる。ドスンと片足で床板を踏んでみて、きしみや秘密の継ぎ目がないかどうか確かめた。

最終的には寝室へ行き、片手だけでマットレスを持ちあげたり、鏡台の引き出しをのぞきこんだりして点検した。とうとう小さな化粧台に近づく。中がからなのを確認したあと、底を叩くと、あきらかにカチッと音がしたのでにっこりした。

ということは、探偵仕事に一点だ。

二重底がすぽんと抜けると、待っていた手に折りたたんだ新しい紙束がすべりおちた。

ヴィヴは立ちあがって紙を広げ、通りに面した鎧戸つきの窓からもれてくる光の筋にかざした。どのページにも複雑な線画がびっしり描き込まれ、寸法や注釈、それに大書庫で目にとめた不可解な黒点の配列がちりばめられている。

「なるほど、ここにあったのか」紙に書かれた思いつきにこれほどの価値があることに驚いて声を出す。「だが、こうなるとフェンナスの言うとおりだと認めざるを得ないな。中途半端なやり方で妥協する理由はない」

仕事部屋に戻り、瞬時点灯ランタンを消すと、隅に腰掛けをひきずっていって待ち受けた。

ヴィヴは感心した。外の階段がきしむ音ひとつ聞こえなかったからだ。

座っているところからは窓が見えなかったが、がらんとした床に落ちる光が一瞬乱れたことで、たちまち警戒態勢に入る。

聞こえるか聞こえないかというパチンという音のあと、扉がゆっくりとひらき、夕方の光が部屋の向こう側まで射し込んだ。影はない。

扉は閉じなかった。

ショートソードを抜きたくて指がうずうずした。作業台のかどからすぐ届く位置に鞘《さや》をつるしてあるのだ。だが、ヴィヴはその衝動をこらえた。

そのとき、ボドキンが室内の物陰から踏み出し、まっすぐこちらをみすえた。

「残りのお友だちはどこにいるの？」

ヴィヴはたちどころにその声を聞き分けた。喉を鳴らすような低い響き。「明かりをつけたほうがいいんじゃないか。私が肩をすくめているところが見えるぞ」

「暗くてもちゃんと見えるもの」

「だが、こっちには見えないし、あんたが次の行動を思いつく前に見せたいものがあるんだ。ばかみたいに逆さに持ってしまったりしないように、ここは合わせてくれないか」

ボドキンは一瞬みじろぎせずにいたが、一歩さがり、瞬時点灯ランタンのひとつに明かりをつけた。それから、また一歩横に動くと、なめらかな動作で扉を閉めた。

ふいに明るくなったので、ヴィヴは目を細め、ボドキンがそれ以上行動を起こしたときに備えて体を緊張させた。相手は動かなかった。

目が慣れてくると、実に意外なことに、ボドキンが前日とほぼ同じように見えることがわかった。状況から考えて、ヴィヴなら新たな外見にするほうに賭けていただろう。不思議だ。

エルフの繊細な目鼻立ち、実用的な服装、一本の長い三つ編みにした淡い色の髪……そして、片手にあの物騒な短剣を三本、扇状に広げている。

ヴィヴは二本の指でつまんで設計図を掲げた。腰掛けに座ったまま脚を組み、くつろいだ姿勢を保つ。「その三本全部を命中させてもいいが、言っておくと、おそらく私は止まらないぞ。そのうえ、とほうもなく不愉快な気分になるだろうしな」

ボドキンはうんざりしたような声を出し、なにかの護符を首からぐいっとひきちぎると、床に投げつけた。「役に立たないごみくずね。あいつを殺してやるわ」

「ああ、それがなんだとしても、たぶんきちんと効いていると思うぞ。魔法であんたを追跡したわけじゃない。塗料だ」ヴィヴはたたんだ羊皮紙で作業台に並んだ瓶を示した。「運の悪い趣味だったな。すると、やはりあんたがレイトンなのか？」

　ボドキンははじめて、ひややかな苛立ちと憤り以外の感情を顔に出した。かわりに示したのは、ほとんど滑稽《こっけい》なほどの衝撃と、ほんの一瞬ひらめいた懸念の色だった。

「ともかく、まだこいつらを売りさばいていなかったのは少々意外だった。まあ、すでに街を出ようとしているときのほうが安全だからだろうが」ヴィヴは手近の箱をぽんぽんと叩いた。

「おしゃべりね。それに、誰もまだ血を流していないし」とボドキン。「つまり、依頼人はわたしを生かしておきたいの？」

「こちらの裁量にまかせる、と言っていたな」

　ボドキンはうなずいた。

「というわけで」とヴィヴ。「すべて条件が同じなら、私としてはむしろ――」

だが、ボドキンはすでに動いていた。ヴィヴは悪態に息を浪費したりせず、左手で設計図をシャツの下に押し込みつつ、鋼鉄で革をきしらせてショートソードを抜きはなった。

　短剣がヒユッと音をたてて室内を横切ったが、刃が鞘を離れた刹那《せつな》、ヴィヴは腰掛けを蹴り転がし、ぱっと片膝をついて姿勢を起こした。短剣がドスッと漆喰《しっくい》にめりこみ、粉塵《ふんじん》を撒き散らす。

エルフの皮膚が服の下で波打ち、きれいな亜麻布《あまぬの》にインクが滲み込むように、肌が青黒く染まった。その変化に合わせて体がふくれあがっていくように見える。同時に、淡い色の三つ編みと虹彩《こうさい》が血の気のない白に変わり、瞳孔《どうこう》がねじれて線のように細くなって、指に青白い鉤爪《かぎづめ》が生えてきた。

（なるほど、変身能力者はこんなふうに見えるのか）ヴィヴは思った。（話は終わり、ということだな）脚をのばして立ちあがり、剣を体の前で横薙ぎにしてふたりの距離を保った。

「怪我はさせたくないが、必要ならやるぞ。もう短剣も使い果たしただろう」にこりともせず言い、ボドキンの顎に切っ先を向ける。

「死ねばいい」

ヴィヴは溜息をついた。剣と片腕の傷がなかったとしても、敵より五ストーンは体重があるのだ。純粋な力競べなら……

ボドキンは手のひらでヴィヴの剣を信じられないほど速く横に払い、構えた腕の下にひょいともぐりこむなり、肘に片腕を巻きつけてヴィヴを部屋の向こうに投げ飛ばした。

片脚が作業台に接触して動きが止まり、反対側の端に背骨がぶちあたる。背中の左側から右側まで長々と激痛が走り、ヴィヴは肩と首を下にしてどさっと倒れた。道具と塗料が宙にはねとび、瓶が床にあたって砕ける。すばやく一回転して立ったものの、首をひねったせいで吐き気がこみあげ、頭がくらくらした。剣が手もとにない。

ボドキンは攻撃の手をゆるめようとせず、部屋の向こうからとびかかってきた。悠長に言葉でやりあう気がなくなったのは明白だ。例の鉤爪は鋭く、縦横に切り裂いてくるのを払いのけながら、ヴィヴの前腕には幾筋もの深くえぐられた傷がついた。

氷水に沈んだように頭がすっと冷え、生存のための思考だけが残る。

どうにかボドキンの手首の片方をつかみ、近々と引き寄せた。かがみこんで逆の腕をその手首にまわし、体ごと床から持ちあげる。ふたりとも呼吸が荒くなり、互いの耳もとで息を切らした。

ボドキンはヴィヴの背中を不器用に切りつけ、シャツをぼろぼろにしてのけたが、ヴィヴはすでに向きを変えて室内の壁のひとつに突進していた。背中から叩きつけてやると、ボドキンは衝撃で漆喰を完全に破壊しながら壁を突き抜けた。一組の間柱をへし折り、塵《ちり》と木片と灰色のかたまりが舞う中で、台所の床に勢いよく倒れ込む。

ヴィヴの全体重がのしかかり、ボドキンの口から空気を押し出した。変身能力者はぜいぜいあえいだが、空気のかわりに霧状になった漆喰を吸い込むはめになった。黒い肌が埃で灰色になり、目から涙を流しながらげほげほと咳き込む。

ヴィヴは鼻で呼吸しながらなんとか片肘をついて身を起こし、ボドキンの手首を両方ともつかんだ。脇にぺっと塵を吐き出したあと、しゃがれ声でうなる。「オークの頭がどれだけ硬いか示してやりたくはないぞ、わかったか？　もう充分頭が痛いんだ」

ボドキンはかろうじて何度かきれいな空気を吸い込み、目をしばたたいて涙をふりはらった。きつく回転する巻き上げ機さながらに、下で変身能力者の体がこわばるのを感じた。（畜生、まだあきらめていない）ヴィヴはぐったりと考えた。

ボドキンが真珠《しんじゅ》のように光る鋭い歯をむきだした。

「どうやっても無理だ――」ヴィヴはぴたりと言葉を止め、片耳を立てた。

相手にも聞こえたらしく、視線が横に動く。

正面階段の下でドンと音がした。誰かが入ろうとして、扉を固定している椅子をいちばん下の段にぶつけたらしい。

「バレイヤ？」半分ひらいた扉越しに、くぐもった男の声が呼びかけた。

ヴィヴは目をぱちくりさせて獲物を見おろし、頭を後ろに引いた。（バレイヤ？　いったいいくつ偽名があるんだ？）

だが、ボドキンの顔をかすめた本物の不安と恐怖は見間違いようがなかった。懸命にその表情を消し去ると、怒りを新たにして、押さえつけているヴィヴのこぶしにあらがいだす。

「バレイヤ、かわいい人、上にいるのかい？　ちょっと荷物で腕がいっぱいでね、手伝ってくれてもいいぞ！」ふたたび扉が椅子にぶつかり、そのあと苛立ってぶつぶつ言う声が聞こえた。

「かわいい人？」ヴィヴはささやいた。そして急に、いくつかの歯車がぴたりとはまった。

「おい、こっちを見ろ」低い声でせきたてる。「あれがレイトンだな？」

ボドキンが体の下でもがき、苦悩と失望に唇をゆがめた。今回は、目の縁から絞り出された涙を埃のせいにはできないはずだ。

ふいにボドキンから戦意が消え、視線が合った。最後に一度、歯をむいてから、短くうなずく。

ヴィヴは数秒間黙り込み、粉塵の舞う中で、鎧戸のおりた窓ともれてくる光をながめた。ボドキンが苦しげに呼吸する動きが胸に伝わってきたが、もはやふたりは争っていなかった。

変身能力者を見おろすと、こちらの意図をつかもうとして、そのまなざしがすばやくヴィヴの顔を探ってきた。

そして、ひとことボドキンはささやいた。「お願い」

「一度だけ機会をやる」ヴィヴはまだ声を低めたまま答えた。「手首を片方ずつ離す。この機会をだいなしにするなよ」

まず左、続いて右の手首からゆっくりと指を外すと、相手にまたがったまま、身を起こして膝立ちになる。

一瞬、ふたりは黙って見つめ合った。

「くそ、まったく」階段の下で声が毒づき、最後に一回、扉を椅子にぶつけた。そのあと、なにかがガチャガチャと道に落ちて転がっていく音がした。「くそ、まったく！」声が繰り返す。金属がやかましい音をたてて落ち、ガラスがガシャンと割れ、いっそう遠慮なく罵《のの》る声が響いた。どうやらレイトンが荷物の残りを押さえそこねたらしい。

別の日だったら同情して顔をしかめただろう。いまは安堵しか感じなかった。レイトンの不運のおかげで、あと少し時間を稼げるかもしれない。

のしかかった脚から体を持ちあげると、ボドキンは這ってあとずさり、作業台の脚に突きあたった。そのまま目を閉じて、鼻から何度かゆっくりと息を吸うと、青黒い皮膚がエルフの白い肌に戻る。もっとも、いまでは手首のまわりに濃いあざがついていた。耳が短くなり、髪に黄金の輝きが宿った。もう一度瞼をひらいたとき、その目ははしばみ色で血走っており、瞳孔も真円に戻っていた。

ボドキンはのろのろと鼻呼吸を続けながら、ヴィヴをじっと観察し、行動を起こすのを待ち受けた。

ヴィヴは嘆息し、埃と破片の中に腰をおろした。「あの男が時計作りか?」

「ええ」

「おまえたちふたりは……?」

「そうよ」

短い間。

「あいつは知っているのか?」ヴィヴはげんなりしてたずねた。

沈黙。

ボドキンは座って目を閉じ、唇を動かしていた。レイトンがいまにも裏の階段を上ってきて、考えている時間はなくなるだろうという気がした。ヴィヴは話そうと口をひらいたが、ボドキンに先を越された。

「最後の仕事」暗い自嘲《じちょう》をこめて静かに言う。「冗談があるの。どの仕事でもあと一回だけ、これで最後だってね」打ちひしがれた声で笑う。「しかも、はじめてほんとうにそうなるはずだったのよ。レイトンがついに抜ける理由をくれたの。もう少しだったのに」

ヴィヴは汚れがこびりついて灰色になった両手をじっと見おろした。眠れない夜、わずかな隙を盗んでこっそり調べたこと、あの帳面、そして、どう埋めるか答えの出ていない白紙のページを思った。

数秒後、うなずいてから、苦労して立ちあがる。ささやかな火が突風にあおられるように、背中の傷やあざがかっと燃えあがり、うめき声が出た。

設計図がしまいこまれた胸もとをぽんと叩く。「これをやるわけにはいかない」と告げた。「それに、こっちはどうしようもない」壁とその向こうの残骸を示す。「だが、あんたが逃げ道を探せるよう、ほうっておいてやることはできる。わかるか？」

ボドキンはどうにか立ちあがり、顔をしかめた。目もとの皮膚が緊張したものの、首を縦にふる。

「なら、そういうことだ。幸運を祈るところだろうが、正直、そういう気分じゃない」

ヴィヴは正面階段のほうを向いた。レイトンがふさがれた戸口をあきらめて、おそらく裏へまわっていく音が聞こえたからだ。

ボドキンが両こぶしを合わせるなり、力いっぱいヴィヴの上腕の傷口に叩きつけた。ヴィヴは叫び声をのみこんで脇に倒れ、手すりに腕をのばしたものの、つかみそこねてずしんと床に倒れた。

「もう一度はじめからやりなおすのは無理よ」ボドキンはささやくと、逆手にナイフを構えて立ちはだかった。肌はまだ白かったが、虹彩がふたたび黒い裂け目に変わり、沸騰《ふっとう》直前の湯の表面のように皮膚がぼこぼこと動いている。

「だったら、これでおしまいってことだね」高く鋭い声が割って入った。

ふわふわと浮かぶ埃を霧のようにまとわりつかせ、ガリーナが台所に入ってくる。

「いつからそこにいた？」ヴィヴは床からかすれた声をかけた。

「まあ、ちょっとのあいだは、すごくいい場面だったからさ、だいなしにしたくなかったんだよ」ガリーナは両手に一対のナイフを握っており、ボドキンをみすえる目つきがきびしくなった。「けど、いまは喜んでだいなしにしてやりたいね」

ヴィヴはどうにか手すりに片手をかけ、うめきながら身を起こした。「もっといいタイミングがあったと思うが」

「ナイフを持ってる相手に背中を向けたときは、冗談なんか言わないもんだよ」

「まだ持っていたとは知らなかった」

「しかも、行かせてやる気だったし」

ヴィヴはガリーナを見つめ、なんとも言いようのない疲労を感じた。「まだその気だ」

ボドキンの体から一気に緊張が抜けた。ナイフをほうりだし、その横の床にずるずると力なく崩れ落ちる。

「ちょっと、ヴィヴ。だめだって」ガリーナは本気で憤った。

「この女の夫か、恋人か、なんだろうと……すぐにもその扉から入ってきてしまう」

「どうでもいいよ」ガリーナは歯を食いしばって答えた。「ガリーナ。頼まなければだめなら、頼もう」

「こいつのために？」

ヴィヴはガリーナの視線を捉えた。「こいつのためじゃない。私のためだ」

裏の金属の階段から足音が響いてきた。

ガリーナは歯をむくと、ボドキンが投げ捨てたナイフを床からさっとひったくった。変身能力者には一瞥《いちべつ》もくれなかった。「で？」ノームはそのナイフで階段の下をさししめした。

ふたりは急いでおりていった。ヴィヴがひっつかんで階段に投げあげた椅子は、派手な音をたててぶつかった。

それから、ふたりは通りに出てそこを離れた。

緊迫した沈黙を保ち、足をひきずって宿に戻りながら、ずいぶん短い時間でアジマスの街路に大量の血を流したものだ、とヴィヴは思案した。もはや管理人から傷を隠すことは不可能だったので、階段を上って非難がましい視線から遠ざかるのがありがたかった。明日には新しい宿に移ることになりそうだ。いや、もっと早いか。

ヴィヴは相部屋で設計図を取り出し、自分の袋にしまいこんだ。ずたずたのシャツを脱ぎ、頭をたれて無言で座っていると、ガリーナが怒りをこめてぐいぐい医療用品を荷物からひっぱりだす。

それでも、傷口の手当をして、できるところに包帯を巻いてくれた手つきはやさしかった。まあまあ清潔なシャツを着るさい、背中の深い切り傷が盛りあがったりひきつれたりして、ヴィヴは抑えきれずにかすかなうめきをもらした。作業台のかどにぶつかったところのひどいあざがずきずき痛み、心臓が鼓動するたびに吐き気の波が襲ってきた。

「いい気味」ガリーナがつぶやいた。ボドキンのめちゃめちゃになった家を出てきて以来、口をひらいたのははじめてだった。

「助かった」ヴィヴは静かに言い、サイドテーブルの上に置いた盥《たらい》の上でぼろきれを絞って、顔の埃をぬぐった。

それが終わると、ふたりはしばらく見つめ合い、ガリーナが荒々しく下唇をかんだ。

しかしそのあと、古い友人同士ならではの流れで緊張のかたまりがほぐれたので、どちらもほっとした。

「あんたのことは知らないけどさ」とガリーナ。「あたしはあいつらが帰ってくるまでこの部屋に座り込んで、その傷から血がにじんでくるのをぼーっとながめてたりしたくないからね」

ヴィヴは黙ってうなずいた。

ガリーナはさらに一瞬こちらを観察してから、つかつかと扉まで歩いていって、勢いよくあけた。「行こうよ。外の風にあたってこよう」

影から徐々に涼しい夜が広がった。ポン、シュッという音をたてて街灯がいっぺんにともる。

ふたりはあてもなく通りをぶらぶらと歩いたが、ヴィヴが足をひきずっている様子は隠せなかった。自分が人目を引いていることは強く意識していた。両腕をミイラ同然に布でくるみ、蒸留所のようなにおいをぷんぷんさせているのだ。

ガリーナが咳払いした。「でさ、仲間にはあの女があんたを出し抜いて逃げ出したって言おうと思ってるんだけど」ヴィヴの悲惨な状態を全般的に示して手をふる。「それが証拠になるんじゃないの?」

ヴィヴは鼻を鳴らした。「フェンナスの私に対する評価とぴったり釣り合うはずだ。ぼこぼこにされて、標的に逃げられた? あいつはまばたきひとつしないだろうさ」

「間違ってるけどね」ガリーナが静かに言った。

「ああ……まあな。だが、今回ばかりは役に立つ」

「少なくともブツは手に入れたからね」ガリーナは急ににやっとした。「それに、こっちが先に見つけたのは変わらないし」

ヴィヴは軽く笑った。「そうだな」

そこでぴたりと足を止める。ガリーナはそのことに気づくまで進み続け、いぶかしげにふりかえった。

「これはなんだ?」ヴィヴはたずねた。

「なんだってなにが?」

「この……においだ」その出どころを発見するのに時間はかからなかった。すぐそこに、蔦のからまる壁にはさまれた小さな建物があって、その前に黄色い光があふれている。建物の正面は二枚の大きなガラス窓になっており、そこから投げかけられる明かりに包まれて、ちっぽけなテーブルが点在していた。内側から会話のざわめきとチリン、カチャカチャという銀器の響きがもれてくる。

「ああ」ガリーナが鼻に皺を寄せて言った。「そう、あれって新しいはやりらしいよ。珈琲《コーヒー》。最近、こういう場所がいくつかあってさ」

そのにおいは、これまでに出会ったどんなものともまったく異なっていた。深々と息を吸い込むと、ひそやかなぬくもりとゆたかな土、古い木、煎《い》った木の実、そして……安らぎが香った。

「ちょっと待ってくれ」ヴィヴはつぶやいた。「すぐ戻ってくる」

扉の中にふらふらと入ると、急に足の痛みが軽減された気がした。店の奥へ少しずつ進んでいく。その心地よい空間は、眠りと安らかに目覚めた状態の境にあるようだった。

小さな店は長い大理石のカウンターで二分されていた。内装はノーム製のタイル張りで、白と矢車草の青が複雑な模様を描いている。奥の壁に巨大な石板がかかっており、チョークできっちりと書かれたブロック体のリストが整然と並んでいた。単語の半分はまるでなじみがない。

カウンターの上にはぴかぴかの機械が二台置いてある。シューシュー蒸気を噴き出し、ぶくぶく音をたてて配管をめぐったあと、なにか黒っぽくて湯気のあがる液体が陶器のカップに流れ込んでいた。

常連客が小さなテーブルを囲んでかたまっている。熱い飲み物をすすり、ちっちゃなスプーンでかきまぜては、夕暮れどきのおしゃべりにいそしんでいた。

カウンターに近づくと、機械を受け持っているノームのひとりが首をのばして目を合わせ、眉をあげた。「ご注文は、ご婦人？」

繊細なこの場所には大きすぎる体でノームを見おろしたヴィヴは、それにもかかわらず、うっとりと夢見心地でたずねた。「珈琲をひとつもらえるか？」

「もっと具体的なご要望はありますかね？」ノームは背後の石板を示した。

「いちばんのお薦めで」

ヴィヴは窓際で待ちながら、あわただしい動きを見守った。少しでも唐突な動きをしたら周囲の世界にひびが入ってしまうと恐れているかのように、ひたすらじっとしていた。意識の端で、ガリーナが入ってきて、うかがうような視線を投げてきたことに気づく。ヴィヴの顔になにかを見て取ったのか、連れは無言を保つことを選んだ。

カウンターの奥のノームがちっぽけなカップをよこしたとき、ヴィヴはばかでかい両手で慎重に受け取ると、あとずさってカップを顔の前で持ち、深く息を吸った。体に合う席はどこにもなかったが、気にならなかった。

目をつぶり、縁を唇につけて、おそるおそるすすってみる。

その熱は心臓の血さながらに全身を満たした。

「ああ」ヴィヴは息をついた。

脳裏にあの遠くぼやけた地平線が映った。

ある風景がはっきりと形をとりはじめる。帳面を持ってくることを思いつけばよかった。

これから白紙のページに書き込むのだから。

謝辞

この本は大勢の人々――僕自身の〝幸運の輪《リング》〟が集まることがなければ生まれなかっただろう。いま手にしている版はなおのことだ。実際、この本が現在の形で読者の手に届くまでに経由した道のりを考えると、謝辞の欄はずっと大きくする必要がある。

『伝説とカフェラテ』はもともと、期待ゼロの自費出版で世に送り出されたが、びっくりするほど多くの人々の熱意と努力によって、いまやこの新たな転生を遂げた。

それを可能にしてくれた人たち全員に――ヴィヴが言うように〝そっちが寛容すぎるのかもしれない。それでも、そばにいてくれてほんとうにありがたい〟。

僕の人生を完全なものにしてくれ、おかしな言動をがまんしてくれている妻と子どもたちに、とほうもなく感謝していることは言うまでもないだろう。しかし、どっちみち言うことにする。大好きだよ！　ケイト、妻であり伴侶であり支え手であってくれて、ほんとうにありがとう。

また、最初にこれを書くよう僕を説得し、ひと月ずっと並行して書き続けてくれた、ナノリモ'21仲間のアヴェン・ショア＝カインドには感謝してもしきれない。ふたりとも一冊書きあげたし、正確な事実として、彼の助けと熱意とはげましがなければ、この本は存在しなかった。

また、この本を編集するという気の遠くなるような作業を引き受けてくれたフォースライト

──僕はもう何年も彼女の著作のナレーターを務める光栄に浴している──にも感謝したい。あらゆる面における細部へのこだわりは右に出るものがない人で、僕が笑いものにならないよう力を貸すことに同意してくれて、実にありがたく思っている。この本の原形があれほど完成されていたのは、その根気強い努力のおかげだ。

そしていまや、さらにたくさんの感謝をリストに加えなければならなくなった。なぜって、二〇二二年二月にアマゾンのKDPサイトで〝出版〟ボタンを押したときから、さまざまなことがあったからだ。

まず、ほぼ確実に今回の版の存在に大きく寄与しているショーニン・マグワイアに多大なる感謝を。はじめて表紙を見たときにツイッターで、のちにこの本へのたいそう親切な推薦文で、厖大《ぼうだい》な数の読者の関心を『伝説とカフェラテ』に向けてくれた。とうてい感謝しつくせないし、決して忘れることはない。

次に、このオンデマンド印刷の自費出版本を注文してくれ、手渡しで売ってくれたすべての書店へ、恐悦の至りだ。ケルとギディオン・アリエルには言及しなければならないだろう。どちらも初期に僕のささやかな物語を惜しみなく支持してくれた。きみたちには恩がある。これを本棚に置いてくれた書店の名前を全部挙げることも、潜在的な読者の目を向けさせることもできないが、それが可能だったらと思う。僕はまだ茫然としている。

ソーシャルメディア、ティックトック、ツイッター、そしてインスタグラムで、ヴィヴと友人たちを応援してくれたきみたちひとりひとりに……かぎりない感謝を捧げる。あれだけのエネルギーと時間と気遣いをほんとうにありがとう。反応は圧倒的、かつ好意的だった。読者がほかならぬこの版を手に取った理由の大きな割合を占めているのはあきらかだ。

僕は驚くほど大量のファンアートを受け取っている。どの絵にも舌を巻いてしまう。保管用のフォルダーがあって、かなり頻繁にひらいてはみとれている。一枚一枚が僕にとってどんなに大きな意味があるか、絶対にわからないだろう。胸がいっぱいだ。

信じられないほど美味なシンブレットのレシピを作ってくれたfantasycookery.comのルーディー・ロシニョールに特別な感謝を。あれは一回焼くたびに、ほぼその場で消え失せてしまう。

こんなふうにできる可能性を提示しようと手をさしのべ、あれほど熱心に取り組んで実現させてくれた、僕の現在のエージェント、スティーヴィー・フィネガンに──それと、ジーノのチームに──心からありがとう！　きみたちがいてくれてほんとうに運がよかった！

新しい出版社に深甚なる感謝を。こんなに短いスケジュールで、これほどすみやかに出版するとは、とてつもない仕事の量だったに違いない。どんなにありがたく思っているかみんなに知ってほしい。いつか近いうちに、直接ひとりひとりに礼を述べたいと願っている。

トーアUK社では、ジョージア・サマーズ、ベラ・ペイガン、レベッカ・ニーデス、エレノア・ベイリー、ジェイミー＝リー・ナルドン、ホリー・シェルドレイク、ショーン・チルヴァース、そしてロイド・ジョーンズにつきせぬ感謝を。この本に賭けてくれたこと、そしてあれほど歓迎してくれたことに厚く謝意を表する。

トーアUS社では、リンゼイ・ホール、レイチェル・バス、ピーター・リュートイェン、ジム・カップ、ミシェル・フォイテック、ラファル・ギベック、ジェフ・ラサラ、ヘザー・ソーンダース、アンドルー・キング、レイチェル・テイラー、アイリーン・ローレンス、サラ・レイディ、エイスリン・フレッドソール、そしてアンジー・ラオに心からの感謝を。みんな実にすばらしく、惜しみなく時間をかけ、配慮してくれた。

最後になったが、元原稿を公開前にチェックしてくれ、助言してくれたすべての読み手に感謝したいと思う。大きな力となったし、その意見がおおいに参考になった。これが実現したのはきみたち全員のおかげだ。順不同に、ウィル・ワイト、ビリー・ワイト、キム・ウッド・ワイト、レベッカ・ワイト、サム・ワイト、パトリック・フォスター、クリス・ダグニ、イブラ・ボルドセン、ジョン・ビアス、ロブ・ビリオー、ジェニファー・クック、ステファニー・ネメト・パーカー、ローラ・ホッブズ、リー・ペイジ、ハワード・デイ、スティーヴ・ボーリュー、イアン・ウェルケ、ロベルト・スカルラート、アレセイア・サイモンソン、スザンヌ・バルベッタ、ユージーン・リブスター、エズベン・ヘラルド、エリック・アッシャー、そしてカイル・キリンに、ありがとう。

訳者あとがき

エルフにドワーフ、ノームなど、おなじみの種族がごく普通に暮らしている世界。女オークのヴィヴは恵まれた体格と膂力《りょりょく》を生かしてずっと傭兵稼業を続けてきたが、いつのころからか殺伐《さつばつ》とした生活に限界を感じるようになっていた。そんなとき、ある町で偶然〝珈琲《コーヒー》〟という目新しい飲み物に出会う。すっかり魅了されたヴィヴは、傭兵を引退して珈琲店をひらきたいと考えはじめる――

二〇二二年に発表された長編ファンタジイ*Legends & Lattes*の全訳をお届けする。いかにもというゲーム風のファンタジイ世界を舞台に、お決まりの魔獣を倒す場面から始まるこの作品。しかし、またベタな……と思うのはちょっと待ってほしい。ゲームの王道はプロローグの三ページで終わり、残りは宝探しでも巨悪との対決でも世界を救う旅でもなく、主人公がひたすら〝珈琲店をひらく〟という夢を実現させようと奮闘していく展開になっている。そう、これは仕事に疲れた主人公が第二の人生を切りひらく、いわば異世界転職／起業ストーリーなのだ。

そんな職業もので主役を張るのが、珈琲と本を愛するオークの女性ヴィヴ（ただし腕利きの傭兵）……というあたりで、意図的に定型をもじっていることに気づくのではないだろうか。

オークといえば、ファンタジイ界ではもはやお約束の敵役だ。そして、とくに古典的な作品では、女性のオーク自体をまず見かけない。ただし、そもそもこの世界においては、人外の種族がモンスターではなく一般人として扱われている。種族差は人種の違いのようなもので、オークは大柄で力が強く、エルフは優雅で美しいというふうに類型化されることはあっても、実際の性格は人それぞれだ。たとえば店の建て替えに力を貸すカルの種族はホブで、パックという別の種族名も挙げられているように、いわゆる小鬼、小妖精のたぐいを指す。いたずら好きな妖精のイメージと、頑固一徹な職人気質の船大工との落差には、誰もが思わず笑いを誘われるだろう。また、サキュバスのタンドリも、色気より才気が際立つしっかり者で、これまた種族の特性をたくみに逆転させている。テンプレの設定を踏まえつつ、さらりと定石を外し、身近にいそうな存在としてユーモラスに描き出すところが心憎い。荒くれ者の元傭兵でありながら〝いいやつ〟としか表現しようのないヴィヴのまわりに、やはり気のいい仲間が自然と集まり、めいめいの才能を生かしつつ力を合わせて夢を実現していく――定番のストーリーをいきいきと展開させるこの人物造形こそ、自費出版という形でデビューした本書が〝コージー（居心地のいい／和気あいあいとした）〟ファンタジイとして絶賛され、口コミで広がっていった最大の理由だろう。

さて、この作品が世に出た経緯というのが小説さながらにドラマチックなので、紹介しておきたい。米国にはNaNoWriMo（National Novel Writing Month）という小説を書きたい人のためのNPOがあり、毎年十一月に「三十日間で五万ワード以上の小説を書こう！」というイベントを開催している。五万ワードというと、短めの長編一本ぐらいの分量だろうか。一か月で執筆するのは相当きびしい気がするが、著者トラヴィス・バルドリーはこれに挑戦し、みごとに書きあげた。ちなみに長編小説を最後まで仕上げたのははじめてだったという。これが本作 *Legends & Lattes* の第一稿である。原稿が完成すれば本にしたいのは人情というものだが、著者によれば、自費出版することにしたのは主として好奇心からだったという。もともと仕事としてオーディオブックのナレーターをしているため、作家と付き合いがあったので、〝向こう側〟の事情が知りたかったらしい。したがっていわゆる私家版ではなく、普通に流通に載せて販売するため、あれこれ試行錯誤を重ねる。電子版だけでなく印刷版、オーディオブックなどにも対応したそうで、このあたりは著者のサイト https://www.travisbaldree.com/内の SELF PUBLISHING A－Z でくわしく解説されているので、気になった方はご一読を。米国の自費出版事情の一端がうかがえて興味深い。さて、もろもろの準備が終わると、発売前にツイッター（現X）に表紙を載せて宣伝したものの、正直なところ売れ行きはまったく期待していなかった。ところが、ファンタジイ作家のショーニン・マグワイアがこの告知をシェアしたことがきっかけとなり、予想外の注目を集める（なお、マグワイアは米国のSF／ファンタジイ界ではよく知られた実力派で、日本でもネビュラ賞、ヒューゴー賞、ローカス賞の三冠を達成した『不思議の国の少女たち』のシリーズが出版されている）。広告はいっさい使わず、電子書籍の予約注文だけで二千六百件に達したというから舌を巻く。

こうして順調にすべりだした *Legends & Lattes* は、発売後一週間で商業出版のオファーを受け、同年のうちにSF／ファンタジイの有力出版社であるトーア社からあらためて刊行される運びとなった。なお、トーア社版は巻末におまけの短編がついており、本書はその版の邦訳である。出版後はたちまちニューヨークタイムズのベストセラーリストに載ったばかりか、二〇二三年のネビュラ賞、ヒューゴー賞の長編小説部門にノミネートされ、ローカス賞では第一長編部門の最終選考を通過している。いずれも惜しいところで受賞は逃したものの、SF／ファンタジイ界の新人賞ともいえるアスタウンディング新人賞を受賞したことはつけくわえておこう。また、二〇二三年十一月には前日譚 *Bookshops & Bonedust* が発売され、翌週のニューヨークタイムズのベストセラーリストで堂々一位を獲得している。『伝説とカフェラテ』が珈琲店の開業なら、こちらは廃業寸前の本屋の立て直しが主題となっており、読書好きなら間違いなく心をそそられるのではないだろうか。機会があればぜひ紹介したい。

では、そんな鮮烈なデビューを果たしたトラヴィス・バルドリーとは？　実は、この著者の経歴もなかなかユニークである。現在の職業はオーディオブックのナレーターで、自身の著作を含め、多くのファンタジイ小説をその声で聴くことができる。もともと読み聞かせが好きで、成長した子どもたちに読む必要がなくなってしまったので副業として始めたということだが、数年後にそれまでの仕事を辞めて専業になったという。その前職というのが、なんとゲーム・デベロッパー、つまりコンピューターゲームの開発者なのである。一九七七年生まれのバルドリーは一九九八年にゲーム業界に入り、おもにパソコン向けのソフトの開発を手がけた。たんにゲームのデザインやプログラムを作るだけでなく、プロデューサー的な役割を果たし、最終的にはゲーム製作会社を共同で設立しているほどだ。二〇〇八年に四人で設立したRunic Gamesでは Torchlight（二〇〇九年発売）など百万単位で売れた人気ゲームを制作している。その後二〇一四年に再度独立し、仲間とふたりで設立したゲーム制作会社Double Damage Gamesも好調だったようだが、数年前にもうやりつくしたとあっさり引退を決めたという。ただし現在もDouble Damage Gamesの共同所有者兼CEOではあるので、この場合彼の職業はナレーターでいいのか、という疑問は残るが、ここで注目したいのは、若いころから二十年も業界の第一線で活躍し、自他共に認める成果を収めておきながら、意欲が薄れるとすっぱり辞め、興味を引かれた新しい職種に移ったことだ。……おや、どこかで聞いた話では？

前述したように、この作品は著者がはじめて書きあげた長編小説で、それまでは未完の大作ばかりだったらしい。今回うまくいった理由のひとつは、自分に関係があると感じられることを書いたからだという。四十代でゲーム開発者からオーディオブックのナレーターへキャリアを一変させた著者と、長年にわたる傭兵生活に別れを告げて珈琲店の開業をめざす女性オークには、間違いなく響き合うものがある。この物語がこれだけ共感を呼んだのは、書き手の経験に裏打ちされたことで、絵に描いたようなゲーム風ファンタジイの世界にたしかな実質がそなわったからではないだろうか。それは人生のなかばで新たな道へと踏み出す決意かもしれないし、珈琲の香りや焼きたてのパンの味といったささやかな楽しみかもしれない。世界の滅亡を阻止する戦いも心躍るが、ときにはひと息入れて日々の営みに目を向けるのもいいものだ。ぜひ、珈琲にかぎらず好きな飲み物をかたわらに置いて、この本をお供にゆったりとしたひとときを過ごしてほしい。

最後になったが、この場を借りていつもお世話になっている東京創元社の編集・校正諸氏に厚く御礼申し上げる。また、締切前に迷惑をかけまくった家族にも感謝の言葉を伝えたい。

検印
廃止

訳者紹介　群馬県生まれ。英米文学翻訳家。主な訳書にクラーク「ピラネージ」、マグワイア「不思議の国の少女たち」、キングフィッシャー「パン焼き魔法のモーナ、街を救う」、リード「ザ・ブラック・キッズ」などがある。

伝説とカフェラテ
傭兵、珈琲店《コーヒー》を開く

2024年5月17日　初版

著者　トラヴィス・バルドリー

訳者　原島文世

発行所　(株)東京創元社
代表者　渋谷健太郎

162-0814/東京都新宿区新小川町1-5
電話　03·3268·8231-営業部
03·3268·8204-編集部
URL　http://www.tsogen.co.jp
DTP　萩原印刷
暁印刷・本間製本

乱丁・落丁本は、ご面倒ですが小社までご送付ください。送料小社負担にてお取替えいたします。

ISBN978-4-488-55905-2　C0197

冬の王
熊と小夜鳴鳥
冬の王
塔の少女
冬の王
魔女の冬